求救信號

DISTRESS SIGNALS

CATHERINE RYAN HOWARD

凱瑟琳・萊恩・霍華德 ——著　趙丕慧 ——譯

這本書是給你的。

亞當

我在決定要跳之前就跳了。

空氣從我的耳邊呼嘯而過，我往大海筆直墜落，四周一片漆黑，唯有海面有細碎的月光。起先我好像是以慢動作移動，海面也像在幾哩之外，然後海水一下子湧上來，快得我的腦子跟不上。

一段模糊的記憶推推搡搡地鑽進了我的思緒前端，好像是什麼從這樣的高處撞上水面就如同撞上混凝土一樣。我盡量挺直雙腿，大腿後側用力，遲了一點，我側面撞上海面，整個左半身的神經末梢都像著了火，痛極了。

我閉上眼睛。

再睜開來，我已經在水裡了。

水下並不如我預期的那麼黑，是啦，在我的腳底深處是黑漆漆的，但是這裡，海面之下，卻比海面之上要亮。也更乾淨。

我看不到泥土或是魚。我東轉西轉，一個人也沒看到。

我從水裡往上看，「慶祝號」的船身在我的右邊，露天甲板上的燈光熠熠生輝。我隱約知道在那一排排相似的陽台中我的艙房是哪一間，而我不由得好奇，兩個人從這麼一艘巨輪的同一個位置，從八層樓的高度落海，是否有可能會落在完全不同的地方。

一定就是這樣，因為好像只有我一個人。

我向下沉，向黑暗墜去，胸口的壓力漸大。

我需要浮出水面喘口氣，才能大聲呼叫，聆聽手腳拍打水面的聲響，聆聽別人呼喚我的聲音。

我把兩條胳臂往外伸展——

我的肩膀深處像被一根滾燙的撥火棍戳中，痛得我倒抽一口氣，喝進了海水。

我現在只想要呼吸，我非得吸一口不可，我等不了了。

但是海面起碼在十或十二呎以上吧，我估量。

我開始拚命踢水。我的肺在尖叫。

我不是個游泳高手，怎麼游都游不快。我游了半天還是原地不動，既不下沉也沒上升。

海面也完全沒有更近。

張開嘴呼吸的需要迫切得就快讓我招架不住了，我驚慌了起來，左臂和兩腿亂揮亂蹬。

我仰臉向天，彷彿空氣可以和月光一樣穿透水面，而就在這時我看到水面上有片陰影。

形狀很眼熟：是救生圈。

一定是有人拋下來的。

不知那人是看見了什麼。

我的視線邊緣變得模糊，一切都變冷了，只有我的右臂和軀幹連接處像是有一團火在燃燒。胸口上的壓力讓我的肺葉就要爆裂了。

我告訴自己我辦得到。

我只需要游到救生圈那兒。

我踢水，動作多少變得更強勁更快速。沒多久，「慶祝號」就漸漸變大，我繼續踢水，而就在我確定我的肺會炸裂，肺葉已經繃到了極點，就要爆炸了——

我衝破了水面，大口喘息，吸入空氣，而我的身體則忙著排出空氣——又是嗆咳，又是乾嘔，又是吐水。

我能呼吸了。我距離救生圈夠近，伸手就能搆著。我以右手抓住它，左臂——軟軟地垂著，手肘的角度令人不安——披掛上去，但是現在我的全身重量都在一側，所以救生圈開始傾覆。

我驀地明白了救生圈只是輔助，即使我已經全身虛脫，我還是得不停踢水，才能讓頭一直在水面之上。

我不知道我還能撐多久。

一樣一樣來，別驚慌，一樣一樣來。

在我左邊遠處的燈火是尼斯城，出現在「慶祝號」的船首後方，琥珀色的街燈先是順著海濱步道蜿蜒，再湧入之外的所有空間，飯店、辦公大樓和公寓。在我後方我知道空無一物，只有數以百哩計的大海。

「慶祝號」高高矗立在我的上方，像一頭龐然巨獸突出於水面上，在我的頭頂兩百呎之上。我覺得也許我能聽到甲板上的琤琮樂聲，但四周唯一的聲響就是我的喘氣聲和踢水聲。

我盡量安靜，盡量不動，豎起耳朵聽另一個人發出同樣的聲響，或是大聲呼喚——

然後我聽見了，朦朦朧朧的，而且是在遠處。

轟轟轟。

聲音越來越大。

我瞪著那個形狀看，水紋和月光合力聚焦在它身上，僅僅一秒鐘的時間，但我瞥見了那頭褐色短髮。

我知道那頭短髮的顏色在沒濕透時比較淡。

而頭髮所屬的身體正面朝下浸在水裡，而據我所見，它會移動完全是被底下的波浪推動的。

轟—轟—轟—轟—轟。

「慶祝號」的天空上有一架直升機投射出眩目的光芒，直升機的馬達震天響，連我的胸口也感覺得到。

它的搜尋燈光開始在水面上來回掃射。

他們來救我了。

我的時間幾乎用完了。真不知道他們怎麼會這麼快就出動的。我不是一兩分鐘前才落海的嗎？難道我落海的時間沒有我以為的那麼短？還是說他們是為別的人來的？

轟－轟－轟－轟－轟。

直升機這時飛到了我的頭頂上，貼著海面盤旋，激起了波浪，把我向外推離，冰冷的海水潑上了我的臉。我更用力踢水。那具身體消失了，原來的位置只剩忽高忽低的海水。我眨掉潑在臉上的海水，身體又出現了。一道海浪沖刷過來，我再睜開眼，身體又不見了。

轟－轟－轟－轟－轟。

這聲音在我的腦子裡鑽了一個洞，不再是在我的頭頂上，而是在我的腦子裡面。我感覺它是從我的腦袋裡發出來的。

然後，有隻手抓住了我的胳臂。

這時有道白光把一切照得明晃晃的。是我的幻覺嗎？從幾層樓高的地方跳進水裡，肩膀可能脫臼，差點淹死，在開闊的海面上努力不沉下去，弄得自己筋疲力盡，就會產生幻覺嗎？

不，不對，真的有人在我旁邊，是個穿潛水衣的人，還揹著氧氣瓶。他戴著面罩，我只能從起霧的塑膠後看到他的眼睛。他把面罩掀到鼻子之上，對我說了什麼，但是直升機的聲音實在是太吵了，我一個字也沒聽見。

我轉過頭去，想要找到那具身體，我掃視水面，卻沒看見。

一只鮮紅色的籃子用繩子垂吊下來，穿潛水衣的人從腋下架住我，把我往籃子帶。

他又開口說話，這一次直接從我後面對著我的耳朵大喊。

這一次，我聽見了。

「水裡還有別人嗎？你有沒有看到水裡有人？」

我一言不發。

我直盯著直升機機腹，是海軍藍的顏色，很光滑。我覺得我看到機尾的底部漆了一面小小的法國國旗。

「只有你一個人嗎？」他問，「只有你一個人落海嗎？」

我們游到了籃子邊，這兒有另一名潛水員。他們兩人合力把我抬上了籃子。

我現在仰望著夜空，天空似乎佈滿了星辰。

那人的臉出現在我的上方，阻擋了我的視線。

「你聽得到嗎？」他問，「你聽得到嗎？」

我點頭。

「你一個人在海裡嗎？你有沒有看到別人？」

直升機的機翼在我的上方旋轉。轟－轟－轟－轟－轟。離開了海水，我的肩膀就更痛了，我開始發抖。

我剛才一心一意只想找到莎拉。

怎麼會變成這樣？

「沒有，」我最後說，「只有我在水裡，沒有別的人。」

第一部　愛是盲目的

珂琳

即使是早晨五點四十五分，「慶祝號」的船員甲板也不會是空的。一具豐滿的、粉紅的、打著呼的身體攤開手腳倒在游泳池一頭的充氣椅上。一個年輕的女乘務員躺在日光椅上抽菸，紅黃雙色制服表示她是在早餐的自助吧檯工作的，不是穿著制服睡覺，就是把制服窩成球塞進她的置物櫃裡。而一張塑膠桌邊圍坐著三名保全，用英語在討論一場足球賽以及絕不能允許的某次失分。

值班是二十四小時不斷的。午夜的自助餐才剛清理完畢，不出幾分鐘早餐的準備工作就又上場了。隨時都是某人上班前的空檔，或是上班中的休息時間，或是值班後的睡眠時間。船員寢室擁擠不堪，又是在水面以下，而且總是隱隱散發出海水和污水的氣味（有時味道還很強烈），所以只要有可能，人人都會擠到外面的船員甲板上。

珂琳現在也踏上了船員甲板，頓了頓，不斷眨眼，適應陽光。左舷有一張空桌和幾張椅子，她朝那兒過去，小心翼翼，免得把手上的兩杯咖啡灑了。

經過那桌保全時，珂琳感覺到其中一個的視線從她的房務人員制服移到她的臉上。她以眼角瞥了一眼，知道他是個年輕、寬肩、金髮剪得很短的男人。那人的眼睛，她很確定，一路跟著她到她坐下為止。

她連一秒也沒多想這份注意是來自於欣賞或是吸引，因為那個男的起碼比她小了三十歲，而珂琳的臉孔也比較顯老。再說了，她的頭髮都灰白了，身體也虛弱無力，瘦得可憐。這情形就會引起輕微的興趣（這把年紀的女人怎會還在遊輪上工作？），這倒沒什麼，但也會引發懷疑（她到底在船上做什麼？）以及認知（我是不是在哪裡見過她？），這就不妙了。

桌腳站不穩，珂琳得一隻手肘壓住桌面才不會搖晃。另外遮陽傘也不見了，一條灰白色塑膠桌腳還有香菸燒灼的痕跡，以行話來說就是「船員檔次」。船員的東西全都是二手貨，從床上平扁有污漬的枕頭到食堂裡的陶器，都是乘客使用過虐待過的東西，「藍色波浪」認定不堪再供乘客使用的。

珂琳輕啜著咖啡，直到感覺那名保全的注意力減退，她才匆匆一瞥，確認他又回頭去討論足球賽了，她這才瞄了眼手錶，再五分鐘莉迪亞就會到，值過大夜班之後一身疲憊。

莉迪亞和她同艙房，一週來——她們兩人登上「慶祝號」的第一週——兩人形成了一種愉快的模式。在莉迪亞值完班、珂琳準備上工之前，兩人在船員甲板一塊喝咖啡，然後在珂琳快下班、莉迪亞準備上班時在食堂再碰面。莉迪亞非常年輕，只有二十一歲，從沒離開過在英國北部的家。珂琳猜想是因為這個女孩子覺得有個跟她媽媽一樣年紀的女性陪伴讓她安心。珂琳倒是一點也不介意。莉迪亞是個親切活潑的女孩子，能有個人可以聊天，談些普通的、日常的話題也是好事。陰影之外的世界。

時間還夠。珂琳從制服裙子口袋裡掏出一本小筆記簿，放在咖啡杯邊，以身體遮擋住，不讓別人看見本子上寫了什麼。

艦橋在她後方巍然屹立。船員的戶外活動空間全都限於船首，有個房務人員告訴過她，那是因為艦橋正下方的空間沒有其他用途。出於安全考量，這裡不能有明亮的燈光，而乘客卻需要明亮的燈光。所以船首的白色弧形牆環繞四周，船員的游泳池也就成了船上唯一看不到大海的泳池了。

就珂琳所知，他很可能就是「慶祝號」此時掌舵的船員之一，盯著她的背，目光能在她的背上燒出兩個洞來。就她從電視電影裡看到的，艦橋上的船員可以使用望遠鏡，她可不能輕舉妄動。

海風吹開了筆記本，以飛快的速度揭了幾頁。珂琳伸手按住，以免小本子被吹走。這是一本日記，以週為單位的那種，上頭有她以整齊的字跡寫的簡短法文。

艙房一〇〇二：床鋪整齊？

什麼都沒有。

艙房一〇一七：旅行箱，但無旅客……

艙房一〇二一：進不去——先生說太太病了。

週日：一〇〇二的床沒睡過。週一：她沒發現什麼不尋常的事情。週二：一〇一七有個人物品，卻不屬於任何乘客。週三：一〇二一的客人隔著門要她不要打擾他們，說話的是男性乘客，聲稱他沉默的妻子不舒服。

這一切事情，都沒有什麼。

她會繼續找。

在筆記本後面的小口袋裡有一張折疊的紙，珂琳抽了出來。她扭頭去看，莉迪亞還不見蹤影，甲板上的人也都似乎沒有注意她這邊。她把紙打開來，平攤在面前，以掌心撫平折痕。

然後，按照她每天早晨的習慣，她看著紙張下半部的黑白照片，研究男人的五官。她閉上眼睛，在回憶中記憶那張臉。重複了幾次，直到把每一個小地方都記熟為止。

看著他，默默地說：我會找到你的。

說不定就是今天。

然後她小心地折好紙張，放回筆記本的口袋，再放進制服口袋裡。

莉迪亞隨時會到。

珂琳可不能被逮到。

亞當

莎拉離開前的那一晚唯一不尋常的地方是我們不在家裡。

我們星期六幾乎總是在家裡，佔據沙發上各自的位置，輕鬆悠閒，吃披薩，看差勁的歌唱大賽節目和有字幕的北歐影集。

我不怎麼喜歡那些小傢伙說的出去high。小傢伙指的是二十五歲以下的人，打從幾個月前我滿三十六歲開始，我就把他們都說成小傢伙了。

我的官方立場是愛爾蘭的暴飲文化不應該是讓我們得意地自吹自擂的一種文化傳承，而是一個應該要解決的難堪問題。我們剛出校門的年輕人被真實世界的強光照得直眨眼，面對的只有兩種選擇：不是排隊領失業救濟金，就是排隊申請加拿大簽證。這種情況只會逼得每個人都喝酒。

那你就不得不問他們為什麼要喝酒，對吧？為了麻痺痛苦？因為絕不可能是為了好玩才喝的，對吧？據我所知，典型的週六晚上出去high是以你因為清醒而傷心開始，再以你後悔喝這麼多作結的，而在中間的時段你只是一直在排隊：為了在吧檯買酒，為了進夜店，為了用廁所，為了一盒油膩的炸雞，為了搭計程車回家。

我嘴巴上是這麼說的。

實際上我不喜歡出去high是因為科克感覺是個一直在縮小的城市，走個幾步就會碰到學校的老朋友或是以前的大學同學。你明明沒有那個心情，「最近在忙什麼？」這種問話也就很快會超過你的忍受極限。

「我在寫作，」我會這麼說，「我是作家。」

我：痛恨自己說得那麼氣虛。

他們：困惑地皺眉。

「劇本啊，」我說，「電影的。」

「喔，對。」問的人會點頭。「不賴。不過我說的是工作。你做什麼工作？」

有時候我會直接省略寫作這部分，立刻招出我那週在做的臨時工作，在一般的辦公室裝訂東西，或是在電話中心接電話。我大學輟學時離開的那些長粉刺的十幾歲小子，現在都成了青年才俊，在投資銀行、律師事務所、軟體巨鱷工作，薪資優渥。他們在經濟繁榮期畢業，避開了泡沫化的地雷。他們的新聞圍繞著升遷、紅利和公務車，而我卻仍在為了最新的一封退稿信上的第一行潦草寫著我的名字而興奮。我的名字欸！個人化：終於有了進展。

但事實證明很難向某個泛泛之交說明什麼是在失敗中掙扎向上，尤其是他們真正想知道的是你是不是又回去領失業救濟金了。

「喔，那又怎樣？」莎拉總是在搭計程車回家的路上這麼說。她窩在我的胳臂底下，頭靠著我的胸。氣惱的程度跟她喝的酒多寡成正比。「我真不知道你為什麼要在意他們的話。你還有你的夢想啊。」

「啊，對，」我說，「我的夢想。妳覺得目前能換多少錢？我的電話帳單快來了。」

「那，你還有個了不起的女朋友啊，她對你有信心，她知道你一定會成功。一點也沒懷疑過。」

「一點也沒有？」

「一點也沒有。我們可以買外賣嗎？我餓死了。」

「可是妳又沒有證據。外賣好像打烊了。」

「信心就是這個意思啊，亞當。我是說真的。」戳了我的肋骨一下。「你不是注定就要當作家的嗎？」

我雖然拿這事開玩笑，可坦白說，我真的介意。我已經寫作好多年了。二十幾歲懷抱著幻想是不錯，可我已經三十了。連我自己都開始考慮是不是該放下了，跟那些已經走入真實世界的人談論我的美麗幻想更難讓我相信：不，我不應該。還不到時候。

我開始找藉口，週六晚上找理由待在家裡。我累了。我沒錢。我們沒錢，都是因為我。無論我編造出什麼理由，莎拉總是理解地點頭，然後我們就會接著討論是要看哪一部重播的電視或是Netflix。有時她和女生一起出去，我很高興，因為我想要她做她想做的事，而且也可以讓我得到幾星期的舒緩。我們時不時也會一塊出門，但是最後常去的酒吧換了一個新的名字，我們去的那家夜店也關門了。我再也認不得贏得大聲尖叫的歌曲，也完全想不通為什麼一夕之間我們全都用有把手的玻璃罐在喝酒。

不過那是從前。現在情況有了轉變。

終於。

「我敢說就像要滿十八歲了，」莎拉說。我們在浴室裡做準備，給彼此讓路。我已經著裝完畢，莎拉裹著浴巾。「從你拿得出身分證的那一刻起，就沒人想看了。」

「所以今晚不會有人問『你究竟是做什麼的？』就因為我真的想要他們問？」

喔，我啊？我是作家，寫劇本。對，其實還行，剛賣了一本。好萊塢大公司，六位數。買我在一個月裡寫的一齣戲。

「就是這樣。」莎拉正在戴耳環，摸索著耳後。「他們反正都已經知道了。你上了《考察家報》的頭版，忘了嗎？」

我走到她後面，在洗手台上方的鏡中迎視她的視線。

「還有，」我說，「《道格拉斯社區半月刊》的後頁。」

「還有購物中心的免費廣告。」

「那上面的照片非常好看。」

「不是你的照片。」

「還是非常好看的照片啊。」

莎拉笑了。

「有誰會來參加啊？」我問，「有我認識的人嗎？」

我們要去一場歡送會。如果愛爾蘭的酒吧和夜店擔心緊縮政策會影響他們的生意，那完全不需要；近來有足夠的移民前狂歡支撐這些店家。那晚是莎拉的同事邁克，他要去紐西蘭一年。

「蘇珊會去。詹姆斯——你見過他，對吧？還有凱若琳，她就是我們在蘿絲生日上遇見的那個女生。你認識邁克吧？其他的你應該都沒見過……」

莎拉說話時，我摟住了她的腰，把下巴靠在她的肩上，放肆地聞著水果香的乳液。沒有金色長髮需要撥開。就在這個下午莎拉走進了美髮店，要求美髮師把她的頭髮剪短。早晨她的髮梢還刷拂著她的後腰，現在她連脖子都露出來了。短髮讓她露出更多天生的暖棕色髮色，而且我覺得短髮也讓她的眼睛顯得更大更藍。我也覺得她好像長大了一點，而她裸露出來的肌膚也讓人心蕩神馳……

我的嘴唇貼上了她的頸子和左肩的相連處。

莎拉說她是一時興起才決定要剪頭髮的，說她在經過一家美髮店的櫥窗時看到一張照片之後決定的。過了一個星期之後，我才知道她在一週之前就和美髮店約好了。

「千萬別拋下我，好嗎？」我喃喃說。

我等著莎拉的招牌動作：翻白眼加一句挖苦。可能是說我現在，理論上來說，是好萊塢的搶手編劇，絕對有辦法自己跟別人聊些「成人做的事」，而不是當壁花，除了在適當的時機微笑之外，就只會端著插了吸管的飲料，搖晃裡頭的冰塊。也或許莎拉會明言我不需要去參加，說今晚也是工作，說她反正都是自己參加，直到我抱怨著說她在離家將近一個星期之前我還得一個人獨守一晚，誘哄她——好不容易——說，好吧，就讓你跟吧。

但她卻只是轉身面對我，抱住我的脖子說：「我絕對不會拋下你。」

「那好。奧斯卡獎的壓力已經夠大了，不用再費心找伴了。」

我吻了她，以為會感覺到她的嘴唇貼著我微笑，卻沒有。我的嘴移動到她的下巴，再到她的脖子上。嚐起來有種隱約的粉味，一定是她剛才撲的化妝品。我兩手挪到她的腰上，動手去解毛巾。

「亞當，」莎拉說，扭動著逃脫了。「我約了計程車八點到。我們沒時間了。」

我看著手錶。「我大概是該覺得妳往那方面想是對我的表揚吧。」

「哈哈。」翻白眼。（終於。）「你能去拿邁克的邀請卡嗎？我應該是放在咖啡桌上了。我這邊快弄完了，只剩下穿衣服了。」

我轉身要走。

「噢，亞當？」

我停在門口。

莎拉站在鏡前，轉頭查看頭髮，看也不看我，說：「我忘了要跟你說：別的同事並不很高興是我去巴塞隆納，他們都想利用這個機會去度蜜月、請產假，結果偏偏是我可以一星期不用進公司。我是說，我又不是去度假，我是去工作的。總之，我一直盡量不要提起，所以……」

「放心吧，」我說，「我不會說的。」

我穿過走廊到客廳去，對自己偷笑。*蜜月和產假*。現在我把劇本賣出去了，我們終於可以開始擬定自己的計畫了，而不是被迫旁觀別人的計畫實現灌爆我們的臉書。

但首先……

我拿了咖啡桌上的邁克的卡片，坐進我喜歡的沙發一角。從這裡可以清楚看到我的書桌，就塞在客廳最遠的一角，所以距離廚房和咖啡機只有幾呎遠。

改寫。我明天非動筆不可了。而且我也會。把莎拉送到機場之後，我會直接開車回來，埋頭修改，盡量利用我獨享公寓的這幾天。

莎拉從臥室出來，穿著我沒見過的禮服。

賣劇本的錢尚未進帳，從我得知錢已經匯出之後，我就一直在透支信用卡。莎拉已經支援我夠久了，付水電，把她可以——她應該——用在自己身上的錢拿來幫我付短缺的房租。這天早晨我給了她一張禮物卡，把她送進了一家高檔百貨公司，就是商品會以精美的縐紋紙包裝，裝進光滑的啞光飾面購物袋裡的地方。

「這只是一點點心意，」我這麼說，「只是為了現在，為了今晚的一點小東西，妳知道，等錢匯進來了……」

「亞當，你這是做什麼？你又不知道錢何時才會收到，你應該有多少花多少。」

「我錢都放進禮物卡了。」

「可是你可能會需要。我真的希望你在花錢之前能多多考慮。」

「嘿，沒事的。我們不會有事的。我只是想……」莎拉緊抿著嘴，以示不苟同。「好吧，對不起，真的。只是我不想再拖了，我想要回報妳，為了……為了每件事。」

她似乎生氣了，也有失望，這可不妙。但後來，她拎著那種大購物袋回家來，而現在她左右轉身，讓我看她買的禮服：紅色的，在胸前交叉，長裙貼著她的髖部直洩而下。

「怎麼樣？」她問我，「好看嗎？」

她的樣子好美，比平常更美。但是新髮型卻不太像是我習慣的莎拉。

「好看，」我說，指著我的牛仔褲和暗色的T恤。「可是這下子我覺得不夠隆重了。」

「你想換就換啊。」

我們的門鈴響了。計程車來了。

「不，沒關係，」我說，「我們走吧。」

隔天早晨我開車送莎拉去機場，除了莎拉身上穿的衣服之外，我唯一可以肯定地告訴愛爾蘭共和國警察的遺失物品就是這件紅色禮服。

科克國際機場，總共八道門，高踞在城市西南的一座山上。據報導，每年三天就有一天籠罩在又濃又密的霧裡，班機起降都受影響，幾年之前，還導致了一場跑道上的致命墜機事件。換句話說，這裡實在不是一個適合興建機場的地點。隨便問一個科克市民，他們就會嘟嘟囔囔說機場的投標案一定是夾在一個飽滿的棕色信封袋上，裡頭裝滿了現金。

那個週日早晨天空清朗，但是烏雲埋伏在地平線上，威脅著稍後會有傾盆大雨。愛爾蘭典型的八月天氣：熱就熱到又悶又濕，而且隨時都可能會下暴雨。

從我們公寓開車到航站只需要十分鐘。開車的人是莎拉。

「我可以陪妳去，」我跟她說，汽車正經過機場的主要大門。「我可以用信用卡買機票，跟妳住同一個房間。」

「本來就應該是我一個人。」

「誰會知道？」

「飯店，等他們收到帳單，公司也會知道。在西班牙每一位旅客都必須要把護照交給前檯讓他們影印，每一位旅客的姓名都需要登記。」

「妳怎麼知道的？」

「好像是蘇珊跟我說的。」

「我們可以把我偷渡進去。」

「你需要工作。」

「我可以在妳工作的時候工作。」

「亞當，」莎拉呻吟，扭頭看我是不是在開玩笑。

「放輕鬆。」我舉高雙手。「我只是在逗妳玩。」

對於我去巴塞隆納的事，我們早就談過了，早在莎拉發現她必須去之時。但是能讓她不惹麻煩只有一個辦法，就是幫我再訂一間房，可是我們又絕對負擔不起。一週之後，我賣掉了劇本。可是賣掉表示我必須改寫，而改寫的截稿日就在巴塞隆納之旅過後。所以現在我沒有時間去了。

「抱歉，」莎拉說，「只是……嗯，就那個。坐飛機。」

她不喜歡坐飛機，也知道雨雲掛在機場上空代表什麼：起飛會很顛簸。我一直刻意不提起這個話題。

「要飛多久？」我問。

「兩個小時。」

「還好嘛。降落之後就直接到飯店嗎？」

莎拉點頭。

「到了就發簡訊給我。」

「好。」她瞅著我。「你昨天晚上跟蘇珊都聊些什麼？」

「嗄？幾時？」

「我從吧檯回來的時候，你們兩個好像聊得很開心。」

「她請我給她建議，」我說，「原來她並不是胸大無腦。她想當作家。誰想得到呢？」

「可不是，」莎拉說。汽車向右偏，切入離境的車道。「我在她手底下工作了這麼多年，她連提都沒提過。我覺得我連書本兩個字都沒聽她提起過。結果，誰想得到，我男朋友賣了一本劇本，突然間她就像狗皮膏藥一樣貼了上去，請你給她建議。」頓了一下。「那，怎樣？」

「嗄？」

「你跟蘇珊說了什麼啊。」

「喔，說得滿多的。怎麼？」

「只是好奇。」

「妳不會是……」我挑高眉毛，等著莎拉轉頭看。

「怎樣？」

「我是說，我知道我現在很搶手，穿著內衣都能賺錢，不過妳不需要擔心。」

莎拉把車停在航廈外的計程車專用道上，關掉引擎，轉過身來。

「亞當，你到底是想說什麼？」

「我只是說，吃醋是很要不得的事情。」

「什麼鬼——」莎拉住了口，了解了。「對，你跟蘇珊．羅賓森。是咧。」她翻了個白眼。「不過我猜現在很多女人會向你投懷送抱，因為你又有錢又有名。」

「妳說的大概是無名又窮酸吧。」

「你很快就不窮酸了。」

「是我們兩個。總之呢，我們談的人可是我啊。要是真遇上了有女生瞎了眼對我猛送秋波，我只要一開口她們就會逃之夭夭了。記不記得我們第一次見面？我一開口就說了什麼？」

一抹笑意扯動了她的嘴唇。「《星際戰爭》？」

我凶巴巴瞪著她。「是《星際爭霸戰》。」

「不是一樣嗎？」

「我不會跟妳辯這個，因為我知道妳知道是不一樣的。」

「我的重點就在這裡，現在女生也喜歡那種玩意了。宅男都愛上了。」

「我覺得要當宅男需要有鬍子。」

「作家不是全都有鬍子嗎？你可以留啊。」

「我知道我可以，可是妳說的是小說家，」我說，「還有詩人。詩人的鬍子最漂亮。劇作家的鬍子都是刮得乾乾淨淨的。我們喜歡棒球帽，鬍子再配上棒球帽就太招搖了。不過也許我可以開始戴眼鏡或是——」

後方有人按喇叭。

「啐，」莎拉說，在座位上轉身看著後面。「我停錯位置了嗎？對欸。靠。」她伸手到後座拿皮包。「你明天的演講是幾點？」

「妳錯過的那場嗎？十二點。」

那是臨時的邀約，我的大學請我去和他們的電影研究學生座談。注意，是我休學的那所大學。顯然往事已經如煙了。

「你反正也不會讓我去聽。」莎拉說。

「妳會害我緊張。我只有在陌生人面前才說得出來。」

「你不是說摩爾西也會去？」

「他還不確定能不能請假。」

「那你在他的面前就說得出話來，我就不行？」

我聳聳肩，好似在說這種事又由不得我。我並不想談我邀請摩爾西的真正原因，那是一種測試。

「那你就只是寫作？」

「盡量。」

「我會盡量不打擾你。」

「別，」我說，伸手去握莎拉的手。「我想聽妳的消息。我會想妳。」

「我可能沒時間，他們不知道幫我報了這場會議裡的幾場座談——」

後方傳來了一陣憤怒的喇叭聲。

「走了，」莎拉說，放開了我的手，推開車門。「免得引起暴動。」

我們都下了車，走到後車廂。我把莎拉的行李箱抬出來，放在地上。

「妳星期四幾點回來？」我問。

「一點多吧。」

「我來接妳。」

我擁抱她，輕輕地吻了一下。我們身後的喇叭聲更響了。

莎拉先抽開身，抓起行李箱的提把，轉身就往航廈走。

「好好玩。」我說。

她扭頭說：「我是去工作！」

我在她後面喊：「對，可是妳是去巴塞隆納工作！」

我坐回車上，調整後照鏡，直到看清了計程車司機生氣的臉孔和他伸長的中指。我揮手表示道歉，發動汽車駛離。

這時莎拉就在航廈大門外幾步之處。

這天早晨她穿的是深藍色牛仔褲、白底海軍藍橫紋T恤、一雙便宜的平底鞋，似乎是女人都喜歡的，卻是足科醫生的惡夢。她還戴了絲巾，海軍藍底色加上白色蝴蝶，不是因為天氣冷，而是她覺得冷，因為最近脖子變得空空的。她的臂彎上披著一件米色風衣，一邊肩上掛著一個小皮包，後面拖著一只鮮紫色的登機箱。

她帶的行李不多，她說。只是去四天。

那天下午，愛爾蘭時間四點十八分，她發了簡訊給我，通知我她已安全降落，住進了飯店。她拿了一張會議的時程表，行程比她預計的還要緊湊。萬一沒打電話或是傳簡訊，我不用擔心，她說，我就動手一直寫就對了。她跟我星期四見。

她的簡訊的最後一行是這麼寫的：

我會連看看巴塞隆納的時間都沒有:-(

如果說這兩個星期我學會了什麼的話，那一定是這個：最有效的謊言都是幾乎是實話的那種。

摩爾西沒來聽我演講。

我講了大約一個小時，對著一班一百名左右念電影研究的學生，把布爾圖書館地下室的演講廳擠得滿滿的。一排接一排急迫的臉孔，蘋果電子產品和有標語的T恤。人多勢眾，好像能把我生吞活剝了。

我緊張地對著房間最後面的牆壁笑，聽著某位教授或是什麼人介紹我。我之前沒做過這種事，可我一開始說，我就明白了我在他們的眼中是唯一擁有他們所需要的資訊的人，我就慢慢放鬆了下來。各別來說，他們可能是以稍微不同的方式提出了問題，但基本上他們都想要知道同一件事：我是從哪裡得到寫劇本的靈感的，又是如何寫下來，如何找到經紀人，如何賣出去，而且全都是在我在科克市的小書桌上做到的？

「總而言之，」我戲謔地說，「是十年加網路。」

這句話引來一陣笑聲。我在心裡默記。我將來絕對會再把這句話搬出來。

之後，有個自稱是課程召集人——管他是什麼意思——的人問我是否有興趣再回來開一場實際劇本寫作座談。

「我們想要多加利用，」他說，「科克市出了一位好萊塢劇作家！」

我從皮夾裡撈出一張髒兮兮的名片，跟他說隨時可以打給我。

我又在心裡默記下一點：換新名片。

「我是從這裡休學的，知道嗎？」我說，仍騎在自信的浪頭上。

「喔？」

「我念了三個星期。其中之一是新鮮人週。」

「多久以前的事？」

「二〇〇一年。」

「哪個科系？」

「英文。」

下一句話應該是：說不定將來你會回去念完。這類對話總是這種走向的。但是這個傢伙說：「嗯，高等教育不是每個人都念得來的。不過你一定很興奮，尤其是辛苦耕耘了這麼久。」

我承認了我很興奮。興奮，還有一點招架不住。我說，我好像是一輩子都堅稱有一個隱形朋友，而現在，突然之間，每個人都能看見他了。

召集人一臉困惑。

「嗯，謝謝你今天來，」他說，伸手跟我握手。「也祝你一切順利。我們再聯絡。」

默記第三點：隱形朋友類比出局。

我穿過四方形廣場時拿出了手機，我把車停在西方路，所以現在越過校園往那個方向走去。我查看是否有未接的電話或是新的簡訊，豆大的雨點落在我的螢幕上。

沒有莎拉的訊息。

我昨晚發給她兩則簡訊：一則是我們在看的一個電視節目完結篇的空洞愚蠢的更新；一則是說我喝過了她週六從一家巨型德國折扣超市買回來的咖啡，味道還不壞。而我試著用莎拉的角度去看：我沒在寫作的證據。她很清楚我有愛拉拉雜雜的毛病，她不回應可能就是不鼓勵我寫些言不及義的事情。再說她很忙，她說過她會很忙。可是她收到簡訊了嗎？

我打開了WhatsApp，留了一段話。

演講很順利。喂，西班牙的雨主要是下在平原上嗎？這裡快要下大雨了。X

我一按下傳送，留言旁邊就出現了一個打勾號，等莎拉讀過，就會變成兩個，那我起碼就知道她看見了。

倒是摩爾西發了簡訊來，說他沒辦法請假，不過他在「咖啡站」吃午餐，問我有沒有空。

我查看了時間：剛過一點。我回覆了，說現在過去。

摩爾西真正的名字其實是尼爾，尼爾．摩爾，可是就連他的母親都叫他摩爾西，而別的叫法他也不肯回應——他跟我是兩個極端，但凡我做錯的地方他全都做對了。我從中學就認識他了，他很用功，畢業成績拿到了最高分，以及全愛爾蘭物理獎的最高分。我們都直升科克大學，不過他念完了四年，獲得了一級榮譽學士學位，在亭道研究所找到了一份重要的工作，跟奈米科技有關的，不過摩爾西就是這樣的人，他會說他的工作主要是整天往試算表上輸入數字，真的很無聊。他買了一棟合適的房子（在通勤族的市鎮上，兩間小臥室，房價打了折扣，因為還沒完工），一輛合適的車子（二手的小型麵包車），而那個時候我都還沒搬出我童年的臥室呢。我父母很愛他，很愛用他來當我應該要孜孜矻矻追求的標竿。摩爾西跟我都開玩笑說他是他們求之不得的兒子。

但是我一向都為他高興。一切都是他應得的，他一直很努力。再說了，我喋喋不休說著教編劇的書籍以及麥基研討會以及最近一批退稿信時，他總是專心聆聽。（我遵照史蒂芬．金的指示，在臥室牆上釘了一根釘子，把每封信都釘在上面。）

不過自從我把劇本賣掉之後，我們的關係好像變了。我不意外他沒能來聽我演講，也不意外我的安慰獎是一點點受限的時間，談話會因為咀嚼食物而受阻。

我發現他坐在餐廳的窗邊，面前的桌上有一杯可樂和一張寫著「二十三」的卡片，卡片的正面對著服務生。

摩爾西是道道地地的愛爾蘭人：火紅的頭髮，皮膚極白、幾近透明，滿臉雀斑。今天他穿的是牛仔褲和T恤，衣服前襟上印著咖啡因的分子結構。（我是認不出什麼分子結構的，是他之前穿過，也跟我解釋過。）每當我擔心我還穿著大學休學時的那些衣服，沒有那種客製化外套、緊到不行的牛仔褲或是我這個年紀的人都穿在腳上的昂貴卻磨損的棕色皮鞋，我只要一想到摩爾西，就會覺得心裡好受些。

然後盡量不去想他有博士學位。

「我幫你點餐了，」他在我坐下時說，「總匯三明治。」

「好極了。謝謝。」

「演講如何？」

「很好，」我說，「我剛開始真的很緊張，不過開始講之後就沒事了。我講得不錯，我很幽默。」

摩爾西懶洋洋地笑了一聲，從鼻孔裡出氣，卻沒說什麼。

「他們不肯讓你請假？」我問。

「對，對不起。星期五是截止日。有個計畫得交。」

「沒事，不用放在心上。」

「下次吧。」

「好。」

接著是短暫的沉默，只聽見摩爾西拿起可樂喝，杯子裡的冰塊互相撞擊。

另一條對話死胡同。

我問候蘿絲。

幾個月前摩爾西終於鼓足了勇氣向蘿絲表白，她是莎拉最好的朋友。我們都是在大學裡認識的，莎拉跟我都知道摩爾西喜歡蘿絲的時間跟他念書的時間一樣長。我覺得他們倆能在一起實在是一件美事。

「蘿絲很好，」摩爾西說，「其實呢，我有個消息。我們，呃，同居了。」

「真的？哇。」我認識摩爾西這麼久，除了他的父母和弟弟之外，他從來就沒有跟別人同居過。這可是樁大事。他們一定很認真。「哇。」我又說一遍。

「你就只會說哇嗎？」

「這是幾時的事？」

摩爾西聳聳肩，難為情了。「兩個星期以前。」

兩個星期以前。我有點受傷，卻沒表現出來。他幹嘛不早點告訴我？從那之後我們不常見面，可是我們還是會說話，會發簡訊。他為什麼不說他第一個認真的女朋友搬去和他同居了？仔細再想想，我自己的女朋友為什麼沒告訴我這個消息，因為她一定早就知道了吧？

「摩爾西，」我說，身體向前靠。「我最近是不是很混蛋？」

「嗄？」

「我是不是很混蛋？為了劇本的事？」

「沒有，完全沒有。」

「你確定？」

「你如果是，我一定會告訴你的，放心吧。」

「好。」

我又向後坐。

「怎麼會這麼問？有人說了什麼嗎？」

「沒有，只是……」我聳個肩。「我也不知道，我覺得你可能在生我的氣。」

摩爾西哼了一聲。

「要命，亞當。你知道嗎，我覺得好萊塢的壓力快讓你喘不過氣來了。也許是時候搬出洛杉磯了。到海岸買個房子，聖塔莫尼卡好了。然後我們就可以一塊跟蹤珍妮佛・勞倫斯，像我們以前夢想的一樣。」

我笑了。

「好，好，對不起。可能是壓力真的讓我喘不過氣來了。他們寄備忘錄給我，知道嗎？在劇本賣了以後。不蓋你，一頁又一頁，沒完沒了。」我還沒有跟任何人說起這件事，可現在我把在我的腦子裡跑來跑去超過一星期的話都推擠了出來。「我都開始覺得奇怪他們幹嘛要買我的劇本了，因為他們好像是每個地方都想改。老實說，一想到那個……我連拿起筆來的力氣都沒有。」

我的手機響了，有簡訊。

「我媽，」我看了一眼後跟摩爾西說，「她煮了一堆咖哩，今晚想送一點過來，以免莎拉不在家的時候我會餓死。太好了。」

「我最愛你母親的咖哩了。」

「歡迎你來拿。自從她在九八年加進豌豆之後，我就一直能躲就躲。」

「你還記得那一年？」

「那一年可是大災難啊。」

「那幹嘛不直接告訴她不要放豌豆？」

「她可覺得那是她的招牌菜呢。」

「可是我看過很多的咖哩都有豌豆啊。」

「我知道，我知道。我不想戳破了她的幻想。」

一名女侍送上了我們的三明治，我向她點了一杯咖啡。

「莎拉去哪兒了？」摩爾西問，「蘿絲說她去出差什麼的？」

後來，在腦海中重播這段對話，我會記起他說這句話時看著窗外。

「巴塞隆納。她去開會。」

「喔。你不想一塊去？」

「沒辦法。我得改寫劇本。」

「她最近怎麼樣？」摩爾西對著他的三明治問。

「說真的，我不是很清楚。」

我拿起我的總匯三明治，開始抽掉番茄，同時打量我放在桌面的手機。還是沒有電話或簡訊。這個時候我和莎拉已經將近一天沒有聯絡了。

我再抬頭，發現摩爾西詢問地看著我。

「她知道我需要寫作，」我說，「她在盡量不打擾我。」

星期二早晨稍晚時我的手機響了，把我從熟睡中吵醒。我一直熬夜到四點半，陷入了查看推特，責罵自己看推特，再瞪著螢幕上我的劇本，又忍不住看推特的循環裡，就這樣持續了好幾個小時，最後我終於爬上床，像鬥敗的公雞。

昏昏沉沉又糊裡糊塗，我看著手機螢幕。來電隱藏了號碼。

我心裡想：莎拉。

以及：也該是時候了。

「喂？」聲音沙啞，高低不穩。我咳了咳，再來一遍。「喂？」

「亞當，是你嗎？」

女性的聲音，年紀比較大。我愣了愣才認出來。

「茉琳。嗨，妳好嗎？」

我坐了起來，揉掉眼裡的睡意，覺得奇怪莎拉的母親為什麼打給我。

莎拉只有一個手足：大哥，賢恩，住在加拿大，比她年長九歲。我在歐康諾家族的婚禮上被親戚們逼到牆角，聽他們咬耳朵，尖聲說：「下一個就輪到你們倆了！」賢恩是刻意拖延了多年才生的，而莎拉出生也一樣是意外。我的父母就完全不一樣：兩人結婚得早，九個月後就生了我，接著就氣定神閒地等到我十八歲——實際上是我二十二歲——再拿回他們的人生，完成責任。所以我們的這兩對父母在我看來就像是迥然不同的兩個世代。我的父母活潑、強健、積極；莎拉的父母文靜、低調、脆弱。有時候我覺得她的父母需要照顧的話，我就會想跟她交換一下。

「天主保佑，」茉琳說，「你呢？」

「很好，謝謝。」

「電影怎麼樣？」

茉琳跟其他科克人一樣，把film唸成「ㄈㄧㄧㄌㄙ」。為了避免尷尬，我習慣用movie。

「很好，」我說，「很順利。」

我已經放棄糾正她和傑克的誤會了，他們老以為我是拍電影的。就用正向的籠統說法帶過算了。

「我是不是聽說你昨天有什麼事？」

「對，演講，在科克大學。」

「科克大學？真的，哎呀，那可不是太好了嗎。做得好，亞當。」

我露出微笑。雖然我知道他們喜歡我——他們覺得我和氣善良、有教養，莎拉告訴我的——傑克和茉琳總是不認同我不想找朝九晚五的工作，因為在他們的眼中，那才叫工作。在他們的眼裡只有一個方程式，就是一張好文憑＋大學學位＋直接找到一份有退休金的工作，而且他們禱告（真正的禱告——主要是九日敬禮）我能在一年換二十四個老闆之前醒悟。我的劇本能賣出去，對於他們是對人生一切看法的一種壓力測試，我知道他們在努力調適。而茉琳剛剛對我展示了善意。

「她醒著嗎？」茉琳問。

「她……？」

「莎拉。她醒著嗎？我跟自己說她搞不好在睡覺，所以我才打給你。你在家裡嗎？」

「我……對，可……」

她以為莎拉在家裡？

她忘了莎拉去巴塞隆納了，還有，她以為莎拉能在上班日睡到這麼晚？茉琳的記性差是出了名的，可是這次也太奇怪了。我們難道是從到處尋找她戴在頭上的老花眼鏡，或是在特易購的停車場繞兩次找她的車，進階到忘記她女兒出國了嗎？

「可是茉琳，」我說，「莎拉在西班牙啊。」

「啥，親愛的？」

「莎拉在巴塞隆納，」我說，「去出差。去開大會，星期一到星期三。她星期天早上搭的飛機，星期四午餐時候回來。」記得嗎？我等著她說她記得，可是線路另一端卻沒有聲音，所以我就說：「她沒跟妳說嗎？」即使我一秒鐘也不信她會沒跟她母親說。

茉琳把電話拿遠了說：「他說她在西班牙。」

背景有粗聲粗氣的男性嗓音：是傑克。「什麼？沒道理啊。」

「妳是想跟她說話嗎？」我問。「她帶著手機啊。」

茉琳回頭跟我說：「我們一直打，可是打不通。」

電話換手，發出沙沙聲，接著是傑克的大嗓門。「我們從昨天早上的這個時候就一直打電話給她，可是沒人接。」

「喔，她一定是在忙。她在開會——」

「剛開始只是一直響一直響，可現在變成答錄模式了。茉琳發了簡訊，還留了言，可她還是沒打給我們，所以我們剛剛打到公司去。接線生說莎拉請病假，從禮拜一開始。所以我們才覺得她在家裡，才打給你。你說她在西班牙？」

「是啊。」我把告訴茉琳的話又重複了一遍：巴塞隆納，開會，週四回來。「那是間大公司，傑克。我相信跟你講話的人一定是弄錯了。就是公司派她去的啊，我可以幫你打去公司，要是你不——」

「你有跟她聯絡嗎？」

我遲疑了一下才說：「有。」

「今天？」

我把手機拿遠一些，查看是否有新的未接電話或留言。「沒有，今天沒有。」莎拉降落之後只給我發過一次簡訊，而且還是在週日下午。

現在已經差不多是週二下午了。

四十八小時沒有聯絡。她難道就真的忙得連撥出六十秒的時間給我寫幾個字都不行？

我打開 WhatApp 查看雙打勾符號。在我傳的訊息旁邊仍然只有一個。

她還沒讀。

說不定她的手機在海外不能用。也說不定沒電了，而她的充電器也搞丟了。她可能忘了帶歐洲的變壓器卻又太忙了，沒空去買一個。

事後有人可能會跟我說：否認——哀悼的第一階段，並沒有那麼簡單。像是拒絕接受某人死亡，儘管排山倒海的證據都說那人死了。不。真正的否認，真正的錯綜複雜之處，是發生在你的意識清晰地表達出想法的幾奈秒之前。它發生在一套情況擺在你的面前，只要不是處於否認階段的人都會立刻就覺得擔心，可是因為你是當局者迷，所以每一種恐懼的根源都會彎曲粉碎，重新組合出各種似是而非的可能來，讓你一點也不擔心。否認，將無聊乏味的解釋從你的突觸中排擠出去，讓它變得茂密蔓延，像縮時攝影中的藤蔓。持續不斷，動作快速，不讓合乎邏輯的想法有機會擠進來。

我就是想都沒想過莎拉會不在她說她要去的地方，或是她不接電話的原因是她不想接或沒辦法接。

但是我現在知道了，傑克卻都先想到了。

「她住在哪裡？」他問。「我們打去那裡找她。」

我不懂幹嘛這麼急。為什麼不能等？

「是怎麼了嗎，傑克？」我問，「有什麼不對嗎？出了什麼事嗎？」

我還沒弄明白，但這個就是不對的地方。

這個就是出事的地方。

傑克掛斷電話之後，我躺下來，閉上眼睛想再回去睡覺，認定他和茉琳只是反應過度了。但不到一分鐘之後，我瞪著天花板，覺得他們的驚慌都是我的錯。

我想不起莎拉是住哪一家飯店。說實話，我記不得她是不是告訴過我。

我想像著傑克和茉琳在他們滿是渦旋花紋的客廳裡，傑克在壁爐前來回踱步，茉琳的手指捏著她在露德聖母朝聖地買的玫瑰念珠。他們需不需要擔心不是重點，重點是他們很擔心。莎拉要是知道這是她的通訊靜默在不經意間造成的，一定會非常難過，而這種通訊靜默可能是為了要幫助我。

這件事可能是我的錯。

我捲動手機上的聯絡人，找到了蘿絲的電話號碼。打過去沒人接，我就發了則簡訊，問她這兩天是否有莎拉的消息，如果沒有，她是否知道莎拉在巴塞隆納住的是哪家飯店。

公司也可以告訴我飯店的名字，我知道。接到傑克和茉琳電話的接線生不可能知道每一位員工的去向，莎拉的公司裡有一百多個人。我可以自己打過去，要他們幫我轉接到莎拉的部門，甚至是偽裝成跟我的新好友「突然想當作家」的蘇珊．羅賓森再攀攀交情。她是莎拉的經理。可我又想到了讓莎拉知道我打給她的上司，她的臉色一定很難看，所以我決定再等等，看蘿絲知不知道飯店的名字。

況且，傑克和茉琳已經找過公司了。我跟他們在同一天打到公司去？莎拉回來以後一定會覺得很丟臉。

我走進客廳，打開了電腦。

莎拉在兩年前的聖誕節送了我一台麥金塔電腦，她自己有一台筆電，不過只有我的電腦接了印表機。我在我的桌面上看過圖標，是個PDF檔，名稱是一串隨機的數字——是莎拉的登機證。

我打開來。

EU/EEA Passenger: Sarah O'Connell
Booking reference: EHJ9AM
10 August 2014
EI802: ORK-BCN | Zone B | Seat 18B
Departs: 10:55 | Gate closes: 10:25

EU/EEA Passenger: Sarah O'Connell
Booking reference: EHJ9AM
14 August 2014
EI804: BCN-ORK | Zone C | Seat 23A
Departs: 11:40 | Gates closes: 11:10

我列印出來，把紙張擺在一邊。莎拉隨時都會跟我聯絡，不過看見登機證可能會讓傑克和茉琳心裡沒那麼慌。

我想著也許稍後打個電話過去，親口跟他們保證一下。不過莎拉可能會比我先打電話給他們。

我先撥她的電話，寂靜的一秒之後，語音信箱啟動了。嗨，你找到了莎拉。算是吧，因為我現在不方便接聽。有需要請留言，我會盡快回電。我什麼也沒說就掛斷了。

那她的手機是沒電了。至少也是關機了。

我看著自己的手機，在手上翻過來研究。這玩意很容易弄丟或是弄壞，還得靠另外一樣很容易弄丟或弄壞的玩意維護。萬一莎拉沒有那個東西，萬一西方世界的隨便一個人也沒有，傑克和茉琳會擔心他們長大成人的女兒此時此刻的下落嗎？她不在個兩天，沒跟他們聯絡，這樣會很奇怪嗎？我父親常說一句話，在手機發明以前我們都是怎麼做的？

我們等他們回家。

不然你要如何聯絡一個沒有手機的人？莎拉只傳送過她在網上看見、覺得我會喜歡的文章給我；為防萬一，我滑動手機螢幕，尋找信箱。這兩天來只有網路商店的廣告，我的部落格的新留言通知，三小時之前，還有我的經紀人發來的一通郵件。

主題欄寫著：改寫？

我暫時不予理會。一次解決一個問題。

我查看推特和臉書。莎拉兩種都有，只是極少使用。此時看著它們，我看到了最新的活動是幾週之前的。

即使她的手機沒電了，她也得上網，至少要處理和開會有關的事務。我在兩個網站上都給她留了私人訊息，又傳了一通郵件，要她一有空就打給我，說我想念她，提醒她我愛她。

回到主頁。

還是沒有莎拉的消息。還是沒有蘿絲的消息。

我給摩爾西發了簡訊，請他叫蘿絲打給我。

然後我忽地想到我有個法子可以找出莎拉的下榻飯店。

也許吧……

檔案盒是放在衣櫃裡我的那一邊的。我把它拿到床上，用我的指尖翻動水電帳單、房租、我的車貸文件。後面是一捆銀行對帳單，而塞在中間的是那封信：莎拉的銀行寄來感謝她註冊了網路銀行，交給她需要登入的八位數密碼。

我回到電腦前，尋找她的銀行網頁。點掉一串跳出來的廣告之後，我找到了「登入個人帳戶」的連結。我移動滑鼠。

卻裹足不前。

這是為了傑克和茉琳，我告訴自己。我想要給他們倆一顆定心丸，減少在那間遍佈渦紋的客廳裡膨脹的恐懼。莎拉會諒解的，她會原諒我看她的銀行戶頭的。

不是嗎？

我們兩個什麼事都不瞞著彼此，我們住在一起，共同生活。我們又怎麼可能會有什麼秘密？

我按了連結，登入了莎拉的網路銀行。

第一個讓我有想法的是她現金帳戶裡的餘額，有將近一萬五千歐元，另一個看似特別儲蓄計畫裡還有五千元。我只有不到一百元──在我名下的。她存這麼多錢做什麼？她是怎麼會有這麼多錢的？她不是辛辛苦苦才能養活我們兩個嗎？

我想到了我們談起巴塞隆納的那些話。你去不起，她說。你，不是我們。幾星期前，機票可能得一百歐元，最多一百五十。對有一萬五千元的人來說算什麼，不過是零頭。

可是這個想法一成形，我就覺得兩頰因羞愧而變熱。這是她的錢，是她賺的。莎拉當然沒有義務要花在我的身上，就算是一分錢都不必。

我把這個發現拋開，尋找莎拉最近的簽帳金融卡交易，找到之後我立刻就知道不對勁。交易場合都是我知道的商店和餐廳，我會知道是因為商家全都在這裡，在科克市，都是在莎拉前往西班牙之前的花費。我甚至能看到有一筆是「布朗湯瑪斯」的，就是她在週六買那件紅色禮服的服裝店。她一定是用我給她的那張禮物卡支付了部分費用，女性的禮服顯然沒有我以為的那麼便宜。

有一筆例外支出是週六早晨的，叫什麼HMS Host的。「POS」三個字母就出現在這筆交易旁，意思是莎拉是在收銀台親手用信用卡結帳的。我覺得可能有什麼意義，但是我上網搜尋，發現了HMS Host是科克機場出境航廈裡的一家咖啡店。

莎拉完全沒有在國外刷卡。怎麼可能？

還是說我找錯了地方？

我掃視螢幕，最後發現了一個「待處理交易」連結。共有兩筆：

10/08/14 VDA-AEROPEURTO BCN 653.00 DR

10/08/14 VDA-PLYAPRINCESSHTL 50.00 DR

我又開了一個視窗，在谷歌搜尋欄鍵入*plyaprincesshtl barcelona*，敲了確認。

你是要搜尋巴塞隆納普拉亞公主酒店嗎？

我在飯店的網頁上找到了聯繫方式，立刻打到櫃檯。只響了一聲就傳來了西班牙語的錄音信息。我一個字也沒聽懂，就按了0，找真人說話。

「*Hotel Playa Princess, buenos días*。」一名女性說。

「啊，*buenos días*，」我說，「呃，*habla Inglés*，呃，*por favor*？」

「我會說英語，先生。有什麼需要我幫忙的嗎？」

「我在找你們的一位客人。莎拉．歐康諾。」

我拼出了姓名，聽著電腦鍵盤嗒嗒響。

「抱歉，我們沒有這位客人。」

「可能是她雇主的名字。」

我拼出了安娜巴克利人力資源顧問公司的英文，也是一樣沒有。

「她的簽帳卡上有一筆開銷，」我說，「是在你們的飯店。星期日，五十歐元。」

「這也許是雜費授權，」接線生說，「我們在入住時需要辦理的。」更多敲鍵盤聲。「啊，我想我找到她了，先生。莎拉．歐康諾，十日下午兩點二十分抵達。」

「就是她。」突如其來的放心感覺在我的血液中竄流。也許我是有一點擔心不僅僅是手機沒電或弄丟充電器那麼簡單的事。「妳可以幫我接到她的房間嗎？」

「不好意思，先生，可是歐康諾女士已經退房了。她只住了一晚。」

我皺起了眉頭。「妳確定？」

「她可能有繼續訂房，我查一查。」又是敲鍵盤聲。「沒有，先生，她絕對只住了一個晚上。」

「她很早就退房了嗎？妳能知道時間嗎？」

「訂房都是一個晚上的。」

「你們那兒本週有舉辦什麼會議嗎?」

「沒有,先生。我們沒有那類設施。我們只是一家精品旅店,只有三十五個房間。」

我喃喃道謝,掛上了電話,正好手機也嗶了一聲,是摩爾西發的簡訊。

蘿絲六點才下班。沒事吧?

我不知道是不是沒事。我找到了莎拉的飯店,對,可也確認了她只住了一晚就離開了。為什麼?她又去了哪裡?她現在在哪裡?她為什麼不打個電話或是傳個簡訊來?她為什麼不打電話或是傳簡訊給她的爸媽?有沒有可能她並沒有跟他們說她要去西班牙?那她為什麼要這麼做?

這究竟是怎麼一回事?

我不知道該怎麼想。

在此之前,我每次聽到別人說我不知道該怎麼想,我就覺得他們的意思是說我的腦子裡跑過了各種的可能,只有一個解釋是最有可能的,可我沒辦法拍板定案。但我這時才明白這句話說得還真是貼切。你會經歷一段茫然,思想真空。你腦袋裡的聲音啞掉了,因為你的心充滿了各種片段的資訊,一點道理也沒有,互相衝突,推來搡去,最後只剩下一塊寂靜空洞的空間。你腦袋裡的聲音消失了,因為它不知道該說什麼,甚至不知道該從何說起。你不知道該怎麼想，所以你就什麼也不想。

說到這裡，膝蓋發軟也是一樣的。情歌和浪漫喜劇讓我們以為那是跟愛情，跟蝴蝶和喜樂有關係的，但其實是發生在震撼太大，你的大腦暫時忘了要告訴你的腿站好的時候，所以你支持不住，直接滑倒或是跌倒或是坐到地上，兩條腿像打結一樣。

但是我到這個時候還沒有這份領悟。

只要和莎拉聯繫個幾秒，這一切就可以水落石出。我瞪著手機，命令它活過來，送來她的來電。我打開信箱，命令她的訊息出現。我拿起了列印的登機證，仔細端詳，命令白紙黑字透露出我之前沒看到的資訊。

EU/EEA Passenger: Sarah O'Connell
Booking reference: EHJ9AM
10 August 2014
EI802: ORK-BCN | Zone B | Seat 18B
Departs: 10:55 | Gate closes: 10:25

EU/EEA Passenger: Sarah O'Connell
Booking reference: EHJ9AM

14 August 2014
EI804: BCN-ORK | Zone C | Seat 23A
Departs: 11:40 | Gates closes: 11:10

然後我看到了。

我第一次看登機證時只看到我想看的東西：莎拉坐上了我週日送她去搭的那班飛機，也會搭上兩天後在中午抵達的班機返回。

但現在我看出了別的東西。不對勁的地方。

不。

我的手機開始震動，但螢幕上的名字不是莎拉。

「蘿絲。」我把手機舉向耳朵，木然說道。

「嘿，亞當。」她的聲音輕飄飄的，帶著刻意的輕鬆。「摩爾西說你在找我。我在上班，現在在休息。什麼事？」

「妳說呢？」

緊接著是整整五秒的沉默。然後，小小聲地：

「我不太明白你的意思。」

「她訂了中間的座位，蘿絲。」

「什麼？」

「她飛巴塞隆納的班機。B是中間位子。她為什麼會那樣做？沒有人想坐中間的位子。」

除非是你想要坐在那個已經訂了走道或是靠窗位子的人的旁邊。

我還沒有找到答案，但是我知道我琢磨出了眾多問題中的一個。

「莎拉在哪裡，蘿絲？」我的聲音發抖，所以我召喚了罵髒話的力量來穩住聲調。「又是跟他媽的誰在一起？」

歐曼

一九八九年法國皮卡第區迪阿維厄斯

歐曼只想當個好孩子。

在媽媽的眼裡，尚恩是最好的孩子。根本不是真的，因為媽媽又不認識世界上的每一個小男生，而且尚恩根本就不是真正的好。他只是在假裝。他會聽大人的話是因為他知道可以得到糖果或是多看一點電視。他不是真的好，他不是個好心的人。可是媽媽好像看不出來，而每次歐曼想告訴她，她就會看著天花板說：「你要是有你弟弟一半好……」

她這句話永遠也沒說完，所以他不知道如果他有他弟弟一半好會怎麼樣。

搞不好就是因為這樣尚恩才會老是那麼累。他跟歐曼睡一張上下鋪，尚恩老是比歐曼先睡著，可是每天早晨媽媽來叫醒他們時，尚恩都說他想要再睡一會兒。當好孩子一定很累。媽媽買的糖果是硬糖，沒裹巧克力，而他們的電視連卡通頻道都沒有，所以尚恩幹嘛還要費那個力氣？

歐曼就是想不通。

爸爸在城裡上班，只有週末才回家。每到星期五晚上，媽媽就會把他們都趕進汽車裡，開車去貢比涅的火車站接爸爸。這是一整個星期歐曼最喜歡的時光，因為爸爸是他最愛的人，而且他從火車站走出來的那一刻是距離他必須回去的時間最長的那一刻。

不過有時候會被媽媽毀掉。

回家都是由爸爸開車，媽媽坐在他旁邊，跟他說這一個星期的事。她說歐曼的時候老是當他沒有坐在後面聽似的。他做這樣，不肯做那樣，我不知道那個孩子是怎麼回事，不過他一定不對勁。你沒看出來嗎？我們要拿他怎麼辦？我們能怎麼辦？我能怎麼辦，一整個禮拜自己一個人在家裡？

她老是在抱怨菲利斯，羅利耶家的貓。她討厭貓，而且歐曼不止一次親眼看過她把菲利斯趕出他們的花園。她在歐曼和尚恩在湖邊蓋的堡壘發現貓的項圈時，貓已經失蹤不知道多久了。媽媽一定是以為爸爸的記性很差，因為她跟他一次又一次說同一件事，而爸爸也總是回答同一句話：又怎樣？那隻貓老是在附近轉啊。媽媽說對，只是項圈不是被扯掉或是割掉的，而是細心地解開，拿下來的。爸爸說她的想像力太豐富了，說那團肥毛球可能是心臟病發作死掉了。然後他會叫她不要再說了，因為孩子們並不像她以為的那樣聽不懂。

然後爸爸會對著後座的歐曼眨眼睛，而只要媽媽逮到他這樣做，她就會說他需要決定他是站在哪一邊的。

不過這個星期五她有了新的話題。

「問他小鳥的事，你問啊，」她跟爸爸說，「叫他告訴你那隻鳥怎麼了，我們再來看看是誰的想像力太豐富。」

✦

昨天是一個星期以來不下雨的第一天。跟媽媽和米基還有尚恩在屋子裡關了那麼久，歐曼很興奮能到外面去，能躲開他們。他比較喜歡安安靜靜時候的世界。

到湖邊的路要經過花園盡頭的舊棚子，爸爸都把從來不用的東西放在這裡。門上有一個生鏽的大鎖，歐曼和尚恩知道他們是不准進去的。棚子後面靠近樹籬洞的旁邊立著一個舊的塑膠水桶。

歐曼走過時聽到了水桶裡傳來奇怪的聲音。

拍打聲。

潑水聲。

啁啾聲？

歐曼得踮著腳尖才能看到水桶裡面。裡頭有三分之一的水，綠油油的，味道很奇怪，靠近水桶底部的地方有一隻小鳥，快淹死了。

看起來像是知更鳥，不過歐曼不能確定。他對鳥類知道的不是很多。他覺得小鳥喜歡水，可是這一隻好像不是。牠只有頭和翅膀尖在水面上，而且一直叫一直拍翅膀，跳上跳下，發瘋一樣，想要逃出來。

歐曼花了幾秒鐘思索該怎麼做。他可以不去管牠，繼續到湖邊去，可那樣的話這隻小鳥可能會死掉。那就太壞心了。他可以去找個東西把那隻小鳥拉出來，可是他不確定自己的個子夠高。他可以去找人幫忙，可是如果他跟媽媽說了，他可能會惹上麻煩。他老是會有麻煩。她總是看他不順眼。

那他還能有什麼辦法把這隻小鳥從水桶裡救出來？

這時歐曼想到了把水桶翻倒，讓水和小鳥一起流出來的點子。

不是很容易，因為歐曼不夠強壯，憑他一個人沒辦法拉倒水桶。最後，他只得掛在水桶的一邊上，伸長胳臂，用全身的力量去拉扯。水桶翻倒了，他是想要躲開的，可是卻沒來得及。他感覺到水潑在他的腿上，又冰冷又黏滑。桶子裡的水比他想像中還要多，才一秒鐘就湧出了水桶，潑在地上，流得到處都是。

一切岑寂無聲。

就連鳥叫聲都停了。

起初歐曼以為小鳥飛走了，心裡還在高興呢。他的計畫成功了！但是他馬上又聽到了拍打聲——這次比較弱，比較慢，不像剛才一樣那麼急——他循聲看過去，發現小鳥側躺在泥濘的草地上。

他能看到小鳥小小的胸膛上下起伏，像是在呼吸。他不禁想小鳥是不是因為叫得那麼久累了，現在想要睡覺。

「歐曼，你在幹什麼？」

是媽媽的聲音。

歐曼的一顆心往下沉。

他轉過去。媽媽正在東張西望，看著地上的水桶，泥濘的草地，他的牛仔褲上被水潑髒的痕跡。

「這是怎麼回事，歐曼？」她看向他的肩膀後。「那是什麼東西，掉在那裡？」她上前一步，走得很小心，低頭看著他後面的草地。「這是什……？」

這時，拍打聲已經停止了。

「歐曼，我問你話了。回答我。你在幹什麼？」

「牠快淹死了，媽媽。」他說，抬頭看她。「小鳥快淹死了。不過現在不會了。」

隔天，爸爸跟他說了那間過夜學校。

「一定很好玩的。」爸爸說。他們划著船在湖面上，吃著爸爸從城裡帶回來的巧克力，包裝紙上還有足球員。「你可以跟朋友一起寫作業，一起玩，一起吃飯一起睡覺，都在同一個地方。就像是在放假。」

「可是放假的時候不必上學。」歐曼說。

「呃，對……聽著，歐曼，你母親很辛苦，知道嗎？整個禮拜我都不在家，她得一個人照顧你們三個。我們得想出一個辦法來幫忙她。」

「那就叫尚恩去上過夜學校啊。那他就可以賴床更久了，反正他已經在學校裡了。」

「他年紀太小了。那是給大男孩念的。」

「拜託，爸爸，我不想去。我想留在這裡。要是我去了，你回來的時候我就看不到你了。」

爸爸別開臉，看著湖面。

「我再跟你媽媽說說看，好嗎，歐曼？我會盡量勸她。不過你也得要為我做一件事，你從現在起要乖乖的，真的很乖，不管什麼時候。像尚恩一樣。要是你能一直乖乖的，乖一整個月，那上學的事我們就再說。」

「可是尚恩根本就不乖！他只是假裝乖。」

爸爸皺眉。「這是什麼意思？」

「他只是為了要得到東西。像昨天，媽媽說誰把晚餐吃完就可以吃冰淇淋，尚恩就把晚餐吃完了，媽媽就說他很乖。他才不是呢！他只是想要吃冰淇淋。」

「那你把晚餐都吃掉了嗎？」

「沒有。」

「為什麼？」

歐曼聳聳肩。「因為我不喜歡冰淇淋。」

爸爸看著他，表情怪怪的，然後笑了出來。

「好吧，歐曼，」他說，「算你有理。不過你說呢？你要為我當個乖孩子嗎？為你媽媽？你保證？」

歐曼真的不想去過夜學校，所以他就跟爸爸保證會全力以赴。

起初很簡單。星期一早晨，他穿好了衣服，一點也不拖泥帶水，下樓之前也刷好了牙。他吃光了早餐，也不抱怨玉米片軟趴趴的，雖然玉米片真的都軟爛了，而且吃完飯後，他把自己的和尚恩的碗都拿到洗碗槽裡放。他不用媽媽說就去上學了，到了學校裡也乖乖坐在位子上。他沒聽課——他從來不聽課——不過媽媽反正不知道。老師也不知道。放學後他直接走回家，一到家就把制服脫掉，掛在衣櫃裡。

可是，到了下午，就全走調了。

爸爸叫他要像尚恩一樣當個好孩子，所以他就開始觀察尚恩，好模仿他。那就會是他們兩個一起假裝，不過媽媽會輕鬆一點，他也不需要去那間恐怖的過夜學校。

媽媽坐下來看電視的時候歐曼在門口觀察。過了一會兒，尚恩丟下玩具火車，爬上了沙發，窩在媽媽身邊，媽媽對他微笑，伸出手臂環住他的肩膀，輕輕捏了捏。

看著他們，歐曼的肚子痛了一下。媽媽從來不會這樣摟著他。他之前沒有認真想過，但現在他發覺他也想要。

所以他就走向沙發，爬上了媽媽的另一邊，像尚恩一樣對她微笑。但是媽媽沒有擁抱他或是輕捏他，反而別開臉，全身僵硬。幾分鐘後，她叫歐曼去坐在對面的扶手椅上，一個人坐。

歐曼不知道自己是哪裡做錯了。

接著是晚餐時間。燉雞肉，歐曼最討厭的菜。樣子就像是混濁的湖水，而且他知道味道也會像。媽媽從來就煮不出好吃的菜。偶爾會有巧克力慕斯當甜點，但前提是盤子裡的食物必須吃光光。歐曼不喜歡巧克力慕斯，而且他如果要把盤子清空，可能會吐出來，不過他沒忘記爸爸說的話。他應該要乖乖的，他應該要像尚恩一樣。

所以尚恩拍手說：「我最愛吃巧克力慕斯了，媽媽！」一會兒之後歐曼也照著做。

媽媽轉過來瞪著他。

「你這是在幹什麼，歐曼？」她說，「你這是什麼意思？」

「模仿尚恩啊。」他說，因為這是事實。

「模仿……為什麼？」

「因為爸爸說的。」

「爸爸？」媽媽說，「因為爸爸說的？」

聽她的口氣好像是在嘲笑他。

歐曼不確定該說什麼，所以就不說話。剩餘的用餐時間中他都一聲不吭，媽媽也是。他清空了盤子，卻沒得到巧克力慕斯，這樣也好，因為他反正也不想吃。

之後，媽媽在洗碗，米基哭了。他只是個小寶寶，所以一天到晚都在客廳的嬰兒床裡，他這一哭，歐曼和尚恩就聽不到電視了。

尚恩走進廚房去要媽媽把電視調大聲一點，但是媽媽拒絕了，反而要他去哄小弟弟，讓他不要哭。尚恩回到嬰兒床前，握住米基的手，做鬼臉給他看，不過米基非但沒有停下來，反而哭得更大聲了。

所以歐曼就換了一個方法。

他看過很多次媽媽哄米基。只要米基哭，媽媽就會把他從床上抱起來，抱在懷裡，走來走去，上下搖晃，嘴巴裡發出噓的聲音。

米基比歐曼以為的重多了，他的手臂差不多是馬上就痠了，不過他沒忘記答應過爸爸的事，所以他還是繼續哄他——而且有效了！

幾分鐘之後，米基不哭了。他的樣子像是又睡著了，歐曼輕手輕腳把他放回床上，怕會吵醒他，再拉毛毯幫他蓋好。

可是過了一會兒媽媽進客廳來，她可一點也不高興。

她看著米基，開始搖頭，一連說了好多個「不」，然後她把米基抱起來，又是尖叫又是哭泣，抱著米基跪在地上，對著歐曼大吼大叫。

「你又做了什麼好事？你個邪惡的小王八蛋！喔，主啊。虧我還覺得對不起你呢。主啊，不，拜託不要。你做了什麼好……」

媽媽打了電話給爸爸，要他立刻回來，醫生搭著救護車來帶走了米基，隔壁的羅利耶太太過來把歐曼和尚恩帶到她家去。一個星期後，歐曼被送去了過夜學校，而且在途中爸爸連一句話都沒跟他說。

即使歐曼說到做到。

他盡了全力。

歐曼只是想當個好孩子。

他只是想不通該怎麼當。

亞當

有人在我們的公寓外面我一定會知道，因為公寓大樓會說話。只要走廊盡頭的逃生門打開了，我們的前門就會被往外拉，木頭撞著木頭，空的一聲巨響。因為什麼吸力的作用吧。週二晚上我聽見時，我屏住呼吸，等著鑰匙插入鎖眼或是鄰居的門鈴響。但是兩種動靜都沒有，只有兩個人在走廊上忿忿地低語。

我踮著腳走向前門，從窺孔中偷看。門外是摩爾西和蘿絲。

我用一邊耳朵貼著門，聽他們在說什麼。

「妳得告訴他，」摩爾西說，「妳知道這樣才對。」

「我什麼也不必做。」

「可是妳應該要。」

「莎拉是我最好的朋友。」

「我是他最好的朋友。」

「那就你來說。」

「說不定我真的會說。」

「那說不定我會再搬回去。」

「蘿絲，拜託。」

「對不起。我只是不知道該怎麼辦。我們要怎麼辦？」

談話到此打住。我再回窺孔偷看，看到他們在擁抱。兩人分開後，摩爾西吻了蘿絲的額頭，而蘿絲則伸手按門鈴。

我就在她按下的時候打開了門。

「我好像聽到外面有人說話。」

我轉身就往廚房走，一句話也不多說，同時察覺到背後的兩人互換了意味深長的一眼。硬木地板上的足聲跟著我。有人關上前門，上了鎖。

我在餐桌的首位坐了下來，摩爾西坐在我右邊，蘿絲坐在他旁邊。

我看著蘿絲。大家都說她和莎拉就像一對姊妹花，兩人的長相酷似。同樣是藍眸，棕髮加金色挑染，小巧飽滿的嘴唇。但是這晚，蘿絲在我眼裡卻一點也不像莎拉，尤其是她坐在我們的廚房裡，莎拉卻不見蹤影。

「我不知道她在哪裡，亞當，」她說，「也不知道她不在那家飯店，真的。我不知道。」

「可是妳比我知道她去了哪裡。」

「我什麼也不知道。不是很知道。」

「妳知道她跟誰在一起。」

蘿絲看著摩爾西，要他幫忙。

「怎麼回事，亞當？」他說，「出了什麼事？」

我跟他說了打不通莎拉的電話，說了傑克和茉琳也找不到她，說了她只在飯店住一晚，說了機票的中間位子。

「飯店說他們根本就沒有會議設施，」我說，「而且傑克和茉琳打到安娜巴克利——」

蘿絲的頭猛地轉過來。

「他們打到她的公司？」

「喔，還不止這樣呢。他們完全嚇壞了，要是再沒有她的消息，他們可能會打給國際刑警，請他們展開國際失蹤人口調查。」

蘿絲臉上的血色盡失，最後她的粉紅色粉底在她青白色的皮膚上一圈圈浮現。

「為什麼啊？」

「因為他們覺得他們的女兒發生了什麼可怕的事情。」我聽見自己的音調拔高了。「是不是，蘿絲？是不是發生了什麼可怕的事？」

「事情不應該是這樣子的。」

「不應該怎樣？」

「我不能說。」蘿絲淚眼模糊。「我是莎拉的朋友。」

我轉向摩爾西說：「我以為你是我的朋友呢。」

「妳得告訴他，」摩爾西對蘿絲說，「這是莎拉的錯，不是妳的錯。她不應該害妳這麼為難。就把妳知道的事情告訴他，等她回來再自己彌補吧。」

「我不行。」

「妳覺得她會願意讓她的父母這麼擔心她？」摩爾西說，「現在只有兩種可能的結果，妳覺得她會想要哪一種？」他伸臂摟住了蘿絲的雙肩，把她拉過去。跟她附耳低語：「就把妳知道的事告訴他，小可愛。只有這一個辦法。」

他倆交往之後我就不常見到他們，從來沒看過他們這個樣子。他叫她小可愛？我登時一陣後悔，我從來沒這樣叫過莎拉。在這件事之後，我會怎麼叫她？

這到底是怎麼一回事？

「好吧。」蘿絲說。吸吸鼻子，抹了抹眼睛。從摩爾西的懷裡鑽出來，坐直了看著我。「莎拉是在巴塞隆納，不過不是去出差。那個只是……」頓了頓。「只是她的藉口。

她的藉口。

我就在這時知道一切都將改觀。

「亞當，」蘿絲說，「你可能會受傷。」

她又頓了頓才再開口，當時那一刻感覺像永無止境，但是現在如果可以回頭，我什麼都願意。此時此刻，無知似乎是個消磨時間的好去處，只是當時我不知道那一頓為我的「之前」和這個可怕的「之後」劃出了一道鮮明的界線。那一刻的沉默是宇宙的禮貌，在它將我的人生撕成碎片之前的默默觀察。

「莎拉在跟別人交往。」蘿絲說。

我真心覺得我的心臟停掉了，停了一秒。

「我對那個人知道的不多，」她說，說得很急，反正洪流已經沖破了堤岸。「我只知道他是美國人，是有婦之夫，或是曾結過婚，我不知道是哪個。她是在工作上遇見他的。他好像是住在都柏林。我不知道他叫什麼名字，她都叫他『那個美國人』。」

我的心臟抽了一下，又動了起來，跳得更快。

更重。

更響。

心跳聲在我的耳朵裡響得像會震破耳膜。難道摩爾西和蘿絲聽不到？

「他們開始互傳簡訊，」蘿絲說，「發電郵之類的。大概是兩三個月前吧。一開始很純潔，他們見面喝過幾次咖啡，後來……唉，我不是什麼都知道。莎拉不用跟我說就已經很有罪惡感了。不過，說真的，亞當，你是要她等多久？」

我想要問：等什麼？卻沒有自信說得出話來。

「她不想傷害你，」蘿絲接著說，「而且她也不想丟下你一個人想辦法過日子。她太在乎你了，亞當。你都不知道。我跟她說既然她的感情已經變了，就應該離開；說既然她覺得你們兩個只是朋友，就應該要分手。可你知道她怎麼說嗎？她說她不能這樣對你。看她那個樣子就好像是光是想到這裡就好像是在挖她的心一樣。可是後來你的劇本賣掉了……」蘿絲在椅子上欠身，瞄了摩爾西一眼才繼續說：「你自己會有錢，你租得起別的地方了。你的事業要起飛了。莎拉不用……不用擔心你了。不過還是得等一陣子，而我只是覺得……莎拉沒辦法再等了，對吧？她已經等得夠久了。那個美國人得去巴塞隆納出差，他要求莎拉也去，她說好。也該是莎拉為自己打算的時候了。她會跟你說是去開會，會跟公司請病假，她沒有告訴傑克和茱琳是因為他們會問一大堆的問題，再者她這個星期也不會看到他們。她只去個幾天，他們可以通電話，他們也不會知道她不在家。她不想……」蘿絲咬著嘴唇。「她不想再說不必要的謊話了。」

「停，」我終於找到了聲音。「不要再說了。」

過去兩週的情景像幻燈片一樣飛掠過我的眼前，沒有一處對勁，而且感覺很奇怪。莎拉跟我交往十年，同居了八年，只有她去上班的時候我們兩個才會分開，可我卻連一丁點的跡象都沒察覺，我居然不知道這種事同時在發生，或是可能會發生。

我以為我對她這個人、對她的生活瞭如指掌。這件事是如何在我的渾然不覺中發生的？是幾時發生的？我就那麼笨？還是她就那麼厲害？

莎拉的臉龐被新短髮框圈著，抬高看著我。

我永遠不會拋下你。

「不過你有一句話說錯了，摩爾西，」蘿絲對摩爾西說，「這不是莎拉的錯。」她轉向我。「亞當，你知道我覺得你是個不錯的人。一個好人。大家都這麼想。可是這十年來你到底是在做什麼？追逐你的夢想，對，我們都知道。卻拿莎拉當墊腳石。我說的不只是在經濟上。她的夢想呢？你有沒有想過？你問過她嗎？你有沒有想過她也有自己的夢想？我始終都沒辦法了解這一點。你表現得好像是只有你一個人有夢想，而別人都該甘於現狀。」

「蘿絲，」摩爾西說，「別說了。」

我站了起來，走向洗碗槽，站在那兒看著窗外。我們的三樓公寓座落在山丘上，俯瞰著一片大多偏好二層樓或更低矮的房屋的城市。山丘綿延，屋頂和尖塔在我的面前伸展開來，再順著河谷的另一側向上簇擁。有多少個夜晚我和莎拉裹著毯子坐在陽台上，看著同樣的景色，談著未來，談著我們的夢想？

許多、許多個夜晚。

而上一次是在幾時？

我們兩個說好了。這幾年莎拉養家，而從現在起，換我養她一輩子。賣出劇本的第一筆分期付款兩週後就會匯入我的戶頭，而我打算要買的第一樣東西就是戒指。

而且莎拉也知道。不是嗎？

是蘿絲壓根不清楚狀況。她大概一個星期跟莎拉見一次面。我可是跟她住在一起，睡在一起，是我們兩個在共度人生。

這一定是什麼恐怖的誤會。我們只需要讓莎拉接電話，她就會澄清一切。

「妳最後一次跟她說話是在什麼時候？」我頭也不回地說。

「星期天早晨，」蘿絲說，「我發簡訊給她，她也回了。她在機場。」

我看見莎拉走進航廈大門，揮手跟我道別。對他送上招呼的吻。

我抓緊了流理台邊緣。

不。

「妳後來有再打給她嗎？」

「你發簡訊給我之後我又打了幾次，」她說，「可是直接轉入語音信箱。可後來摩爾西說你在修改劇本，她說她不要打擾你。我猜她大概是關機了，故意的，你給了她完美的藉口。」

「我該怎麼跟傑克和茉琳說？」

「我們當然不能告訴他們這件事，所以我想這樣子好不好，我打給他們，說我得到她的消息，她的手機壞了之類的，很抱歉害他們擔心，等她回來就會跟他們聯絡？你可以星期四在機場攔下她，解釋我們為什麼這麼做。你還是計畫去機場接她，對吧？你一定得去接。而且你也不能跟她說我都告訴你了，你得想出個理由來。我是說真的，亞當。她是我最好的朋友。」

接著是一片沉默。

我轉過頭來，發現蘿絲和摩爾西看著彼此，雙手緊握，置於桌面。

你好像老以為只有你一個人有夢想。

但莎拉就是我的夢想。少了她，別的都不重要。這一切都是為了她，為了我們。她知道。我知道她知道。

可她是不是不想要了？

另一個想法：莎拉，我的莎拉，一絲不掛躺在飯店床上，一個無臉的男人在她身上，撫摸她的肌膚——

我閉上眼睛，但是畫面卻不肯離開。

我一轉身，剛好來得及吐在洗碗槽裡。

週四午餐時間，城市的天空壓著一片灰濛濛的烏雲，隨時都會灑下瓢潑大雨。我在機場的多層停車塔停好車子，順著有遮篷的走道進入航廈。航廈裡，鞋跟敲地，推車輪輾壓硬實地面，橡膠鞋底踩在油氈地板上吱吱響，混雜著令人費解的廣播聲和模糊的背景音樂。

大門裡從天花板上垂下的螢幕牆閃著光，我停下來研究，莎拉的班機從「預計抵達時間十三點十五分」變成了「十三點零五分已降落」。

她到了。

我記得當時我心裡是這麼想的。

我直奔咖啡亭而去。前天蘿絲說了那些話之後，我又一晚睡不安枕，不知該怎麼想，不知該不該相信，我需要補充咖啡因。我在黎明之前才決定我也只能等著見到莎拉，等著給她機會解釋是怎麼一回事。說不定還有挽回的餘地，也說不定早在許久之前就已經無法挽回了。我真的不知道。

我端著咖啡到入境門對面，坐在第一排的一張空椅上。這是飛過來的旅客和在陸地上等待的人之間最後的一道障礙。坐下來之後，我掏出手機，撥了這天早上第N次的莎拉的電話。直接轉語音信箱。又一次。我沒有留言。又一次。她到底何時才要開機？

在我把螢幕鎖住之前手機就因為來電而震動：是傑克。我還沒把手機拿到耳邊他就在說話了。

「她到了嗎？她跟你在一起嗎？茉琳在上網，看到她的班機降落了。」

我否決了蘿絲的建議，不向傑克和茉琳謊稱莎拉跟我們聯絡了，謊稱是手機遺失或摔壞了。這麼做似乎是非必要之惡，對一個欺騙我的人未免也太善良了，即使我仍抱著希望，覺得事情有個十足合理的說法，或是蘿絲的想像力太豐富了。不過我還是說服了莎拉的爸媽說最簡單的解釋就是最有可能的一個——莎拉的手機出了狀況——我們應該耐心等到週四中午，等到她下飛機。

也就是這個時候。

「飛機剛降落，」我說，「她還沒出來呢。」

「你一見到她就會叫她打電話給我們？」

「我一見到她就叫她打。」

他謝了我，掛上了電話。

我並不是在哄他。這個時候整件事最讓我難以相信的地方是莎拉怎麼會這樣對待她的父母？她難道不知道他們聯絡不上她會擔心嗎？她為什麼不跟他們聯絡？實在是太自私了。可要是我相信蘿絲的話，那自私的就不只是她，是我們兩個。

咖啡在我的空胃裡翻騰，我把還剩一半的咖啡丟進了最近的垃圾桶裡，走到入境門前的欄杆邊。

一兩分鐘後，旅客開始出現。

他們兩個會坐同一班飛機嗎？莎拉的回程靠窗，不過可能是因為他們訂不到一起的位子；

也或者兩人交換，輪到他訂中間的位子。我認得他嗎？他認得我嗎？莎拉知道我會來接機；他們是不會手挽著手一起出來的。他們會假裝是陌生人，不過會假裝得很辛苦。我緊盯著臉孔和肢體語言，尋找線索，想揪出旅客中是哪個傢伙跟我的女朋友睡覺。

第一個出來的男人就很有嫌疑：長相好看，比我大個五歲，拉著一個小行李箱，肩上揹著筆電。他經過時，我看見了他的行李籤：BCN。莎拉的班機。他的眼珠滴溜溜地轉，像在找人，而且腳步匆忙。

有可能是他。

但是他看見了某人舉著紙牌，上頭寫著「G.D投顧」，他露出了笑容，朝那人揮手。

我這是在幹嘛？

莎拉不會劈腿。絕對不會。她愛我。

我絕不會拋下你。

接下來的旅客出現的順序一定就跟在另一個機場登機時一樣，首先是頭等艙，衣著光鮮，一派輕鬆。只有手提行李，因為他們知道要如何旅行，來迎接他們的也只有出租車司機。接著是不勝其煩的年輕夫妻，行李遠超過孩子的數量，在一個星期二十四小時無休的家庭活動之後，神經已經瀕臨崩潰。然後是普羅大眾。旅客、度假人士、優惠票的投機客，皮膚曬傷，但大都面帶笑容，帶著機上的雜誌、平板電腦以及透明塑膠袋裝的免稅商品。最後是機組人員：四男三女，都穿著愛爾蘭航空的制服，露出一股優越感，男的露出整齊的白牙，女的抹著各種色調的紅色唇膏。

沒有一個乘客對我特別注意，而且莎拉也不在其中。

我又多等了十分鐘，沒看到有人再出來，只有穿防彈背心的機場人員，還有一個沒拎行李的女人，她一看到來接她的男人就大聲埋怨行李遺失，延誤了時間。

我又等了十五分鐘。

我想像著莎拉站在毛玻璃的另一面，打開了手機，驚詫地瞪大眼睛看著大量的簡訊、電郵、未接來電，眼中帶淚。為她的沉默在不經意間造成的傷害而感到悔愧，知道我一定會胡思亂想，所以忙著找話道歉。

或是疑惑她的謊言為什麼沒有得逞。

不要。

我搖頭，彷彿是在甩掉這種想法。

她不會的。我們說的是莎拉，**我的**莎拉。

我再打她的手機，又是語音信箱。不過她可能是正和傑克及茉琳通電話……

我打開WhatsApp，仍然只有一個打勾號。

我開始覺得緊張了。我已經站在同一個位置很久了，而且一直在查看手機。要是有監視器對著我，監看的人一定會覺得我很可疑。

我應該再等多久？

科克機場不大。對，凱爾特之虎時代的建築確實宏偉，但是我見識過許多舊機場的美化機棚。每年他們宣布旅客人數，我都會奇怪八個登機門要如何疏通旅客。這裡沒有綿延不盡的走廊，毋須提醒旅客預留足夠時間走去登機門，整棟建築連一條自動人行道都不需要。要是你能順利通過海關，又只有隨身行李，那麼從停機坪走到計程車招呼站只不過是五分鐘的路程。

所以，她在哪裡？

我開始左顧右盼，想找個能夠告訴我莎拉究竟有沒有搭上這班飛機的人。有個中年男子穿著顯眼的背心，脖子上掛著識別證走過去，我立刻走上前說：「不好意思。」我說明了我是來接一個從巴塞隆納飛來的旅客，卻撲了個空。我可以請教誰嗎？

他從腰帶上抽出對講機，大聲說起了術語，再翻譯傳回來的刺耳聲音：巴塞隆納飛來的旅客都已經出關。海關都沒人了，清潔小組也已經進飛機整理了。

「你確定你沒記錯班機嗎，孩子？」他聳聳肩。「說不定是她錯過航班了。」然後他就走掉了。

我的手機響了：不明來電。

好戲上場了。

「喂？」

「嘿，兄弟。我是丹．戈德柏格。我在紐約。你方便說話嗎？」

我縮了縮，丹是幫我賣出劇本的經紀人，也是那個可能在納悶改寫劇本究竟在哪裡的經紀人。他想在我送到電影公司之前先看過，而電影公司指定十天之後要交出成果。

「現在不行，丹，真的。」

「我是打來問問，知道吧，因為從上次之後我就沒你的消息了。」停頓。「一點也沒有。」

「我知道，只是——」

「這是你的第一次。絕對要準時交稿。」

「我會的。」

「你要先給我看嗎？」

「好。」

「你不會直接寄給他們？」

「不會。」

「我幾時會看到？」

「很快。丹，很抱歉，不過我目前有、呃、一點緊急的家務事要處理。」

「真的。靠。沒什麼要緊吧？」

「我相信不會有什麼問題，不過我現在實在沒空講電話。抱歉。我一有空就打給你。」

「是不是——」

我掛斷了。

然後我意外地俯視我的手機，彷彿不敢相信我這麼做了。我等了十年才等到像他這樣的人打電話給我，而現在人家打了，我卻掛他電話。我是腦筋燒壞了嗎？

但這時我的手機又因為傑克的來電響了，而我想起來了，在我最新最迫切的問題清單上，丹目前只排在第二位。等我跟莎拉談過之後我就會打給他，等我弄清楚究竟是什麼情況之後。

我又等了十分鐘，走回停車場時又撥了莎拉的電話，越是接近停車場，腳步就放得越慢，希望我的手機會響，讓我有理由轉頭回去。

並沒有。

我開車回公寓，乘客座上空空如也，卻有了一個新的同伴：心裡的一個疑問，不斷重複，像壞掉的音樂光碟一直在重播一段歌曲。

她在哪裡？她在哪裡？她在哪裡？

從機場開車回公寓的十分鐘路程中，傑克又打給我三次。

我沒接。我不知道該跟他說什麼，也不知道該做什麼，該怎麼想。

我一看見公寓大樓外有空位就停了進去，關掉引擎，打給蘿絲。

「她沒坐那班飛機。」她一接聽我就說。

「什麼意思？」

「意思是她沒坐那班飛機。她沒回來。她沒回來。」線路出現漫長的沉默。「蘿絲？妳還在嗎？」

「在，我……我只是不懂，亞當。說不定是她錯過了班機。今天還有巴塞隆納飛來的航班嗎？」

「不知道。」

「我來查。你現在在哪裡？」

「我剛到家。聽著。那個……妳說的那些話。說莎拉跟那個美國佬。」

「怎樣？」

「有沒有可能……？」

「什麼？」

「妳有多少把握？她會不會是騙妳的？是她捏造的？說不定他們只是朋友，而妳誤會了？妳說她不太常談起——」

「亞當……」長長的一嘆。「對不起，真的，我很遺憾那樣子告訴你，也後悔我說的一些話，可是她真的在跟別人約會。她是在工作上認識他的，她跟他一塊去了巴塞隆納。我知道的就這麼多。可是她今天會回來，她當然會回來，她準備要……」又一聲嘆息。「離開你。唉，我很抱歉。你聽了一定很難過。我覺得好差勁。可是是真的。再說了，她還會去——」

我把手機拿遠，按了螢幕上的虛擬紅鈕結束了電話。我聽不下去了。

有什麼緊揪著我的胸口，我驀地醒悟：我大概已經最後一次擁抱、親吻或是碰觸莎拉了。我再也不會有第二次機會了。

我整個的將來全完了，毀於一支死掉的電話和一組網路銀行密碼和一班錯過的飛機。

莎拉，妳做了什麼？

我是對妳做了什麼？

我為她心痛。我想抱住她，親吻她，摸她。想要她跟我一塊坐在車子裡，等紅燈時伸過手去輕捏她的膝蓋。我需要跟她說話。我想要和她分享的一系列小東西——她不在家時我存起來的軼聞趣事、我的觀察所得——已經積累得很多了，我很快就沒辦法全部記得了。

我想她。我就是想她。四天來一直在想她。我對這種感覺沒有多加留意，因為我知道它是短暫的，很快就會結束。可能就在今天。而現在，突然之間，卻看不到盡頭。

我的莎拉可能永遠消失了，如果蘿絲說的是真話。現在每個晚上、每個週末、每個生日、每個隔週的假日和特殊場合都在我的面前延展，空洞、冰冷、黑暗。淹得死人的孤寂。無底的深淵。

我跟莎拉在一起太久了，幾乎不記得生活中沒有她是什麼感覺。我不知道我是否能夠獨活。我連試都不想試。

可話說回來：她和一個無臉的他，開了一間飯店房間。

我的手機在我的手上震動。傑克，又打來了。我把手機調靜音，放進口袋裡，下了車。

我敲了電子鎖的完整密碼，等著聽那一聲電子喀嗒，表示成功。我推開門，在門廳的昏暗光線中眨眼，一秒之後，注意到我們的小窩有什麼東西。

我們並沒有上鎖的信箱，只有玄關幾排開放式架子，一間公寓一個。除了薄薄的白色帳單或是覆滿亞馬遜商標的厚厚的褐色小包裹之外，我們極少收到郵件，所以現在有個小小的厚墊牛皮紙袋在這裡等著我，立刻就吸引了我的目光。

我上次查郵件是在何時？

我記不清楚了，可能是週一，在我去科克大學演講過之後。可就連那時信箱也是空無一物。

我把小紙袋拉出來，在手上翻來覆去。

法國郵票。郵戳是法國尼斯，兩天之前。八月十二日週二。有張貼紙，上頭有包裹編號以及法文的「優先投遞」的字樣。收信人是我，筆跡我不認識。

小包裹本身就差不多是一本很薄的平裝書大小，但透過紙張我能摸到裡頭的東西更小。又薄又硬的，在信封裡自由滑動。

然後我看到了酒紅色的歐盟護照封面。

我只以指尖緩緩將護照從信封裡抽出來。護照的封面上有架豎琴，圖樣底下有「*pás*」這個字。是一本愛爾蘭護照。

我把護照翻過來，翻開到照片頁。

照片在我的眼前震動——因為我霍地明白是我的手在發抖。

我放掉了空紙袋，才能用雙手抓住護照。

我的右手邊是莎拉的臉龐。

我的左手邊是她親筆寫的一張字條。

沾黏的一張紙，像便利貼，不過是白色的，四方的，頂端有藍色的商標。是兩小行波浪線條，置於中央。

當時我沒能一眼認出來。我不覺得到今天為止我見過那種商標。

商標的底下只有寥寥四個字。

嗯，三個，加一個英文縮寫。

對不起——S。

我瞪著看，不敢相信。

然後我領教了膝蓋發軟究竟是什麼意思。

第二部　海上失蹤

珂琳

遊輪上房務人員的值班前會議每天早晨七點半會在船員酒吧舉行。五十幾名房務人員會集合，全都穿著制服（女性是海軍藍加白色洋裝，底下是白色緊身褲；男性是海軍藍長褲加上白色T恤，不論男女腳下都是軟底皮鞋），以不同的語言閒聊，說的是同一件事情的不同版本，也就是他們並不期待今天的工作。今天是「切換日」，也就是兩千名旅客會下船，讓另外兩千名的新旅客在今天下午魚貫上船來。這就意味著退房清潔，比客人過夜的工作量要大，而且兩點開始登船，他們得要加快一倍的時間。

可是珂琳倒滿喜歡額外壓力的，那她就會比較沒有時間胡思亂想。

船員酒吧在幾小時前剛打烊，空氣中仍殘留著菸味和灑出的啤酒味。珂琳在人群中移動，感覺到鞋底黏在油氈地毯上。

「切換日，各位。」一位房務經理麥可在房間的前部大聲說。他總是說英語，這是船上的工作語言。

大夥漸漸安靜下來。

「大家的最愛，我知道，」他接著說，「好，」——他低頭瞄寫字板——「我們今天有一些問題。船尾的B電梯只能到十二層。六層的空調還是沒修好——我聽說吹出來的是熱風，所以還是別打開吧。洗衣部的一台燙衣機故障，所以我們的雙人床單有點短缺。」房間裡一陣呻吟聲。「嘿，別洩氣嘛，我們一定能處理的。最後，負責十一層小套房的人來找我——你贏得了一套溢出蛋白質清潔組合。」

一陣掌聲，卻是譏誚的鼓掌。「溢出蛋白質」是藍色波浪的術語，指的是不在身體內的體液。十次有九次說的是嘔吐物，另外一次會讓房務員威脅要當場辭職。

珂琳拿起了她的電子總鑰匙，朝船首的員工電梯走去。她要去她的負責區域：十層甲板靠近船首一間接一間的豪華海景房。

大多數房務員負責的艙房是排成一列的，所以他們只要走到盡頭再一間一間整理。如果在盡頭看到掛著「DND」牌子——亦即「請勿打擾」——你就得要走兩次，當天稍後再回去整理。珂琳非常喜歡她的負責區緊緊排列成一圈，更好的是，旁邊就有個平台，是藏在賓客走廊外的一個地方，房務的推車和各項用品都儲存在這裡，員工電梯也正好停在這裡。

從這點來說，她很幸運。否則她可能應付不來。這年頭，每件小事都可能會造成差異。

珂琳找到了她的推車，是一輛有輪子的塑膠儲物櫃，高度到她的胸口。每天她都覺得推車越來越重，越來越難推。她用自己的鑰匙打開了儲物櫃，裡頭有吸塵器，她選了那個把手上有立可白塗的條紋的，這一個一定能用。麥可保證今天一定會有批新貨上船供他們使用，不過珂琳會等到親眼看見才相信。無論是何種用品，補給都是有限的。

珂琳深吸了一口氣，把吸塵器抬上來掛在推車側面的鉤子上。她停下來喘口氣，隨即推著車子往她名單上的第一間艙房前進：高級豪華房一〇〇一室。

她敲了兩下，有力的兩聲，等了一兩分鐘，聽著門內是否有動靜。什麼也沒有。認定艙房裡沒有人，她就拉出夾在褲腰上的塑膠繩，用拴在繩子上的總鑰匙打開了門。

按照規定，珂琳轉身把推車拉進門口，如此一來其他的船員和乘客就會知道她在裡面。她的目光閃向推車側面的黑色塑膠牌，上頭以白字寫著她的名字。

杜邦，珂琳

名牌最多只有一支銼指甲刀那麼大，但是對珂琳來說，它的效果跟巨大的霓虹燈是一樣的。「慶祝號」上有幾千個人，沒有一個人認得這個名字的機率有多高？這年頭什麼都在網路上，還有紀錄片，在全世界的有線頻道上反覆播出，全年無休。到目前為止還沒有人認出她來完全是她走運，但她的好運能推持多久？

她的時間在不止一個方面都不夠了。

她轉身進入了艙房，一顆心立刻往下沉。

到處是垃圾。垃圾桶裡的空水瓶多得滿出來了，空購物袋丟得滿地都是，地毯上的一條痕跡可能是果醬甜甜圈的餘孽。被單一半掉在床下，有個枕頭在陽台上，而浴室裡每一條毛巾、每一件用品、每一卷衛生紙都使用過。乘客在離開前連馬桶都懶得沖。

她只需要一分鐘。

一分鐘，然後她就會動手清理。

珂琳沒吃早餐，她現在才明白是失策。不過她現在對吃已經失去了興趣，所以總是會忘記。她甚至想不起來有胃口是什麼感覺了。現在她看到食物，只覺得是看到了一個毫無生命的東西，像看到了一本書或是一件家具。

不過她知道她還是得吃飯，她必須要有體力撐下去。

她瞄了一圈房間，看有沒有遺漏的巧克力或是氣泡飲。客人常常會落下未拆封的點心。

珂琳緩慢謹慎地彎腰查看床底下。

那是什麼東西？

她用腳把東西從床底下勾出來，再彎腰去撿。

是一張照片，背面朝上，幾乎是正方形的，白色邊緣圈著黑底。是拍立得相片。

那種東西不是早就停產了嗎？

她挺直了腰，把照片翻過來——

珂琳想不通她看到的是什麼。

她眨眨眼，再看一次。

是一張全家福照片，家人按照個子排列在壁爐之前：一對年輕的夫妻，兩個男孩。母親的懷裡抱著一個。

是在聖誕節早晨拍的，在很多年以前。

她會知道是因為她記得拍照的日子。

珂琳坐在高級豪華房一〇〇一室的床上，「慶祝號」上一千多間艙房中的一間，拿著她自己年輕時的照片。

怎麼可能？

她的手開始發抖，她知道是怎麼回事。

只有一個可能。

他在*這裡*。確定無疑。他在這裡，而現在他也知道了她在這裡。

這天晚上在員工群中不見莉迪亞的蹤影。

亞當

隔天早晨——週五——傑克、茉琳跟我在安傑西街會合，到警局去報案。

「安傑西街」指的是科克市的警察總局，即使市議會各辦公室、地區法院和一堆商家也在同一條街上。我經常經過這裡，卻從沒進去過。警察總局是一棟威風凜凜的灰色建築，盤踞著街角，外觀勻稱，中規中矩。我猜建築師的正面設計圖畫得跟你小時候用蠟筆畫的房子或是用樂高蓋出的屋子沒差多少：一個大長方形，中間有一道大門，兩邊有間距相同的方形窗戶。警察總局是在昭告世人愛爾蘭共和國警察沒空管什麼繁瑣的美學，他們有案子要破，有犯人要捉。

我們在接待區等候，這裡鋪滿了石板，正經八百的門面隱藏著一處天井，提供了自然光。這裡安靜得令人毛骨悚然，像在大教堂裡。事實證明電視電影對於警局的描繪不足得可憐，完全沒抓到精髓。

傑克把茉琳交給我照顧，自己走向櫃檯。櫃檯後站著的男警員像個買酒都需要出示身分證的孩子，正無聊地翻閱一份小道報紙。傑克上前時他連頭都不抬，儘管他一定知道有人過來。可是傑克，一身像是為「早鳥優惠」而穿著的服裝，也像玩了一夜的賓果——格紋襯衫、短褲、短襪加涼鞋——拖著腳走向櫃檯，走到了之後，停下一秒鐘來撫平他總愛用來遮掩禿頭的那幾絡鋼灰色頭髮。我如果不知內情，還以為他是來給護照蓋章的。那名警員大概就是這麼猜想的。

「早安，」傑克說，「我是來——」他躊躇不語。「我女兒失蹤了。」

失蹤。

兩個字在房間裡迴響。

「天啊。」茉琳在我旁邊說，一手抓著我的右臂，用力擠捏，倚著我的手臂。她和丈夫不同，整潔的儀容似乎從她的優先清單上直接剔除了。她的頭髮——跟莎拉一樣髮梢是金黃色，髮根是灰色的——像沒梳過，少了平常的化妝，她的眼睛又小又凹陷，眼周的皮膚鬆弛，出現了皺褶。她披了一件舊開襟毛衣，靠近一點會聞到有藥劑的味道。

我不願去想我是什麼鬼樣子，我缺乏睡眠，沒刮鬍子，還穿著昨天的衣服。

「沒事，」我自動自發說，「沒事。」

我整個晚上都在思索，在雜七雜八的事情中我也思索了失蹤人口這個奇怪的概念，起碼是成人版的失蹤。你可能平安無事，毫髮無傷，甚至開開心心的，可就因為有一些人不知道你當下身在何處，你就成了憂慮的對象，成了警察的潛在案件。

這不是很奇怪嗎？這不就等於說離開我們是違法的？

說不定不奇怪，說不定還合情合理。說不定是因為三十六小時以來我沒能一次睡超過半小時。

嬰兒肥臉頰的警員從櫃檯後出來，把我們三個領進了樓上的一間會議室。陽光從窗戶射進來，緩緩給房間加溫。我們一走過門檻沉悶的空氣就迎面撲來。嬰兒肥警員趕緊打開窗戶，把百葉窗放下一半，留下及腰高的一束陽光照亮了不停旋轉的灰塵。我們在大桌的同一邊坐下，只有這邊有陰影。警員送上了角落飲水機的水，以透明塑膠杯盛裝，拿在我們手裡杯身會凹陷彎曲。

你不想記得其他的事情時，就會記住這種細節。

馬上就會有人過來，嬰兒肥警員保證道。結果他把我們丟在這裡半個小時。我的後腰和腋窩開始出汗，T恤黏在皮膚上。杯子裡的水溫溫的。等候時我們沒有多說什麼，倒是茉琳在禱告，我能聽見玫瑰念珠在她的手上移動，時不時會敲到桌沿。

也不知等了多久，傑克站了起來，開始踱步。

我把手機放在面前桌上，以防莎拉打來或是傳簡訊。充電器在我的口袋裡，以免電力不足。蘿絲和摩爾西在我們的公寓裡守候，看莎拉是不是會出現。

門突然打開，一名女警走進來，拿著一捆檔案，對我們露出燦爛的笑容，活像我們是來跟她洽談一趟陽光旅行的。

「我是庫薩克警員，」她說，越過桌面跟我們輪流握手。她的手心濕濕的。她坐在我們對面，面對著我們，在強烈陽光下眨眼。「今天可真熱啊。我還以為昨天的那場大雨可以讓熱氣消散呢。」她從口袋裡掏出一本皮面小筆記本，翻到空白頁，上面夾著一支原子筆。她拿起筆，按出筆芯，看到她反而把筆芯按進去了，就再按一次。「好，我聽說你們是來報案有人失蹤的？」

我猜庫薩克的年紀跟我一樣大。她的樣子不像是警察，倒像是為了找刺激才穿上警察制服的。她的金髮偏黃色，雖然綁馬尾卻很凌亂，一綹綹散逸的頭髮落在臉頰旁。這時她伸手把一束頭髮塞到耳後。庫薩克的體型肥胖，至少藍色制服掩蓋了她的曲線：海軍藍羊毛長褲，釘著肩章的矢車菊藍短袖襯衫，一條笨重的黑色皮帶，上頭掛著不少小荷包。她的臉頰是鮮明的粉紅色，兩邊太陽穴有薄薄的汗珠在閃爍。

「我們的女兒失蹤了，」傑克說，已經坐了下來。「我們覺得她可能是有什麼麻煩。我們昨天打給了在地的警察局，他們說如果我們到早上還沒有她的消息，那我們應該馬上就到這裡來報案。」

「我們有照片，」茉琳突然說，「我帶了一些來。」她開始在皮包裡翻找。「你們會用到的，對不對？」

我這裡有那本護照、那張字條以及裝盛用的信封，都小心放進了透明夾鏈袋裡。這時我從牛仔褲口袋裡拿出來，滑過桌面給庫薩克。

「這是昨天收到的。」我的聲音居然如此平穩正常，連我都意外，因為私底下焦慮正在我的每一根血管裡奔流。「寄到我們家來。是莎拉的，裡面有張字條，是她的筆跡。可是信封上的筆跡不是她的。而且她不在法國，她是在西班牙。可能……可能跟……」我瞧了茉琳和傑克一眼。「一個朋友在一起。」

短暫的沉默。庫薩克就只是看著我們，一張臉接著一張臉。

之後：

「我們何不從頭說起？」她的筆懸浮在筆記本上方。「莎拉姓什麼？」

「歐康諾。」我們異口同聲說。

庫薩克的下一個問題是向傑克提出的。

「她多大了？」

「二十九，」他說，「十一月就滿三十了。十一月十八日。」

「可以請問你們的名字嗎？」

「我是傑克，這位是我太太茉琳。」

「而你們也姓歐康諾？你們兩位？」

傑克確認了。他似乎很疑惑，彷彿他不了解還能有什麼選擇。

庫薩克看著我。「而你是？」

「亞當・鄧恩。我是她的男朋友，我們住在一起。」

「你們同居多久了？」

「差不多八年。」

「你們住在本地嗎？」

「在南道格拉斯路，郵局旁邊。」

「後面的那些公寓？」

「對。」

「莎拉有在服藥嗎？有過心理疾病嗎？你有任何理由相信她是個脆弱的人嗎？」

我搖頭。「沒有。」

庫薩克看著傑克和茉琳。兩人也都搖頭。

「之前發生過類似的事情嗎？」

我們全都搖頭。*沒有。*

「莎拉有兄弟姊妹嗎？」

「一個哥哥，」茉琳說，「住在加拿大。」

「你們問過他嗎？」

「問了，」茉琳說，「他說他上一次跟她說話是在兩個禮拜以前。」她向前傾身。「我們是不是應該……我是說，妳覺不覺得我們需要……我們是不是該叫他回家來？」

「我認為不需要。」庫薩克說，露出一抹笑容，可能是想讓我們安心，但看在我眼裡卻覺得敷衍。

「她的護照，」我說，「她旅行不能沒有護照。而且郵戳是尼斯，在法國。跟西班牙差了十萬——」

庫薩克舉起一隻手阻止了我。「我們等一下再談這個。你們最後一次和莎拉聯絡是在什麼時候?歐康諾先生太太，你們何不先說?」

「她每兩天就會打電話給我們，」傑克說，「不然就發簡訊。茉琳上禮拜六早上跟她通過電話，可是從那之後就音訊全無了。我們禮拜一打給她，沒人接。我們打不通她的手機，就打到她的公司。那是，嗯，禮拜二上午，茉兒，對吧?」茉琳點頭。「我不知道我們是跟公司裡的誰說的話，只知道是個女的，年輕的女孩子，她說莎拉請病假。那天和前一天。所以我們就打給亞當，以為他在家裡陪她，就在那時他跟我們說莎拉去了西班牙，去出差。去開會。她根本沒跟我們說過要去什麼地方，如果是，她一定會說的，一定會說的。」傑克斜睨了我一眼。「非常不像她，這個樣子。非常不像她。」

「她星期日早上飛到巴塞隆納。」我跟庫薩克說，盡量不顯得太自衛。傑克似乎在暗示這件事是我自己捏造出來的。「我送她到機場。嗯，是她開車過去，我再把車開回來的。」我複印了登機證，這時拿了出來，平攤在桌上，就放在夾鏈袋的旁邊——庫薩克到現在仍是碰也不碰——轉個方向讓她可以看。「我看著她走進了航廈。當天下午她發了通簡訊給我，就在四點過後，說她降落了，住進飯店了。我知道她在巴塞隆納機場的提款機提領了現金——」

「你是怎麼知道的?」庫薩克問。

「她的網路銀行。我查了，因為我想不起她是住在哪家飯店;我是覺得她可能是用簽帳卡付的錢，所以上頭會有飯店的名稱。」

「有一項雜項支出，我是從那兒看到的。他們顯然是在入住的時候辦理的。」

「她沒跟你說她沒告訴爸媽她出國了？」

「沒有。我以為她說了。」

「你從昨天中午就一直在打她的電話？」

桌子這一側的三個人同時點頭。

「打了很多次，」茉琳說，「到現在還在打。我們進來之前我才又打過。」

「電話有響嗎？」

「沒有，」我說，「直接轉進語音信箱。不過開始的時候確實有響。」

「她帶著充電器吧？」

「我想有，」我說，「我在家裡沒找到。」

「那電郵、臉書之類的呢？」

「什麼都沒有。沒有活動，沒有留言。我自己給她留了言，要她跟我們聯絡。我用WhatsApp發了簡訊，她沒讀。」庫薩克皺眉，我馬上就說：「是有辦法可以知道的。」

「你是幾時傳的？」

「星期一。」

庫薩克低頭看筆記。「嗯。」

「有嗎？」

「還有——」我清清喉嚨。「她飯店只住了一晚。第一晚。星期日。」

「你又是怎麼知道的？」

我把打給飯店的事告訴了庫薩克。

「可是她預定是昨天飛回來。」庫薩克說，朝列印的登機證點頭。

「對，可是她沒有。至少我以為她沒有。我沒看到她走出入境大廳，我等到每個人都下了飛機，我還查詢過了。後來我回家了，一到就看到了護照。跟那張字條。」

「字條上說什麼？」

「只寫了『對不起』，簽了一個縮寫字母『S』。」我比了比夾鏈袋。「在裡面，夾在照片頁裡。」

「你知道是什麼意思嗎？莎拉有什麼對不起你的地方嗎？你說莎拉去了巴塞隆納，跟」——庫薩克犀利地看著我——「一個朋友去的？」

「對……」

我在椅子上欠身，知覺敏銳地提醒我傑克和茱琳也在場。

昨晚蘿絲跟我盡力解釋過，據我們所知，莎拉交了一個新朋友，那個朋友是個男的，而雖然我們兩個對他都一無所知——連他的名字都不知道——莎拉卻是跟他一塊去了巴塞隆納。

不過我不確定傑克和茱琳是否完全理解我們是想告訴他們什麼，而我也面對不了那種反覆核對的痛苦經驗。

庫薩克看著我再看著傑克和茉琳，再回頭看著我。

「知道嗎？」她把椅子向後推。「這裡熱得跟烤箱一樣，我想我們都需要喝瓶涼水。我去拿，馬上就回來。」她站了起來。「亞當，過來幫我拿。」

庫薩克走出了房間，茉琳和傑克張口結舌瞪著她看。

然後他們轉頭看著我。

趁他們還沒有說話，我站起來就跟著她出去了。

我們穿過走廊，走進了另一間一模一樣的會議室。唯一的差別在幸好這一個房間是陰涼的。

「好，」庫薩克說，雙臂抱胸，立在我的面前。「說吧。」

我把蘿絲告訴我的話一股腦全說了，也顧不得害我的臉頰又熱又燙的羞恥和難堪了。

「那她是在跟另一個男人約會，」庫薩克在我說完後說，「而他們……」——她朝傑克和茱琳所在的房間點個頭——「不知道。」

「蘿絲和我昨晚跟他們解釋過，可我不確定他們有沒有聽懂，也可能是他們不想懂。我覺得他們只是以為她跟某個男同事去了巴塞隆納，可能是為了工作。可是他們打到公司去過……唉，我不知道。」我雙手向上拋。「別介意，不過我們不是應該做點什麼嗎？我們不是應該離開這裡，開始找她嗎？打給法國警方？我是說，那本護照。她為什麼要寄來？她為什麼要跟護照分開？而既然信封上的筆跡不是她的——」

「她離開的那天，」庫薩克說，「有什麼情況？」

「呃，沒事啊。我真的不——」

「她有沒有什麼奇怪的舉動？說什麼奇怪的話？有什麼讓你覺得不對勁的？」

「我想不出來。我們就起床然後開車到機場，大概是中午的班機。」

「那前一天呢？應該是星期六。回想一下。你們做了什麼？那天都在一起嗎？」

「我們那晚出去了，去參加歡送派對。」

「白天呢？」

「我在家裡。她進城了，她去剪頭髮。」

「修一下還是換髮型？」

「我……妳說什麼？」

「她是只去稍微修剪一下，還是換了一個不一樣的新髮型？」

「她換了髮型。」

「很大的改變嗎？」

「她從長髮變成很短的短髮。這是什麼意思？」

「她帶了很多行李嗎？」

「沒有，只有一件小行李，一個登機箱。」

「你看見她裝了什麼嗎？」

「沒有。不過我大概能列個單子，看我記不記得家裡少了什麼。」

「駕照呢？」

「在她的皮夾裡，通常。所以她大概帶著。」

「她跟你說她是去巴塞隆納做什麼的？」

「出差。」

「可以再詳細一點嗎？」

「去開會。她去那裡參加會議。」

「她是做什麼的？」

「她在人力資源公司上班。安娜巴克利。他們在南岸街有辦公室。」

「她之前出差過嗎？」

「沒有。」

「她感覺很興奮嗎？」

「不知道。沒有特別興奮。」

「你不想一起去？」

「我……」你去不起，你需要工作。「不想。我是說，我沒辦法去。」

「你說她在巴塞隆納從提款機領了錢？」

「對，在機場。」

「領了多少？」

「數目很奇怪，六百五十幾吧。」

「你查了她的信用卡嗎？」

「她沒有信用卡。她用Visa簽帳卡。」

「你們交往多久了？」

「十年。」

「為什麼沒結婚？」

「這個嘛……」因為除了再多等一下看我的夢想會不會成真之外，我們從來不做別的計畫？因為，照蘿絲好心向我指點的迷津，我除了自己以外從不為別人著想？「這有關係嗎？」

「她的朋友呢？」庫薩克說，不理會我的問題。「你問過他們嗎？」

「蘿絲是她最好的朋友，她也沒有她的消息。」

「工作上的朋友呢？」

「我沒跟她公司裡的人說過話。我猜妳這一幫的會。」

「我『這一幫的』？」

「我說的是愛爾蘭共和國警察。」

「她懷孕了嗎？」

「嗄？沒有。」

「懷孕過嗎？」

「沒有，從來沒有。」

「女人會出國，亞當。有時候是事情走偏了，復原的過程出乎意料的漫長。」

「不是那種情況。」

「你確定？」

「確定。」

「你們的關係怎麼樣？」

「非常好。」我不服氣地說。

「所以你不相信她是跟這個第三者劈腿？」

「我覺得在我有機會跟莎拉談一談之前，我沒有理由相信任何事。可是我們聯絡不上莎拉，我們也不知道她在哪裡。所以我們才會來這裡。我們來是請你們幫我們找到她的，而我真的希望能馬上開始——」

「蘿絲的看法是什麼？」

「什麼看法？」

「莎拉人在何處？」

「她覺得……她說莎拉絕不會不回家來。」

「蘿絲見過這個男的，那個美國人嗎？」

「沒有。」

「她有理由相信他會傷害莎拉嗎？」

「我不覺得。」我說，盡量不要照著有理由相信他會傷害莎拉這句話去打破砂鍋問到底。打從我收到了護照和字條，我就一直在繞著圈子原地打轉了。

「莎拉有寫日記的習慣嗎？」庫薩克問。

「我不覺得有。」

「你能看到她的電子郵件嗎？」

「我不知道密碼。」

「你卻知道她的網路銀行密碼？」

「那個是寫下來的，寫在一封信上。」

「告訴我：要是我要求你提供這個美國男人存在的證據，你有任何不是出自於蘿絲之口的東西嗎？又或者假設我問蘿絲相同的問題，她有什麼不是出自於莎拉之口的證據嗎？比方說，蘿絲見過這個美國人嗎？她在臉書上是他的朋友嗎？曾經聽過莎拉跟他講電話？」

「蘿絲連他叫什麼名字都不知道，」我說，「她說莎拉覺得內疚，不想談他。」

「那何時──」

「等等，」我說，「有一件事。中間座位。在登機證上。莎拉去程訂了中間位子。我覺得是因為她想要坐在那個訂了靠窗或是走道位子的人的旁邊。」

「你為什麼會這麼想？」

「因為誰會想要坐在中間？」

庫薩克兩道眉毛皺了起來，思索著這一點。

「你是做什麼的？」她問我，「以何為生？」

「我是作家。」

「作家？真的？那你寫什麼？」

我舉起雙手，再放下來。「有關係嗎？」

「沒有吧。」庫薩克歪著頭，指著我後面的角落。「那邊有冰箱，拿幾瓶水，我們回去。」

回到第一間會議室，傑克又在踱步了。我分發了瓶裝水，沒有人打開。庫薩克跟我回去坐下，一會兒之後，傑克也坐下了。

茱琳把她帶來的莎拉照片攤放在桌上。庫薩克只看了幾眼就把照片堆成一疊，滑送到筆記本之下。

這些照片跟莎拉現在的模樣都不太像。

這個想法有如電流射穿了我。所以庫薩克才會問起莎拉的頭髮，問是不是很大的改變嗎？所以莎拉才會去剪頭髮，來個改頭換面，讓她更難被找到？

我險些大聲笑出來。莎拉——莎拉欽——預先設想到她的父母會坐在警察總局裡，報案女兒失蹤，並且為了事前準備還剪短了頭髮。這一個莎拉還會細心地在她寄出去的每一張問候卡上親筆寫下相關的引述文句。這一個莎拉在看《刺激一九九五》布魯克斯出獄後過得不是很順心的那一段總會自願去泡茶，因為她受不了看著這個親切的老人家發生壞事情。這一個莎拉發明了生日在床上吃早餐，會把《帝國雜誌》捲起來，會把一張紙的四角折起來，做出一朵「花」，放在我的托盤上，跟我總為她插的單枝向日葵搭配。

不，不可能。剪頭髮只是巧合。

那護照和字條又是什麼意思？

「我們會這麼辦，」庫薩克說，「我了解你們很擔心這些天聯絡不上莎拉，我不怪你們。但是理論上來說，莎拉只是沒有在她應該在的地方，而且時間尚未超過二十四小時。我需要你們了解在我的工作上我們常常會碰到這種情況，每星期都有。你們知道嗎？十次有九次，我們都不必採取什麼行動，在我們行動之前，這個人就跟家裡聯絡或是已經回家了。」

「那第十次呢？」茉琳說。

沒聽見——或是不理會——她的問話，庫薩克接著說：「我知道很難了解為什麼有人會選擇不跟親人朋友聯絡，可有時候大家就是需要一點空間，至少是他們覺得需要。當然也可能根本就不是那麼一回事，完全是誤會，是弄丟了手機或是錯過了班機。誰知道呢，莎拉可能以為她訂的是週五而不是週四的飛機，而在兩個小時之後她會走出入境大廳，找不到來接她的人。她可能弄丟了護照，不知道有哪個好心人已經幫她寄回來了，此時此刻正在愛爾蘭大使館排隊，等著辦理緊急旅行證好飛回來呢。」

我能感覺得到：坐我這一邊的人因為她的說明而沉浸在欣慰之中，漸漸相信這件事情會在今天結束之前有個了結，而且不會是壞的結果。

可如果真的是這樣，那她為什麼不打電話通知我們？那個好心人又是怎麼知道她的地址的？莎拉親手寫的字條又為什麼會夾在裡面？中間的座位呢？飯店只住了一晚呢？向公司請病假卻跟我說要到國外出差呢？

「無論如何，」庫薩克接著說，「莎拉是個成年人，二十九歲了。她完全有權利在她想出去時去她想去的地方，不需要通知任何人。失蹤人口調查上有一種迷思，調查失蹤並不只是因為找不到某個人，而是找不到這個人的同時，真心害怕或是擔憂他們的安危或是對他的同伴有疑懼。在本案上我看不出有這種疑慮，至少在目前還沒有。我也必須要告訴你們，她採取的某些行為可以看作是離開的事前準備。真是這樣的話，她真的是有意離開的話，那，即使我們找到了她，我們也得要得到她的許可才能通知你們找到她了。」

「『即使』？」傑克重複道。

「你們會去找她，對吧？」茉琳說，向前傾身。「我們自己找不到。我們找不……」她東看西看，神色驚惶。「我們不知道怎麼找。我們連從哪裡找起都不知道！」

「我們會這麼辦，」庫薩克說，而我注意到這是兩分鐘內她第二次使用了同樣的說法，可我們卻仍然不知道「我們」是要怎麼辦。「我建議你們回家去，繼續用各種你們能想到的管道聯絡莎拉——手機、朋友、臉書等等——有什麼消息就通知我們。你們可以打我們這裡的電話，我建議用這支。無論你們計劃要把什麼東西貼上網路，都別使用個人的電話號碼。同時，我會聯絡外交部，看莎拉跟我們在歐洲的使館有沒有接觸。我也可以去查她有沒有坐上昨天的那班飛機，說不定她搭了，只是跟你錯過了，亞當。如果沒有什麼變化，我們週一早晨再在這裡碰面，看後續該怎麼辦。」

我心裡想：週一在這裡碰面？在這個宇宙裡真的有可能有哪個地方會讓我們再等兩天半卻沒有莎拉的隻字片語？

庫薩克開始收拾東西，卻沒有拿夾鏈袋或是列印出的登機證。

「妳不要這些嗎？」我問她。

「如果星期一再碰面，你何不到時再拿過來？」

「監視器！」傑克脫口喊，「你們可以調閱飯店的監視器。」

「我們一定會討論的，」庫薩克說，「等到星期一。」

「我等不到那個時候。」茉琳的聲音感覺好小，刺穿了我的心。「我需要現在就跟她說話。」她看著傑克。「我需要現在就跟我的女兒說話。」

傑克看著太太，愛莫能助，只緊盯著她，看她快哭了，他的下唇也顫動了起來。

我看著對面的牆壁。我沒辦法看他們。

正常的世界，之前的世界，正悄悄溜走，向某個位置偏斜，很快我就會搆不著。深淵現在不僅僅是在我的面前擴大了，而且還包圍住了我，上下都是，而我不停墜落，翻翻滾滾往下跌。

而我能怎麼辦？此時此刻，我一個主意也沒有。

出於絕望，我拿起了手機，撥莎拉的號碼，即使我知道我會聽見什麼：一片死寂，接著是她的語音信箱。

他媽的，莎拉，打開妳的手機。不然就用別支電話打給我們。什麼都好。結束這種情況，讓它停止。

我再打開WhatsApp，結果——

搞什……？

我不動聲色，臉上像戴了一張空白面具。把螢幕拿近一點，眨眨眼，再看，確定是真的，確定不是我的絕望產生的幻覺。

我一直在等的雙打勾號出現了。

是我週一傳給莎拉的訊息。

已讀。

我喃喃向傑克和茉琳道別，跟他們說我有事要處理，稍後會打給他們。他們只是木然看著我。我沿著走廊走向地區警察總部的大廳，走到早晨的陽光下，走進我能坐下來思考的地方：對街的酒吧。

酒吧裡沒有客人，洞穴似的，午餐的尖峰時刻還要再一會兒。我點了威士忌，喝下去會燒心，進了胃又像胃酸，但沒多久我的視線周邊就變得模糊，感官也遲鈍了一點。我覺得好一些了。我又叫了一杯。感覺更好了。

酒保在打量我，不知道我能在吧檯上方的鏡子裡看到他這麼做。我喝了第二杯之後他問我是否沒事，說他看見我從警察局出來。我很好奇他們是不是總這麼留意剛跟愛爾蘭警察談過話的顧客，而他會留意是否因為有時這類顧客會惹麻煩。我說我很好，又要了一杯酒。酒保說不讓我再喝了，會送點吃的上來。

我給摩爾西發了簡訊，說警察一點忙也幫不上。他問我在哪裡。十五分鐘後他坐上了我旁邊的高腳凳。他一定是在我回傳之後就立刻離開了亭道研究所，不然就是一口氣跑過來的。

「你不用上班吶？」我問他。

「要啊，不過沒關係。」他跟酒保點了雪碧。「他們讓我們愛來就來想走就走。」

「是嗎？」我喝光了剩下的第二杯酒，兩眼盯著空杯子。「即使是有個大計畫的呈交日到了，像今天？」

沉默不語。

「你知道，對不對？」我轉頭面對他。「你知道莎拉在跟那個傢伙約會，所以你才一直怪怪的。我還以為你是因為嫉妒之類的，或是在生我的氣，因為我太混蛋了。是不是每個人都在騙我，摩爾西？我還有能信任的人嗎？」

「你讓我解釋行不行？我是無意中發現的。我聽到蘿絲在跟莎拉講電話。我根本就沒跟她說我知道了，等我告訴她的時候，她嚇壞了。她說要是讓你知道了，那就會全是她的錯，不是我的。總之，我並不是真的相信有那麼回事。我是說，莎拉？你跟莎拉，模範情侶？我才不相信會有那種可能。即使是現在，我也還在想一定有什麼簡單的解釋，不會牽扯到——」

「她讀了我的留言，」我說，轉頭看著空杯子和只剩下麵包屑的火腿三明治盤子。我把兩樣都推開。「WhatsApp信息。狀態是『已讀』。她看了。」

「嗄？什麼時候？」

「時間戳記只能看到我發送的時間，看不到是幾時讀的。」

「你能猜得出來嗎？你上一次是幾時檢查的？」

「我知道我昨天晚上打開了WhatsApp，那時我在傑克和茉琳家裡。那時還沒讀，我很肯定。可是我剛才打開來——嗯，大概是半個小時以前——雙打勾號就出現了。所以一定是在夜裡發生的。既然她要讀的話一定得開機，而我們的所有電話都直接轉進了語音信箱——從來都不響——那就說得通了。她要不是半夜三更才開機的，就是一大清早，所以她能查看訊息，卻不讓我們知道手機開機了。」

「媽的，亞當，那就表示她——」

「讀了我傳給她的每一通簡訊。也看了蘿絲和她父母發的。說不定還聽了語音留言，查看了電郵。卻一個也懶得回。而且也懶得聯絡她的父母親，雖然我發了簡訊說我們要去報警了。」我招來酒保，指了指咖啡機。我的頭開始覺得被濃霧包圍住了。「所以說她是故意離開的。跟他跑了。她是故意這樣子對我們的，存心的。」

「警察怎麼說？」

「她是個成年女性，叫我們星期一再來。」

「然後他們打算怎麼做？」

「從今天的反應來看，不會做什麼吧。他們已經叫我們回家過週末了，把她的照片放到臉書和推特上，諸如此類的。我們自己也想得出來。」

「他們知道她讀了留言嗎？」

我搖頭。「不知道。」

「你告訴傑克和茉琳了嗎？」

我又搖頭。

「亞當，你需要告訴他們。」

「為什麼？有什麼好處？嘿，你們知道我知道我們正在經歷的這個恐怖的惡夢嗎？嗐，好消息：是莎拉自導自演的。是你們的女兒故意嚇你們的。不客氣。」

「至少他們知道她沒死，多少會有點安慰。」

「沒死？」我嗤之以鼻。「她當然沒死。」

「對，可是傑克和茉琳……我敢說他們一定胡思亂想得快瘋了。他們可能整夜醒著，想像最壞的情況。如果你跟他們說她讀了訊息——」

「他們還是會整晚醒著，奇怪莎拉為什麼這樣子對他們。」

我們陷入了沉默一會兒。

「可是護照呢？」摩爾西問，「警察不覺得奇怪？」

「跟我們談話的那個警察說搞不好是莎拉弄丟了護照，此時此刻正在大使館排隊辦理緊急文件好讓她飛回來。」

「可護照又是誰寄到你們家的？」

「顯然是某個好心人。同時也是個靈媒，不然的話他怎麼可能會知道莎拉的地址。」

「不過，這也算是好事吧？」摩爾西說，「警察不立刻行動？他們似乎不擔心她，倒是讓我覺得他們一天到晚聽到這種事，不過最後大家都會回來。」

「可要是她不回來呢？沒有警察協助，我們要怎麼找到她？我們還能找誰幫忙？我要怎麼——」我的話堵在喉嚨裡。「我要怎麼繼續生活下去，卻不知道莎拉在哪裡，或是她究竟好不好，或是她為什麼要這麼做？什麼都不知道我連覺都睡不著，更別說……不知道她在哪裡，你要我怎麼住在那棟公寓裡，或是去同一家商店買牛奶，或是寫作——天啊，寫作？我該拿她的東西怎麼辦？要是我放下了，然後她改變心意又回來了呢？萬一她是病了，像是心理疾病之類的，而這件事並不是她的決定，而是因為什麼病發作了，而她需要我們的幫助？我們不知道她在哪裡就幫不了她。我們跟她說不上話就不知道是怎麼一回事。萬一我們等了一個月還是什麼也不知道？等一年？十年？我都還沒跟我爸媽說，摩爾西。我不知道該怎麼說。我要怎麼起頭？誰能告訴我像這樣子活下去是要怎麼活？」

「至少你知道她平安無事，」摩爾西溫和地說，「要是她能看手機，那一定沒事。」

「可她為什麼要這麼做？她為什麼不打電話給我，跟我說話？要是她想離開我，跟那個傢伙走，幹嘛不直接跟我分手？」

我的咖啡來了。我用雙手捧住杯子，喝了一口，喝得很慢。利用這個機會冷靜下來。

「那個美國人呢？」摩爾西問。

「他怎樣？」

「你想過跟他聯絡嗎？他可能比較好找。首先，他一定有手機的嘛。」

「我們要怎麼樣查到他的號碼？我們根本對他一無所知。我們連他叫什麼名字都不知道。」想到跟他說話，那個無臉的美國人，比威士忌還要讓我火燒心。我不想知道他的任何事。我寧可他是個概念，一個沒有臉的威脅，一個可能的誤會。

可要是我透過他聯絡上莎拉……

「一定有辦法的，亞當，」摩爾西說，「仔細想。如果你在找她跟某人聯繫的證據，你會從哪裡找？」

「找她的手機，」我說，「可是我們沒有她的手機。她的電郵信箱，我們進不去。她的皮夾，她帶走了。」

「你找過家裡嗎？翻她的抽屜和東西？蘿絲有一個很大的帽盒，她把值得紀念的東西、旅遊的紀念品和一堆有的沒的都放在裡面。還有收據。莎拉沒有類似的東西嗎？」

「我覺得沒有，沒有。」

「那她會在哪裡放——」

他剛住口我就開口了，我們都在同一時間想到了。

「她的辦公桌，」我說，「她公司裡的。」

我們走了五分鐘就從安傑西街走到了安娜巴克利人力資源公司的大門。它佔據了南岸街的一整棟喬治亞式建築，就在六十六號AIB銀行的石灰石巨柱對面。我到櫃檯去詢問能否見蘇珊・羅賓森，摩爾西在街上等。他們叫我上樓。

蘇珊在她的辦公室門外等我。

「亞當！」她把我拉過去擁抱。「我還叫麗莎再核對一次名字呢。我說：『亞當・鄧恩？那位好萊塢劇作家亞當・鄧恩？妳確定嗎？』你怎麼會來？我們從來都沒見你來過。來拿莎拉的工作檔案嗎？她好點了吧？沒有什麼比腸病毒更可怕的了，對吧？我想你起碼會掉個兩磅。也許我該讓她舔我一下？我下星期要參加洗禮。哈！進來，進來，坐。」

我照她的話做。我已經虛脫了。

可是我確認了莎拉確實是請了病假。

蘇珊是個快奔五十的女人，並且竭盡可能不去面對現實。這天她穿了一件閃亮的直筒短洋裝，前襟印著某種幾何圖案，腳上的高跟鞋一定讓她跟芭比娃娃一樣踮著腳尖，而又濃又粗的眼線讓我從三條街外都能看到眼影堆積在她的內側眼角。她的手臂和雙腿都是同樣的鐵鏽色，白金頭髮在她動作時文風不動。我呆呆地想，大概一根火柴就能讓她著火。

「星期六晚上真好玩，對吧？」她說，「唉唷，我回家都三點了！保母氣得要命。我多付給她二十塊，她馬上就又掛上了職業笑臉。她帶著足足六十歐元回家。你能相信嗎？她賺得比我還多，如果按時薪算的話。我們都應該去當保母。想當年啊，我能有一包炸薯片和五塊錢就——」

「蘇珊，」我說，「莎拉沒有生病。」

她的嘰嘰喳喳中途斷掉，活潑的氣氛暫時凝結。她臉上閃過一陣困惑。接著：

「你是說她好多了？」

「不，她根本沒生病。」

「那為什麼……對不起，亞當。」蘇珊緊張地笑。「我好像有點狀況外。」

「莎拉只是跟你們說她生病了，其實她是去巴塞隆納了。她星期一早上飛去的，原本該昨天中午回來的，卻沒有回來。她不接電話，現在直接關機了。沒有人有她的消息——包括她的父母、她最好的朋友，還有我。」

「嗯，我相信一定只是——」

「我們今天早上去了安傑西街，她爸媽跟我。我們報警說她失蹤了。」

蘇珊似乎萬分驚詫。「可是她說她生病……」

「她是幾時告訴妳的？妳記得嗎？」

「她發電郵給我，週末的時候。我記得，因為星期一早上我還在想——」蘇珊臉紅了。「我跟自己說：『她星期六晚上可還好好的。』天啊，我以為她是喝多了。我是說，我又沒資格怪她，我自己星期天早上都難過得不得了。」

週日早晨我有在什麼時候看到莎拉用手機打字嗎？我覺得沒有，不過她很早就到了機場，可以在機場傳電郵。

我努力想像她在向蘇珊編謊時的表情，讀過一遍，再按「傳送」，不過莎拉的五官卻只是模模糊糊的一團。

我無法想像。我無法相信我的莎拉會做那種事。

可她卻做了。

「妳有她的消息嗎？」我問。

「沒有。她沒事吧？她感覺還好吧？我是說，就……」蘇珊指著頭。「心理上？」

我不理她，只說：「妳覺得公司裡會有人有她的消息嗎？」

「不知道。我可以問一問。只要我們能幫得上忙，亞當。只要我們幫得上忙，儘管開口。」

「妳知不知道莎拉因為工作而認識了一個美國男人？後來跟她變成朋友？」

我說話時盯著蘇珊左肩上方的公告欄上的一角，但她直等到我和她視線接觸才說話。

「美國男人？怎麼了？你是覺得他們……他們倆在一起？」

「妳聽說過？」我的臉頰漸漸紅了，主要是因為詢問別人是否知道我的女朋友早在我知情之前就劈腿，而剩下的羞恥則來自於我詢問的原因是我不知道莎拉在何處。「妳們有什麼訓練日是有公司以外的人來參加的？或是其他分公司來參觀的？她是怎麼認識一個不在這裡工作的人的？」

「我不……亞當，究竟是怎麼回事？」

「我可以看一下她的辦公桌嗎？」

「她的辦公桌？」

「裡面可能有可以幫我們聯絡上她的東西。」

「像是什麼？」

「我也不知道，看到才知道。」

「我——」蘇珊一臉慌亂。「我不確定。」

「沒關係，」我說，「只是問一問。可能還是等警察來找比較好。我想他們星期一可能會來，他們說的。」

「他們要來這裡？」

「他們需要搜索她的辦公桌。」

我能看出蘇珊的臉上陰晴不定：警察擠滿了辦公室，大家的情緒一定很激動，可這一天的工作情緒也就徹底毀了，莎拉的同事會三三兩兩聚在一起嚼舌根。

「應該是，」她說，「沒關係吧。」

「那我現在可以去看嗎？」我推開了椅子。「她爸媽急死了，妳應該也想像得到。我們越快聯絡上她……」

「當然，當然。」蘇珊站了起來。「跟我來。」

我們走樓梯到一樓，走向建築的後部，出來後再進入一處現代化的擴建：一處辦公空間，充滿了日光燈和灰色的隔間，年輕的職員一身價格適中的套裝埋首辦公。我們走進去時他們都抬頭看，蘇珊嚴厲地瞪了他們一眼。轉回去，回去工作。管好自己就好。

我跟著她來到房間的後面，一張緊靠著一扇大窗的辦公桌前。

「這張就是。」她說，一面指著。

辦公桌不在隔間裡，而是跟另一張併在一起，所以莎拉是面對著同事的。目前對面並沒有坐人，卻有一杯喝了一半的咖啡和一份早晨的《考察家報》攤在桌上，可見得有人曾在這裡，馬上會回來。莎拉的桌面上有一面大螢幕、一架電話和一些文具：一個筆筒、釘書機和筆記簿。沒有個人物品，看不出這張是莎拉的桌子。

「她非常整潔，」蘇珊說，「非常整潔。」

我拉開椅子，坐了下來，打量左腿這邊的三個抽屜。如果我真能找到什麼，就會是在這裡。感覺怪怪的，坐在這個莎拉消磨絕大多數時間的地方。我從來也沒見過的地方。我是想像過，也聽說過許多事，但從沒親眼見過。莎拉有很大一部分的人生是在這個地方度過的，而我知道的部分只是她決定和我分享的。可我真的知道嗎？她告訴我的事情真的重要嗎？這裡是否隱藏著其他秘密？

蘇珊俯視著我，雙手抱胸。

「再等我一下。」我說。

「喔，好。我，呃，到門口去等。需要什麼就喊一聲。」

我等到蘇珊走開之後才拉開了最上層的抽屜——一眼就看出莎拉是如何讓桌面保持整齊乾淨的。

裡頭塞滿了垃圾。

我在垃圾中翻尋。兩張空白記事卡，一罐迴紋針，一張公車卡，一個口袋型計算機，一包口香糖，一張皺巴巴的面紙，一副廉價太陽眼鏡，一本Nespresso會員型錄，一副耳機，一條我好久好久沒見她戴過、鍊子已經打結的吊墜項鍊，還有一張美髮沙龍的預約卡——

我抽出了那張預約卡。廉．凱西髮型設計，這家沙龍我隱約記得是在胡格諾區的某處，可能是法國教堂街。卡片上手寫著時間日期：八月九日週六上午十一點半。

還說什麼是一時興起才把頭髮剪短的。

我把卡片放進口袋裡。

下一個抽屜只有一疊牛皮紙檔案夾，用橡皮筋束在一起。我拿到桌上，快速翻閱。都是應徵者的檔案：到安娜巴克利來尋找工作的人的簡歷資料，而莎拉就負責幫他們找到工作。

我看了看最上層的幾份檔案。每一個都有一張小小的大頭照印在右上角應徵者的姓名底下。幾乎每一個都是二十來歲的男性，外貌卻像十七、八歲，過大的襯衫領子，過多的髮膠，不然就是年輕女性，眼影過濃，頭髮被睡得扁塌，八成花了一個小時的工夫才總算把頭髮吹出型來。為剛畢業、學歷亮眼、滿腹熱情，卻完全沒有工作經驗的成年人找到工作，顯然就是莎拉的專長。

我把檔案放回抽屜裡，再拉開下層的——

鎖住了。

我這才看到最深的這個抽屜的右上角有個小圓鎖。

鑰匙呢？

我環顧室內。每張桌子都一樣，那鑰匙也會一樣嗎？對面的桌子還是沒有人，蘇珊仍站在門口，卻彎腰跟坐在附近的一個人說悄悄話。我敢打賭她是在說什麼。我迅速站了起來，繞到另一張桌子，抽出了插在鎖眼中的那把銀色小鑰匙。就是那種會附上一個便宜掛鎖的。

我坐回莎拉的桌子，試試鑰匙，輕輕鬆鬆就插入了。

我拉開了抽屜。

我看到的第一樣東西是我自己的臉，對著我微笑。一定是莎拉不知在幾時取得的照片，裱了框放在辦公桌上。照片中的我坐在我們的沙發上，笑望著攝影師——她。那是至少兩年前的事情了。

我把照片翻過來，繼續翻尋。

有只旅行馬克杯，杯身上印著什麼週日早晨的機智妙語。一盒螢光筆。一包A4大小的多孔筆記本紙，尚未拆封，塑膠套仍很完整。一瓶半空的玻璃罐裡裝著硬糖，貼紙寫著「古早味糖果店」。一個餅乾形狀的UBS保溫杯墊，是我去年送她博卿一笑的聖誕禮物。

這些東西何必還鎖起來？

我掀起了那包筆記本紙，底下壓了一個信封袋，白色的長方形開窗信封。是一張帳單。已經拆開過，我把裡頭的紙抽出來。

看到熟悉的〇二標誌，莎拉的姓名和我們家的地址。是她的手機帳單。寄到我們的公寓，被帶到公司來，鎖在抽屜裡。

為什麼？

我把紙張攤開來，一共四張，每一張都印滿了。首頁是總費用以及欠額。計費時間，一行粗體字寫著包含七月。其他幾頁列出了莎拉需要付款的項目：一行又一行的電話，按照日期排列。打給另外一個〇二的號碼，打給別的手機，傳簡訊，媒體訊息，額外的網路簡訊，使用的數據——

剎那間，我知道為什麼了。

「我們要怎麼辦？」我跟摩爾西說，「我們又不能每一個都打。」

我們走向南岸街盡頭的巴爾諾橋，在河邊的長椅坐下。太陽照耀大地，河水低平。利河混濁的綠水散發出腐臭的味道，飄上了我們的鼻孔。

「我們不需要。」摩爾西從背包裡拿出了一支筆，已經在翻動那些紙張了。「我們應該能把範圍縮小。」他把紙交給我。「從頭看一遍，把你認得的號碼劃掉。包括你自己的。」

我照他的吩咐做。稍後，帳單有一半都被線劃掉了。

「再來呢？」

摩爾西示意我把帳單給他。

「再來，」他說，「我會把剩下來的每一組號碼都唸出來，你輸入手機裡。如果已經是你的聯絡人了，你一按撥電話，他的姓名就會跑出來，那應該可以再剔除掉一些。盡量在鈴聲響之前就掛掉，不然我們這一整天就得要跟那個看到未接來電然後回電給你的人說個不停了。」

利用這個方法，我們設法刪除了再幾組電話，比方說莎拉的爸媽，她的兩個朋友，一般的聯絡人像是我們的房東和負責我們公寓區的物業公司。但還是有許多未知電話。

「接下來，」摩爾西說，「是時間。這些時戳都是早中晚、日期、通話時間。莎拉很少在什麼時間打電話或傳簡訊，你想得起來嗎？」

我立馬知道：週六夜。一個星期中只有這一晚幾乎可以保證只有我們兩個人，單獨在家裡。那個歡送會是我們幾週來第一次外出，所以七月的四個週六夜應該是十拿九穩。頭一個週末莎拉可能跟女生出去，但接下來的三個週末我敢肯定我們兩個在家裡，看電視，努力不去管手機。看電視時被電話打擾是最讓我們兩個討厭的事情了。

我從摩爾西手上拿過帳單，開始掃視。只有一個號碼是在十三日那個週六晚上八點過後打的，但那是送披薩的外送員，我們錯過了他的電話，莎拉只得再打回去。二十號那個週六傍晚莎拉打給她母親兩次，第二通電話非常簡短，好像是第一通她忘了什麼，之後她就發了一連串的簡訊給蘿絲。

可是二十七日的那個週六夜——那一晚我真的記得，我們看了《邊橋謎案》（*The Bridge*）第一季的最後一集——莎拉在八點十五分到十一點二十三分之間發了十七通簡訊到同一個號碼。十七通簡訊。

她要說的話還真多啊。

「就是他，」我說，拍著紙張。「一定是。那晚我們在家裡看電視，我注意到她一直在用手機。她一定是趁我去上廁所時發的簡訊，或是她去上廁所的時候。看。」

摩爾西拿回了帳單，仔細研究。

「還有別的時候打到這支電話，」他說，「不過不是很多。主要是發簡訊。發了很多。大多是在白天……」他瞧了瞧我。「在她上班的時候。」

「現在怎麼辦？」

「現在，你打給他。」

我的胃翻了個觔斗，不知是因為利河的臭味或是因為找到了跟我女朋友上床的那個有血有肉的男人，我不知道。

或許是兩者都有。

「然後說什麼呢？」

「就說要找莎拉。」

我解開了手機的鎖，搖搖頭，不太相信我在做這種事。

「他可能會掛掉，」摩爾西說，「然後我就會趕緊插口說她的父母有多擔心，你們已經去報警等等的。」

「我幹嘛不就發簡訊給他？」

「因為我們還不知道是不是他。」

我慢吞吞地按了號碼，檢查了兩三遍。

我看著摩爾西，他鼓勵地點頭。

「好吧，」我說，「開始了。」

我按了撥打。

響了一聲。

我站起來走向欄杆。糟糕的計畫。河水的臭味竟然越來越濃了。

又響了一聲。接著：

「喂？」男人的聲音。「喂？有人在嗎？」

美國口音。他有美國口音。

我一言不發，我連聲音都發不出。我的嘴巴好乾，腦袋一片空白。

嗯，幾乎是空白的。接著浮現出什麼：是莎拉跟這個男人赤裸裸地躺在糾纏的被單上的畫面。

我轉向摩爾西，他詢問地看著我，以雙手示意。

是他嗎？

我點頭。

那就說話啊！

我需要查出這個男人是誰。我應該是要找莎拉的。盡快說出她的父母非常擔心，而且警方也知道了。

我深吸一口氣，張開了口——

「莎拉？」那人說，「莎拉，是妳嗎？」我猛地把頭扭開，像手機著了火。「拜託，跟我說話，莎拉。」聲音變得比較小了，細細碎碎的，因為我把手機拿遠了。「跟我說話，拜託。」

我把手機一甩。

手機砸到了長椅，鏘的一聲，彈跳到人行道上，滑到了摩爾西的腳下。

「亞當，」他說，站起來撿。「怎麼回……」

莎拉，是妳嗎？拜託，跟我說話，莎拉。跟我說話，拜託。

莎拉沒跟他在一起？那她在哪裡？

而且他為什麼語氣擔憂？

「你把螢幕摔破了，」摩爾西說，把手機還給我。「怎麼回事？」

「我……我不知道……」

手機開始在我的手上震動。

耶穌基督，他打過來了。

我按了接聽。

「你是誰？」我對著麥克風說，「你是誰？」現在換成我聽著沉默的線路。「她在哪裡，你個狗娘養的？她爸媽擔心得快生病了。我們已經報警了。就算我查不出你的名字，他們也——」

喀嗒一聲，接著就是撥號音。

他掛斷了。

「『你個狗娘養的』？」摩爾西說，「還真會保持冷靜啊，亞當。」

「她沒跟他在一起。」

「什麼？」

「她沒跟他在一起。」

我重複了那個美國佬說的話。

「這可……」摩爾西搖頭。「我不懂。」

「我也不懂。」

「她沒跟他在一起……那你是覺得比較好還是比較壞？」

「我不知道，」我說，「比較好吧。因為……唉，因為她沒有跟他在一起。比較壞，因為我們又回到了原點。可為什麼——」我住口不語。「天啊，我真受夠了一直在問問題了。我都不記得腦子裡沒有幾百萬個問題像跑馬燈一樣二十四小時轉個不停是什麼滋味了。好累。比較壞，因為我不知道什麼時候是盡頭。會不會有盡頭。整件事可能就一直這樣下去，可能……他媽的，摩爾西，我可能就得這樣子過日子了。」

他一條胳臂環住我的肩膀，拍拍我的背。

「我想她，」我說，覺得淚水刺痛了眼睛。「我就是想她。」

「我知道。」

「作惡夢的時候可以自己叫醒自己嗎？就像，你能分辨只是一場夢嗎？我一向都可以。我在惡夢裡醒悟到我只是在睡覺，我可以醒過來，而那個握著刀的瘋子或是那隻暴龍或是隨便什麼東西就不會再追著我——」

「暴龍？」

「我常作《侏羅紀公園》之類的夢。」

「還真……古怪。」

「我的做法是強迫自己發出很大的聲音，像吼叫或是呻吟，然後就會醒過來。惡夢結束。就這麼簡單。」我彈了彈手指。「你覺得這件事也可以嗎？」

摩爾西傷心地看著我。「你真的應該跟蘿絲談一談。」

「談什麼？」

「談為什麼。」

「她怪我。你不覺得我目前已經有太多事情要處理，沒空聽她反反覆覆數落我為什麼會是天底下最爛的男朋友嗎？」

「我覺得她還有很多話要說，不是說你，而是說莎拉。也許可以幫助你理解。」

「她說都是我的錯。」

「她說的是氣話，亞當。你要是不跟蘿絲談一談，那你現在想怎麼辦？」

「哼，我就是不想跟她談。不過我得打給我爸媽，我們得按照警察的建議——在臉書上那些網站呼籲大家提供消息。我不想要我媽上網玩賓果卻看到莎拉的臉瞪著她，頭條寫著『失蹤』，害她心臟病發作。」

但首先，我又打給了他。漫長的岑寂之後才有一個錄音的女性聲音說：「這支電話的用戶目前無法接通。請稍後再撥。」

我再也沒能撥通那支電話。

這是週六早晨，莎拉跟我在床上。她的背抵著我的胃，她的頭髮又長了，她穿著那件紅洋裝。我跟她咬耳朵，但她動也不動。我一隻手按著她的肩才發現她的皮膚好冰——

我驀地驚醒。

我躺在我們的床上，一個人。儘管如此，我還是只躺在我睡的那一邊。

房間漆黑，只有一抹陽光從窗帘的縫隙中硬擠了進來。我真的睡了一夜？

床頭几上的大力震動讓我知道有來電。我不記得把手機轉成靜音，但我也不記得放了一杯水或是一小包撲熱息痛或是一小瓶巴哈花精或是一包面紙。又是媽。她和爸昨晚等於是搬進來了。她八成是把安眠藥壓碎，撒進了她強迫我吃下去的咖哩裡。

我拿起手機。不明來電。

會不會是……？

我按了接聽。

「亞當？我是丹。別掛斷。」

「丹。」我把自己弄成坐姿。「你那兒不是半夜三更嗎？」

「不，是早上剛過九點。」

「可那就是說……」我把手機拿到面前查看。下午兩點零三分。怎麼回事？「啊，聽著，那天很抱歉。我只是——」

「所以我才打過來。我不是要問你出了什麼事，亞當，我不想知道，因為如果我不知道，那就表示我可以客觀地看待眼前的情況，給你你需要的建議。你付我錢就是為了這個。我不知道你那邊出了什麼事，但是我知道這個：劇本需要在星期五之前送到電影公司去。我需要先看，而且在我們送出去之前我們必須允許一些修改。你知道這是什麼意思嗎？意思是我現在就需要劇本。昨天是最理想的時間，我可以帶回家去利用週末來看。」

「對不起，我只是——」

「你的進度有多少了？」

「丹，問題是我的女朋友——」

「我說了我不想知道。不是我這個人在當超級大混蛋，亞當，我希望你能了解。我只是在為你著想。我要這件事成功，我要能夠告訴你你需要聽的，而不是你想要聽的話。」

「我了解，丹，真的。我只是不知道會不會有——」

「這種事是不會有第二次機會的，亞當。這一點你明白吧？」

「明白。」

「只有一次機會，就這樣。」

「我知道。」

「就跟阿姆的那首歌一樣。」

「我……你說了算。」

「說起演藝圈來，洛城是個小地方，」丹說，「大家什麼都記得，也不會忘記。」

「我了解。」

「劇作家拿著作品走進門口，可他需要得到雇用才能揚名立萬。拿某個白痴執行長在早上淋浴時說的一句話當點子，再變成五部電影的授權。我的一位客戶，強恩・史戴西——你認識他嗎？——他現在就關在亞歷桑那沙漠的流汗小屋裡，把『叢林地鐵』這個詞語擴充成一部暑假大片。電影公司就給他那麼多，四個字，而且是叢林和地鐵。你只需要把你的劇本修改完成。誰會雇用一個連修改自己的劇本都會誤期的人？外面有一大堆像強恩・史戴西一樣的人，為了拿到三百塊稿費裡的一百塊挖空心思要把『無名叢林地鐵計畫』這塊硬屎從屁眼裡擠出來，最後的結局還得給續集或是六部續集留後路。」

「我懂，丹。我真的懂，可——」

「我的忠告是不計一切把劇本修改好，而且要準時完成。讓你的大腦關機。把你的情緒收拾起來。有必要的話，吃點什麼藥。改完就對了。」

「可是這樣的——」

「你是想要讓這一切在還沒開始之前就消失嗎？」

「當然不是——」

「稿費已經寄出了。」

「我知道，只是眼前——」

「凱文・威廉森只用一個週末就寫出了《驚聲尖叫》。」

「其實，那是個迷思。只是宣傳手法。」

「你都還不用寫什麼新的東西呢。你是在修改。一百二十頁主要是在填滿空白。你要是使出渾身解數，三兩天就改完了，那是說你還沒動筆的話。不過你已經開工了。」一陣停頓。「對吧？」

「我當然開工了，」我騙他。「可問題是，我的女——」

「你那邊無論發生了什麼，亞當，不會一直發生下去。會有個終點。這件事也一樣會過去，到時你剩下什麼？什麼也沒有，如果你沒把劇本修改完。」

「可是丹，事情很嚴重。她——」

「我要掛斷了。我明天再打，同一時間。別忘了接電話。你將來會為了這件事感謝我的。」

「可是她失蹤了，丹，行了吧？我女朋友失蹤了！我連女朋友在哪裡都不知道，我哪有工夫去想什麼鬼劇本？而且她還將近一個星期杳無音訊了？」

沉默。

「丹？」

我把手機拿開，他掛斷了。

他媽的。

我撥了莎拉的號碼。

「莎拉，姑奶奶，」我等語音信箱一啟動立刻就說。「妳他媽的是在搞什麼？聽到留言就打給我。打給我，好嗎？我知道妳有在看手機。我看到妳讀了WhatsApp上的信息。這件事必須停止。妳爸媽傷心透了，我們也報警了，我剛接到丹．戈德柏格的電話。妳明明知道這件事對我有多重要，我等了有多久——」房間變得模糊，我這才發覺我的眼裡有淚。「莎拉，拜託，我不知道究竟是怎麼回事，我不知道該怎麼辦，我不知道我應該要做什麼。打給我，妳不需要跟別人說話，只跟我說。妳不願意的話，我也不會告訴別人我們通過電話。拜託，打給我。求妳了。」我深吸一口氣。「莎拉，妳嚇到我了。」

有人輕敲臥室門，然後門打開來，蘿絲端了一杯冒煙的飲料和一盤吐司站在門口。

我趕緊掛上電話，把手機放在床上。

「妳母親叫我來的，」她說，「我能進來嗎？」

「當然。」

「你是不是有講電話？」

「我的經紀人，」我說，「別問了。」

蘿絲把杯子遞給我，原來是咖啡。她把吐司擱在床頭几上，先推開了我母親那一堆應變的東西。

「你能睡這麼久很好，」她說，「你需要休息。」

「有消息嗎？」

「沒，什麼也沒有。」

廚房有什麼東西砸碎了。

「誰在外面？」我問。

「你爸媽，還有摩爾西。傑克和茉琳正要趕過來——顯然是你母親打給他們的。她想強迫他們吃晚餐，確定他們沒事。」

我杯裡的玩意漂著黑色小碎片，要我猜的話，媽弄的咖啡不是用煮的，而是像即溶咖啡一樣用沖泡的。

蘿絲轉身要走。

「等等，」我說，「我們能談一談嗎？」

她遲疑了一下才坐下，就坐在床的邊緣。

「摩爾西說莎拉讀了WhatsApp上的信息。」她說。

「對。」

「而且她沒跟那個美國人在一起。」

「看起來是這樣。」

「她真的愛你，亞當。」

我輕聲笑。「對，看起來是這樣，不是嗎？」

「她真的愛。只是不像……只是不像以前那樣了。她在乎你。」

「她是想離開嗎？」

蘿絲咬住嘴唇。「對。」

「什麼時候？」

「等錢匯進來之後。你的錢。等你能自己謀生之後。」

「為什麼？」

「她就是……她不再確定了。確定你跟她應該就是這個樣子。你們在一起十年了，亞當。十年。她才二十九，她十九歲就跟了你了。」

「我自己也算得出來，蘿絲。」

「你仍然是十九歲時的那個你嗎？」

「不然我還會是誰？」

「你知道我的意思。莎拉跟你，從你們相識之後就都成長了。二十幾歲的人都這個樣子。要是你在變化都還沒開始之前就遇見了某個人……唉，你們兩個都從另一邊走出來，成長為兩個仍然想要在一起的人，這種機會有多高？」

「我就是一個。」

「那就只有你是。」

「莎拉跟我有約定，她有跟妳說嗎？」

「你是說你可以躲避成人的所有責任，而我們這些人卻不得不想辦法弄懂要怎麼把責任扛在肩上？那個約定？有，她跟我說過。哈，當男人一定很爽，沒有截止日。」她揮動雙臂。

「來，你想要多久時間都沒關係。」

「我也會給莎拉她想要的時間。」

「你真好心，可是自然之母可沒有那麼大方。」蘿絲豎起她的食指，來回揮動。「滴答滴答，生理時鐘可不會停。如果妳是女人，而妳計畫要生孩子，妳出去冒險，追逐夢想的時間就會有一個賞味期。莎拉擔心她的賞味期，這很正常。你好像一點也不擔心。我敢打賭你連想都沒想過。」

「可她為什麼不乾脆跟我說清楚？我們可以想辦法解決啊。」

「我想她是已經下定決心了。」

「這種做法就不傷人，不尷尬？」

「要是莎拉這個時候從門外走進來，說她想分手，你得離開，你要去哪裡？」

「我總能找到地方的。」

「她就是在等你不需要想辦法，等你的戶頭裡有了錢。等你會照顧自己，等你能夠照顧自己，在她丟下你一個人自生自滅之後。」

「那她人在哪裡？躲起來等這一切發生？」

「我不知道她在哪裡，」蘿絲說，「她本來是要回來的。」

「為什麼把護照寄回來？」

「我不知道。」

「那張字條又是什麼意思？」

「我不——」

「她為什麼不打電話？」

她兩手向上拋。「亞當，我不知道。」

「妳覺得她有麻煩了嗎？」我小聲問。

「警方好像不覺得。」蘿絲愣了愣才說。

「我問的不是這個。」

「我覺得……」她緩緩吸氣又吐氣。「我覺得等我們知道了究竟是怎麼回事，我們都一定會一巴掌拍在額頭上。這就像幾年前我妹妹——她那時才十九、二十歲——有個星期六晚上沒回家。我媽要等到她回家才睡得著，所以就睜著眼睛躺到半夜四、五點，然後她開始打電話，發簡訊，卻沒人接，沒有回覆。等時間差不多了，我們就打給跟她一起出去的朋友，她說她們在午夜時就從夜店出來了，分開之後就沒見過她。茹絲十一點要上班，她的制服放在家裡，所以快到十點時我們都真的很擔心她沒回家。她工作的地方一開門營業我們就打電話去了，以為她可能直接去上班了，可是他們也沒有她的消息。兩年來她沒有曠過一天班。我媽正拿起電話要報警，她就從門口走了進來，到處找現金要付計程車費。她的皮包在夜店被偷了——所以手機也不見了——她是在朋友家過夜的。她們都喝醉了，所以早上睡過頭。她十五分鐘前才醒的，完全不知道我們都在家裡，嚇得魂都快沒了，想像著貼尋人啟事和組織打撈隊的日子。真的好真實，亞當。我媽就要撥一一九了，我們都相信發生了很可怕的事，都開始往最壞的方面想，就因為有人沒接電話。可其實一點事也沒有。」

「莎拉可不只是消失幾個小時。」

「我並沒有說兩件事完全一樣。」

「萬一她不回來了呢？要是妳妹妹沒回家，妳會怎麼做？」

「我們還是別往那兒想吧，」蘿絲說，「擔心是最沒用的人類情緒。難道沒有人告訴過你嗎？想不想知道是誰告訴我的？我給你一點暗示：她寫在一張『念著你』的卡片上，在我相信我畢業那年的考試當掉的時候。」

「唉，」我嘆口氣。「她說得倒輕巧。」

又有人敲門，這次是摩爾西，揮舞著他的iPad。我一看螢幕上的藍色橫幅就知道他登入了臉書。

「亞當，」他說，「你需要看看這個。」

歐曼

一九九三年巴黎馬爾利勒魯瓦

巴黎的雪跟落在他們老家的雪不一樣。鄉間的雪落在地面上好幾天都不會有人踩踏，又厚又白。而在城市裡，市府工人會在雪一落下之後就犁出一條路來，而行人那麼多，不出多久就會被踩成骯髒的雪泥。

耶誕夜前一天，歐曼在雪泥中前行，要到學校去。氣溫在夜裡掉到了零下，所以很有可能一些看似無害的雪其實是凍結成石頭一樣硬的冰。他一次又一次提醒媽媽他需要新的雪靴，他去年那雙穿不下了，但是除非是米基的事——他什麼時間該吃哪顆藥，如何清潔餵食管，他的輪椅電池何時該換——這些日子她的腦袋裡似乎就沒有別的事。她會忘記。

那天早晨他告訴了爸爸，爸爸答應他那天下班回家路上會幫他買一雙。

「在那之前就穿這個吧，」他說，脫下了他自己的有疙瘩的厚羊毛襪套在歐曼的運動鞋上。「走慢一點，好嗎？還有要小心。」

歐曼確實走得慢——慢到他在鐘響之後才到學校——而且他是小心，可襪子越濕，腳下的地面感覺就越滑。就在學校大門外，他的左腳滑了一下，結果整個人也跟著滑了出去。

他大喊大叫，摔了一跤，重重撞在步行小徑上，右邊身體落地。歐曼的眼淚冒了出來，一邊髖骨刺痛，手肘刺痛，兩隻手掌都擦破了。

他能感覺冰濕的雪浸透到他的長褲裡。歐曼心裡一沉，知道等他站起來，他會像是尿了褲子。

他坐起身來，等著痛楚稍微減退。他遲到了，其他同學現在都已經坐在教室裡了。唯一能讓他更倒楣的事是——

「嘿，快點啊！是歐曼智障！」

巴斯迪昂．皮克正從小徑過來，後面跟著他的兩個朋友。巴斯迪昂是四年級，比他大兩歲，他家就在歐曼家的正對面。他對低年級的男生都很壞——他也老是因為這樣惹上老師——可是，不知道為什麼，他對歐曼特別壞。

「你他媽的是怎麼了？」他這時站在歐曼身前，拿沉重的靴子踢他。「我看你是跟你那個小弟弟混太久了吧。要我去幫你把他的輪椅推來嗎？還是」——一陣爆笑——「你需要的是他的尿布？」

另外兩個男生也笑了起來。

歐曼努力把自己撐起來，可是巴斯迪昂又把他推倒。

「你最好待在這裡，」他說，「等智障救護車來載你。」

「同學們？」有位女老師站在大門口。「那邊是怎麼回事？」

「沒事，老師。」巴斯迪昂大聲喊。可是他轉身說這句話時，故意往旁站，讓坐在地上的歐曼露了出來。老師趕緊走過來。

「怎麼了？沒事吧？」她把歐曼扶起來，然後轉向巴斯迪昂。「你是又想要停學嗎？」

巴斯迪昂舉高雙手，表示與他無關。

「我只是在把他扶起來，貝里老師。」

「最好是。」

「我是啊。」巴斯迪昂看著兩個跟屁蟲，要他們支援。「不是嗎？」

兩個男生都乖乖點頭。

貝里老師轉向歐曼，命令他說出是怎麼回事。巴斯迪昂在後面狠狠瞪著他。

「我想回家，」歐曼說，「我可以回家嗎？」

「先告訴我是怎麼回事。我要聽實話。」

歐曼又濕又冷，一邊身體真的很痛。他只想回到他的臥室，鑽到毯子底下，在黑暗中等待爸爸下班。

「我在冰上跌倒了，」他木然說，「他在扶我起來。」

「歐曼，看著我。」

歐曼不情不願地抬起了眼睛。

「好，再說一遍。是怎麼回事？」

「我在冰上跌倒了，」他重複一遍。「巴斯迪昂只是在幫我。」

「看到沒有？」巴斯迪昂張牙舞爪地說。「我就說嘛。」

貝里老師命令巴斯迪昂和另外兩個男生進學校去，再扶著歐曼進學校，到校長辦公室去。他可以走路，可是身體半邊痛得越來越厲害。

他們說已經打電話給他的母親了，她正要過來帶他回家。他就在校長室外面的椅子上等。他們給了他一杯熱巧克力喝，幫他披上一件很癢的毛毯，說他的母親隨時會到。

他們家就在幾條街外，她不應該這麼久才對。

可是媽媽花了一個多小時才到學校，也沒問他怎麼樣，或是發生了什麼事，就只是匆匆謝過了校長秘書，抓起歐曼的手，說他們得趕快回去，因為米基洗澡的時間快到了。

聖誕節還可以。歐曼得到了一台PlayStation、一些新書和新衣服。尚恩得到一套職業摔角手公仔，他壓根就捨不得放下，還一起睡覺。米基過了媽媽說的「好日子」，意思是他的輪椅或是藥或是食物都沒出錯，而且他大多數時間都很安靜，沒有發脾氣或是焦躁。這是他們第一次讓他在家裡過聖誕節，幾個月前他還住在一個專門收容他這樣的孩子的醫院。所以他們才會從鄉下搬走，才能靠他近一點。現在他們全都團圓了，歐曼覺得這就是為什麼連媽媽都心情很好的原因。她在晚上跟爸爸一起喝了酒，而且沒有對誰大吼大叫，或是生氣。

歐曼的右半邊身體出現了大面積的深紫色瘀血，但是不再痛了。至少是沒有之前那麼痛了。

他並沒有告訴大家。

「嘿，歐曼，」爸爸在聖誕節過後的第二天說，「我聽說公園今天早晨開放了，每個孩子都去那兒堆雪人了。他們想堆一支雪人軍隊。想不想去？」

歐曼搖頭。不。如果「每個孩子」都在那裡，就表示巴斯迪昂・皮克也可能會在。

「啊，走嘛，」爸爸說，「會很好玩的。你可以帶尚恩去。」

尚恩一聽到他的名字就放下公仔抬起頭來。公仔全都放在客廳地板上，圍繞著一個塑膠摔角擂台。只有一個例外，他仰天躺在擂台上，粉紅色和黑色的裝備，是「殺手」布雷特・哈特。

「我不想去。」尚恩抱怨著說。

「聽著，孩子們，你們從放假之後就一直待在家裡，你們需要到外面去。歐曼，我買雪靴給你是幹什麼的？那可不是在客廳地毯上穿的。還有，尚恩，你可以帶著你的摔角手啊。他們在冰上也能打吧？」

「不能。」尚恩悶悶不樂地說。

可是爸爸很堅持，非要他們出去一會兒。他幫他們兩個穿上了一層層的衣服，塞給歐曼幾法郎，讓他們到店裡買糖果，而且叫他們要在外面至少待半個小時。

事情有點奇怪，可是歐曼還是乖乖照做。

他總是乖乖照做，最近這些日子。

兩個男孩子盡責地跋涉到公園去，從他們家其實只需要走五分鐘。歐曼讓尚恩走在小徑的內側，離開馬路，而且一路握著他的手。

公園裡到處都是小孩子，而且他們都在堆雪人。歐曼數了數，光是大門內的開放區域就差不多有二十個雪人。有的有配件：圍巾、帽子、胡蘿蔔、小樹枝、煤炭。公園前天關閉了，讓雪可以有機會堆積起來，又白又厚。讓他想起了老家的花園在冬天時的樣子。

尚恩對雪和雪人都沒興趣，他只想玩他的公仔。歐曼建議他們穿過公園到商店去，買一些糖果，然後就回家。要是他們走得夠慢，大概可以拖到爸爸規定的半小時。

「那冰呢？」尚恩問。

「什麼冰？」

「爸爸說我可以在冰上玩摔角。」

「嗯……」歐曼東張西望。池塘就在正前方，他們可以繞過去，就可以走到商店那邊的出口，時間會花得比較久，但這樣反而會讓爸爸高興。「好吧，走，可是只能玩一分鐘。我想回去了。」

池塘並沒有整個凍住，只是表面結一層冰，冰層很薄，透明的，而且處處是裂痕和縫隙。四周也一個人都沒有。

在邊緣比較淺的地方冰還滿厚的，所以歐曼跟尚恩說他可以把公仔放在這裡。

「不過你不准離開步道，不准走到池面上，只有摔角手可以，好嗎？」

尚恩點頭。「好。」

他蹲下來開始把公仔排列在冰面上。

「我不相信，」一個聲音說，「又是你。」

是巴斯迪昂．皮克，順著池塘的側面向他們走來。一個人，不過他的笨蛋嘍囉是絕對不會走太遠的。

「尚恩，」歐曼說，「對不起，可是我們得走了。」

「可是裁判都還沒有按鈴呢。」

「你可以回家再比。走吧。」

巴斯迪昂已經走到他們面前了，他低頭看尚恩。

「你們有幾個是智障啊？」

尚恩的表情垮了。

「別惹他。」歐曼說。

「喔，別惹他？」巴斯迪昂裝出高亢的女孩子聲音。「你要我別惹他？」他向歐曼逼近，臉孔距離只有幾吋，近到說話時歐曼感覺到有口水噴在他的臉上。「你他媽的敢命令我？想都別想。」

尚恩用很小的聲音說：「歐曼？」

「我們走，尚恩。把你的玩具撿起來。」

「你哪兒都不能去，」巴斯迪昂說，「你害我因為你被留校，你知道嗎，幹。我根本什麼也沒有做。是你這個白痴自己跌倒的。我剛才看到你出來，我就想現在是收債的好時候了。」

歐曼沒吭聲，他想到了爸爸給他們買糖果的錢。巴斯迪昂要的是這個嗎？

「歐曼？」尚恩又開口。

「既然我要因為踢了你的爛屁股惹上麻煩，」巴斯迪昂說，「那我起碼應該要真的踢到。」

不，他要的不是錢。他是要把歐曼痛扁一頓。

「歐曼？」尚恩說，「歐曼，這是怎——」

巴斯迪昂突然轉過去，大聲吼叫：「你給我閉上你的鳥嘴！」

尚恩瞪大眼睛，充滿了驚嚇，隨即五官皺成一團，無助地看著歐曼，雙腿間漸漸出現一塊暗色的痕跡。

巴斯迪昂笑了起來。

「不會吧。真的假的？你連大小便訓練都——」

橡皮筋應聲而斷。

歐曼事後就會這麼解釋，也是他唯一能做出的解釋。好像自從米基出意外之後他就把一切都憋在心裡，他一直在隱忍怒氣，忍受巴斯迪昂和其他男生對他的欺凌，他為了盡力做個好孩子而不得不吞下肚的所有的話——全都捆了起來，藏在別處，塞在後面，被這條橡皮筋捆得緊緊的。

結果又怎麼樣？

基本上被媽媽無視。在學校被霸凌——巴斯迪昂不是第一個。而現在，可憐的尚恩被大吼大叫，嚇壞了，還被侮辱，被這個白痴、卑鄙的王八蛋——

歐曼右臂向後縮，使出吃奶的力氣捶在巴斯迪昂的臉上。

之後，一切似乎都以慢動作發生。

他的第一拳打中了巴斯迪昂的下巴之下，再繼續向前衝，打中了他一邊脖子的柔軟肌肉。

巴斯迪昂驚訝地瞪大眼睛，直向後跌，跌出了池塘的邊緣。

猛烈的撞擊打破了薄冰，尚恩在他們踩的薄冰裂開之前及時抓起公仔。

憤怒有如火焰在歐曼的血管中竄燒。

他感覺不是他自己。感覺上他是站在幾呎外，從遠處看著自己。

他舉起了站在池塘邊緣的腳，踩進了另一邊的淺水中。他感覺像巨人，矗立在巴斯迪昂的面前。他感覺強壯，不可思議的強壯，像是他願意的話可以輕易折斷這個男生的脖子。

巴斯迪昂跌坐在水裡，水淹到了他的胳肢窩。他手腳亂拍，想要站起來，但水溫已經影響了他的呼吸，他開始大聲喘氣。

他抬頭看著歐曼，既迷惑又害怕。

「你他媽的——」

歐曼彎腰把巴斯迪昂往下推，推到水面下。兩隻手掐住他的脖子，一隻膝蓋跪在他的胸口上。

在他後面，在步道上，尚恩哭了出來。

歐曼能感覺到巴斯迪昂在水下手腳亂舞，想要站起來。他的兩隻手伸在水面上，絕望地亂揮，冰冷的水珠也隨之亂飛，潑啦的聲音不斷，拉扯著歐曼手背上的皮膚。

不過，歐曼仍死死掐住他不放手。一直到拍打聲停了他才放手。

然後，小心翼翼地，他抬起了膝蓋。沒有動作。

他放開了他的脖子。還是沒有動作。

他把手拿出水面，低頭看著雙手，翻過來研究掌心。他的手被水凍得發青，手指的肉墊都皺巴巴的。他看著手的後面，看著水裡。

巴斯迪昂灰色的臉孔漂浮在水面之下，張大眼睛。

然後歐曼突然回來了，回到他自己的身體裡，不再是從遠處觀看了。這是真的，真的在發生。

他看著尚恩，再回頭看巴斯迪昂，再看著尚恩。

他做了什麼？

歐曼走出了池塘，一把抓住弟弟的手，拖著他就跑，一路跑回家。

起初，感覺屋子空空的。媽媽帶米基去醫院看診了，歐曼知道。可爸爸呢？他大聲喊他，卻沒有人回應。客廳的電視開著，爸爸出門的話不會不關電視的，對吧？那他是在哪——

歐曼看到他了，在窗戶外。

爸爸在後花園裡，在蹦床的兩根柱子之間結網子。新的蹦床。難怪他叫他們到外面去。

歐曼看著爸爸為他們準備的驚喜，驀然醒悟：他毀了一切。又一次。他讓黑暗籠罩，只有一分鐘，結果毀了一切。又一次。

尚恩舉手要敲玻璃，但是歐曼阻止了他。

「不要，」他說，一根手指壓在嘴唇上。「別出聲，好嗎？我們要溜到樓上去，不能發出聲音。這是在玩遊戲。」

他們回到了房間，換上顏色類似的乾淨衣服，希望爸爸不會注意到差別。不過他會注意到他們的雪靴不見了，所以他們把腳塞進了媽媽放在浴室垃圾桶的塑膠袋裡，再套進濕透了的靴子裡。

尚恩小心地把濕大衣口袋裡的公仔拿出來，放進他現在穿的那件乾淨的大衣口袋裡。

「歐曼，」他說，「布雷特．哈特呢？」

「嗄？」

「布雷特．哈特不在這裡。」

「你確定嗎？」

「他不在這裡。」尚恩的聲音開始拔高。「他不在這裡！」

「尚恩，拜託，小聲一點。別忘了我們在玩遊戲。我保證再買一個給你，好嗎？」

「可是我要我原來的那一個。他在哪裡？」

「你可能是掉在外面的路上了。我們去找，好不好？」

歐曼把濕衣服都藏在他的體育袋裡，再塞到衣櫃的最裡面。然後他走到窗戶。爸爸仍在外頭。蹦床就快組裝好了。

他們匆匆下樓，又從前門出去。繞了街區兩次，再回來按電鈴。

「孩子們！」爸爸打開門時說，「公園好玩嗎？玩得高不高興？有沒有堆雪人？」他們還沒回答，他就招手要他們往走廊走。「我有個小小的驚喜要給你們。嗯，是大大的驚喜。在花園裡。本來是聖誕老公公要送來的，可是在海關那裡耽擱了，所以……」

歐曼和尚恩在爸爸背後互看了一眼。

歐曼一根手指壓著嘴唇。

猶豫了一下之後，尚恩點頭，只點了一下，默默同意了。

第二天早晨，巴斯迪昂失蹤的消息上了頭條。整個社區都是警察，家長們聚集在一起，指揮搜尋行動。爸爸說他要去，可媽媽阻止了他，說家裡更需要他。米基今天是「壞日子」。輪椅的電池一直嗶嗶響，媽媽搞不懂是為什麼。她很擔心電池隨時都會耗盡，那他們就得到醫院去了。爸爸哪兒也不准去。

歐曼跟爸爸坐在客廳裡看電視。本地的新聞台報導了直升機拍攝到的跳動畫面，人們走在覆著冰雪的街道上，穿過學校的操場，查看水溝和下水道，翻找垃圾桶。巴斯迪昂的爸媽站在門階上，彼此擁抱，哭著懇求大家提供他們兒子的下落。

歐曼的胃壓著沉甸甸的一塊東西。恐懼從他的每一個毛細孔分泌出來。他們遲早會找到屍體。他是不是應該直接逃跑，可他又想不出能跑到哪裡去。

他為什麼會做出那種可怕的事情？又一件可怕的事？

為了保護尚恩。

尚恩呢？他一整天都躲著歐曼，但這也是情有可原。雖然他不確定尚恩是否真的了解他親眼目擊了什麼。也許他現在很怕他。也許他只是在玩那些討厭的摔角公仔。

這倒讓他想起了一件事：他得去找另一個布雷特．哈特。他存了一些零用錢，錢不是問題，他就是不知道該去哪裡買。他得研究研究。

午餐之後公布了消息。巴斯迪昂．皮克的屍體在公園的池塘裡被發現了。警察請昨天午餐到六點之間在公園裡或是公園周邊的人提供線索。有一大群人在堆雪人，你或是你的孩子也是其中之一嗎？他們尤其想跟一個在池塘或是周邊弄丟了一個美國摔角手公仔的人談一談。顯然是巴斯迪昂被發現時身上有個公仔，即使他本人並沒有這種東西。

然後電視畫面變得空白。爸爸用遙控器關掉了電視。

「一個美國摔角手公仔，」他重複道，「在公園裡……」歐曼屏住呼吸，看著他父親慢慢朝他轉頭。「歐曼？」

只是兩個字，卻滿滿是傷心。

歐曼不敢轉頭面對父親。他沒辦法。

在米基出事之後，爸爸是唯一一個幫他說話的人，為他向媽媽解釋。她想要把他送走，她想要讓他受罰，她不想再看到他。我就知道他不對勁，我不是早就說過嗎？沒有嗎？你卻老是要我冷靜……可是爸爸讓她了解歐曼只是個孩子，一個想幫忙的孩子，他是在模仿大人，不明白自己的錯誤。

爸爸了解米基究竟是出了什麼事。可是這一次他會嗎？

歐曼可以說是意外，說巴斯迪昂在尚恩跌倒的時候說了難聽的話。但是歐曼不幫他，不跑去求救的藉口是什麼？他可以說他嚇慌了。他那時是嚇慌了。這是實話。

「歐曼？」爸爸又說，「歐曼，你是不是——」

媽媽站在門口，淚水從臉上往下滴。她的表情既憤怒又害怕又傷心。

她手裡拿著那個裝著濕衣服的體育袋。

尚恩握著她的另一隻手。

他站在她後面，靠著她的腿，幾乎是躲在她的裙褶裡。吸著大拇指，就跟他年紀比較小的時候一樣。

他不肯看歐曼。

「警察要來了。」她對歐曼說。

「什麼？」爸爸站了起來。「妳說什麼？」

「他知道，」媽媽恨恨地說，指著歐曼。「你可以問他。還有，不准你跟我說話。我上次聽了你的，結果你看看現在出了什麼事。他不是個孩子，查理，我一次又一次跟你說。他差一點就殺了米基，現在他真的殺了那個孩子——而且還是當著尚恩的面！」

爸爸一臉困惑。

歐曼哭了起來。

尚恩拉扯媽媽的手。「現在我們可以再買一個布雷特．哈特了嗎？」

亞當

「『我知道很不可能，』」我大聲讀道，「『而且我先生說我不應該打擾你。可是她有科克口音，而且說她的名字是莎拉。她一個人吃晚餐，就坐在我們隔壁——華亭餐廳只有十二人的桌子，客人都是併桌的。我在你的貼文上看到你的莎拉上週日從科克搭機到巴塞隆納，我們也是。不過我沒有在飛機上看過她。後來我們在週一一大早搭上了從巴塞隆納出航的「慶祝號」。我可能是弄錯了，天主原諒我，可是我相信就是她。不過她的髮型不一樣——短短的，像男生。很遺憾沒能提供更多消息，因為我們只聊了聊船的事——保羅跟我也搭過處女航，所以我們建議她可以做什麼活動，去哪些地方，諸如此類的——然後我就沒有再見過她了。可那是一艘很大的船——可以容納兩千名乘客！我們在法國尼斯和義大利的拉斯佩齊亞停留，然後再返回巴塞隆納。週四早上下船，四天三夜。如果你覺得我幫得上忙，可以聯絡我，可是我說過，我只知道這麼多，而且有可能是我認錯了人。不過我還是會為你們大家禱告的。祝好，瑪麗．馬赫。』」

唸完後，我放下手機，抬起了頭。

庫薩克坐在會議桌的另一邊，表情似乎在說：然後呢……？

然後她真的說了。

「那個標記。」茉琳提醒我。

「喔，對。」我滑了一張A4的紙過去，紙上有一半是一對中年夫妻的照片，他們站在一艘大遊輪的一幅壁畫前。圖片上有一條條的白線：我的影印機快沒墨水了。「這是瑪麗跟她的先生，在船上。」我敲了敲右下角，那兒有個標誌的疊影。「看到了嗎？」我把莎拉的護照翻到照片頁，那張字條仍夾在裡面。我把護照平攤在桌上，跟影印紙並行。「彎彎曲曲的線——是海浪。這是『藍色波浪』的商標，就是『慶祝號』所屬的公司。莎拉一定是在船上時拿到這張紙的。」

在我左手邊的傑克從鼻孔裡哼了一聲。我轉頭看他，發現他的嘴唇緊緊抿成一線，雙臂在胸前交抱。

他的樣子像在生氣，可是氣誰呢？

氣莎拉？

氣我？

「這麼說這個消息，」庫薩克問我，「是在臉書上的？」

「對。」

週五晚上摩爾西幫我們架設了一個「協助我們聯絡莎拉．歐康諾」的臉書頁，到週六下午，有個蒂珀雷里郡的女士傳了私信，說她叫瑪麗．馬赫，剛從地中海之旅回來，說在遊輪上遇到一個女人，她覺得是莎拉。

瑪麗描述的莎拉有科克口音，頭髮非常短，而那艘船——「慶祝號」——在尼斯暫停，護照也就是在這裡蓋的戳記。

不過，遊輪？莎拉為什麼會去搭遊輪？

臉書頁的信箱很快就被類似的荒謬消息灌爆了。就在瑪麗傳來訊息之前就有人說莎拉週四早晨在馬爾恩口的特易購超市買了滿滿一推車的冰塊，之後又有一個靈媒說，嘿，壞消息，莎拉死了，但好消息是要是你們肯出兩百塊歐元，可以讓你們跟冥界裡的她聯絡上。

可後來摩爾西去查看瑪麗的臉書個人檔案頁面，發現她剛把封面照更新了，是遊輪上拍的照片。他一眼就認出了那個標記。

我們聯絡了瑪麗，後來又跟她在電話上聊了一會兒。接著我們打給庫薩克警員，告訴她我們有了新的發現，她同意把我們的週一會面提前。這時是週日早晨，我們又回到了安傑西街上的地區總局，而庫薩克的反應並不如我的預期。

事實上，她對於我們找到莎拉搭過地中海遊輪的消息幾乎沒有反應。

庫薩克拿起了桌上的影印紙，拿到眼前細看。再放下。拿起護照，翻了翻，停在某一頁上，挑高一道眉，把護照翻轉過來，仔細看她看到的東西。

「我也找到了，呃，那個朋友，」我說，「我在莎拉的電話帳單上找到了他的號碼。她沒在他那裡。我有他的號碼，妳想要的話。不過從星期四起我就再也打不通⋯⋯」

庫薩克一言不發。

「而且她也讀了我的留言，」我接著說，「我發給她的WhatsApp訊息，現在的狀態是已讀了。我覺得她是星期三晚上看的，或是隔天一大早。還有我們確定她跟公司請病假，所以——」

「很好，」庫薩克說，「這些都是好消息。可是我有一點不明白。在這個階段你們是覺得我們能提供什麼服務？」

「嗯，我們需要你們確認她搭過遊輪，」我把「想也知道」四個字硬吞了下去。「我們打給『藍色波浪』，可是他們不肯透露旅客資料。他們一定知道她是在哪裡下船的，幾時下船的，跟誰一塊。她是否在船上時跟他們說她的護照遺失或是失竊。也可能她在船上發生了意外，或是生了病，必須被轉送到醫院去。」我感覺到茉琳因為這種可能而悚然一驚。「你們可以查出電話號碼是誰的，那一支莎拉的……朋友的。查出登記在誰的名下，這種事情我們自己沒辦法查。」

「我不確定我們可以，」庫薩克說，「你說莎拉沒跟他在一起？」

「她現在沒跟他在一起，可——」

「那尼斯的警方呢？」茉琳問，「還有領事館？妳說過會去問他們。問到什麼了嗎？莎拉有沒有去過？你們到底是幾時要」——茉琳的聲音拔高了——「動起來，去找我的女兒？」

傑克一隻手按著太太的胳臂，我看不出他是在安慰她還是叫她別說了。

「我知道這種情況你們一定很難熬，」庫薩克溫和地說，「而且也很迷惑。可是我在星期五剛見面時就解釋過了，我們不會因為有行為能力的成年人不告訴別人他們的行蹤就去找他們。我們不會因為有人關了手機就派出搜救隊。我們也不會成立失蹤人口案，除非聯絡不上的這個人受了傷、可能會受傷，或是計畫要傷害自己。但是在這件事上我看不出有任何證據可以導出這種結論。而這是好事情。」她呼口氣。「好，我來說說我的發現……」

原來愛爾蘭共和國警察對於各種事情有他們自己的說法。我們坐在那兒聆聽庫薩克把過去一週發生的事詮釋成「警察官腔」。

莎拉向公司請病假，跟我說她去開會，什麼也沒跟她的父母說，這種行為變成了對所愛之人刻意誤導行蹤。提領六百五十歐元（零頭的三歐元，庫薩克解釋道，是使用國外提款機的手續費）是擁有金錢；提領現金而不是使用信用卡是在隱藏一舉一動。而改變髮型的意思是，將來無法或是難以取得能夠正確反映出莎拉目前模樣的照片，按照「警察官腔」的說法是積極採取偽裝外貌的步驟。

「不，」我說，「莎拉不會這樣對我們。她就是不會，我了解她。她不會丟下我們，丟下我們像無頭蒼蠅一樣亂轉。」

「是你自己說的，亞當，她讀了WhatsApp的訊息，狀態是已讀。假設她看了你們傳送給她的一切信息，可能讀了電郵，也聽了語音留言。她全都收到了，可是她選擇完全不回應。」

「總得有個理由啊。說不定她是不能回應。」

「她卻能去搭遊輪？」

我無法回答。

「我們聯絡過外交部，」庫薩克說，「明天早晨我們會向國際刑警組織發出通知。不過目前的情況我們最多只能做到這樣。根據我們的審核，我們應該做的也只有這樣。而且這是好消息。」

「妳一直這樣說，」茉琳說，「可是我還是不知道我的女兒在哪裡。」

「我們應該要怎麼做？」我問，「妳真的就要讓我們只靠臉書？」

「其實呢……」庫薩克清清喉嚨。「你們可能會想要考慮一下如果你們繼續呼籲大眾協助你們和莎拉聯絡——尤其是在網路上——可能會發生什麼後果。大家會找出她最後出現的地點，你們也知道風向變得有多快。你一聽見『遊輪』就會……嗯，就會想到度假。」

「度假？」茉琳難以置信。「度假？」

傑克在椅子上欠身。

「那護照呢？」我問，「就算她是在度假，那她沒了護照是要怎麼回家？把護照寄回來的又是誰？信封上的字跡不是她的。」

庫薩克又拿起了護照，翻到中間頁，轉過來讓我看上頭黏著什麼：是一張航空公司的行李貼條，遺失行李時用來追蹤的。

「這個行李標籤上寫著『科克』，」她說，「要是有人找到——在莎拉遺失之後——他們從社群媒體上就能輕易追查到長相和照片相似而且住在科克市道格拉斯區的莎拉．歐康諾。」

「是嗎？」我譏誚地說，「而且還猜出了她的地址，這麼厲害？」

「她在電話簿上。」

「嗄……」

電話簿？怎麼可能？我都不知道現在還有人做那種東西。

「只要裝設家用電話就會有。」庫薩克解釋道。「莎拉有沒有設定你們的電話或是寬頻帳戶？」我點頭。什麼都是莎拉設定的，因為付錢的人是她。「所以嘍。」

「一定有幾百個莎拉．歐康諾住在——」

「她的臉書頁是公開的，她過去也在你們的公寓裡登入過。不需要偵探也能查到。」

「最好是。」茱琳嘟囔著說。

「可是那張字條呢？」我問，「如果護照是歸還失物，那怎麼會夾著那張字條？」

「粗體字，語焉不詳，簽名是縮寫字母。可能是——」

「字跡是她的，我認得。」

「我知道你相信——」

「是她的，我確定。」

「好，」庫薩克說，「我們就暫時假設字條是莎拉寫的。護照也是她的，雖然我想不通她為什麼會提前把護照寄回家。我們如果展開失蹤人口調查，目標有兩個：一、如果我們相信這個失蹤的人發生了什麼事，我們會查出究竟是什麼事；如果有別人涉入，我們會想逮捕他們。二、如果我們認為這個人是自己離開的，那麼我們的目標就是聯繫上他。聯繫始終是我們的目的，不是我們和他們的直接聯繫，就是失蹤的人跟他們家人間的聯繫。

她的眼光瞥向護照。

「不，」我說，「不。」

「如果這本是莎拉的護照，那就是這個意思：聯繫。不過我並不認為。我相信這個，借用你的說法，是歸還失物。」

「可我們還是不知道莎拉在哪裡啊。或是她怎麼樣了。如果她沒事——」

「目前你們無權知道。我知道這麼說你們很難過，可能也沒辦法接受——至少暫時是——但是莎拉是位成年女性。她這種做法可能不太好，但是她完全有權利這麼做。」

「妳是在裝糊塗嗎？」換我的聲音拔高了。「妳說的人我不認識，她是陌生人，是外星人。我不認識妳說的那個莎拉。她不會做這種事，她不可能做這種事。」

「但是她做了。」

我驚訝地轉頭看聲音的來處。

傑克看著庫薩克，把椅子向後推開。

「我們懂了，」他對她說，「謝謝妳。」

他站起來要走，還示意茉琳也一樣。她無助地看看他，看看我，又看看庫薩克，再回頭看傑克。

「可是莎拉——」她對他說。

「行了，茉兒，我們走吧。」

我也站了起來。「傑克，你這是做什麼？我們得找出——」

「你想過我們的感受嗎？」他突然恨恨地衝我說，「我們得告訴每個人我們二十九歲的女兒逃家了？害她的母親這麼傷心。更別說她一個人飛到西班牙是想幹什麼。西班牙，還有法國。你醒醒吧，孩子。那丫頭是去度假了。耶穌基督。簡直就是秘魯二人組重演。我不想知道她在哪裡，她在做什麼。我不在乎。這個……這個難堪的事情就到此為止了。」

所謂的「秘魯二人組」是一對年輕女性，據稱約莫一年前在西班牙伊比薩島失蹤。其中一名女子的家人公開呼籲民眾提供線索，從臉書擴展到各主流媒體。她的臉孔出現在世界各地，還附上了她家人的懇求，他們說她從沒有離開一星期而不打電話回家。在此期間一名愛爾蘭共和國警察顯然也曠職。事件發生一週之後，外交部發現他們的「失蹤人口」被囚禁在一間秘魯監獄中，罪名是走私價值一百五十萬歐元的A級毒品，夾帶在食物中。尋人啟事——以及兩名女子的家人——立即成了網路上的笑話。

「她不值得我們找，」傑克說，「她不值得我們放下一切。走了，茉兒。」

茉琳站了起來，眼睛盯著地板。

「再次謝謝妳，」傑克對庫薩克說，「抱歉浪費了妳的時間。」他握住茉琳的手臂，兩人舉步走出房間。

庫薩克看著我。「我知道這種事很難——」

我不想聽下文。

我也走了出去。

週二早晨七點半左右，我聽見了前門哐的一聲響，被向外拉，有人從樓梯間進入了走廊。我已經在自己的玄關站了起來，等待著，準備好要走，汽車鑰匙在我的手中顫動。

「我想大叫『公路旅行！』，」蘿絲在我開門時說，「可是好像不適當。」她握著兩杯外帶咖啡，給了我一杯。「要走了嗎？」

我昨天直接從安傑西街回家，在我告訴爸媽庫薩克的說法之後，我讓他們相信我也需要一點自己的時間。我父親差不多真的是把我母親推出門口的，但是他們總算是離開了。

我立刻行動，想找個「藍色波浪」裡的人來跟我談一談莎拉。

我需要知道她是何時下船，又是在何處下船的。嗯，首先我需要他們確認她在船上，然後我需要知道她是何時下船、在何處下船的。我沒搭過遊輪。是一定要搭到終點，或是在終點之前就能下船？他們停留在某處的日子呢？莎拉可以下船後就不再回船上嗎？有辦法知道嗎？那個美國人呢？他也搭了遊輪？他已經回家了嗎？他們同住一間艙房嗎？

什麼時候這件事才能有點眉目？

我上週六已經把泰半的時間花在撥打「藍色波浪」官網上能找到的每一支電話了，在他們的推特上留言，甚至跟某個叫「客戶體驗大使」的東西線上聊天——結果這種體驗完全無用，我覺得我要不是在跟一個必須拿著事先寫好的對答手冊照本宣科的人講話，就是在和依照我鍵入的關鍵字自動回覆的系統交流。我一遍又一遍聽到乘客資料是絕對機密，絕不可能洩漏。

昨天早晨再度前往安傑西街之後——同時在領悟到如果我想找到莎拉，我得靠自己之後——我又花了幾小時想穿透「藍色波浪」。我白忙了半天，但是就在昨晚八點之前，一名氣惱的接線中心員工一定是因為就要交班了，才跟我說把我的要求寫下來。

接著她又給了我寄送的地址。

地址是在都柏林外圍的一處工商園區。原來「藍色波浪」的歐洲總部是在一處工商園區，走高速公路兩個半小時就到了。

我自己過去會不會讓他們比較難打發？

我一直在和自己爭辯該不該去，蘿絲和摩爾西正好敲門，下班後直接過來，還帶了中華料理。摩爾西已經把跟庫薩克開會的經過告訴蘿絲了。

我也詢問了她的看法。

「傑克的鐵石心腸嗎？」

「我是指莎拉搭遊輪的事。」

「這個嘛——」蘿絲把乾淨的盤子推給我，動手從沾了油漬的棕色紙袋裡拿出外帶餐盒。「我認識她這麼久，她從沒提過這種事。我是說，莎拉會搭遊輪？困在一個封閉的空間裡，到處都是退休人士，在夜總會裡表演的都是真人選秀節目的淘汰者，還有二十四小時供應的過量卡路里自助餐？聽起來像是她會喜歡的東西嗎？」蘿絲搖頭。「不，這不是我認識的莎拉。」

「問題就在這裡，不是嗎？我們認識的莎拉到底是誰？」

「我覺得，」摩爾西說，嘴裡塞了一半的雞肉咖哩。「可以認定她在船上。飛往巴塞隆納的班機，在飯店只住一晚，信上的標記——還有瑪麗・馬赫的說法。全都吻合。如果是巧合就太牽強了。」

「對，」蘿絲說，「可是她到底是為什麼去搭遊輪？」

「她跟他在一起，」我說，「那個美國佬。我覺得我們可以這麼假設。但後來他們又為了什麼原因分開了，在遊輪之後。要是我們知道莎拉是在哪裡下船的，就會知道他們是在哪裡分開的。我們就會知道是在何時。可是「藍色波浪」什麼也不告訴我，他們老是把我轉來轉去，說乘客資料是絕對機密。」

「那你打算怎麼辦？」摩爾西問。

「這個嘛，他們的歐洲總部是在城西。」

「那是哪裡？」

「都柏林外圍的一個工商園區。」

蘿絲揚起了眉毛。「你是想去那裡？」

「我是有這個打算。」

「我陪你去，」她說，「我們可以明天去，我請假。」

也幸好她來了，否則的話我絕對找不到他們的辦公室。城西是個迷宮，園區維護得當，建築都是毫無特色的玻璃方塊，令人眼花繚亂的路標和廣告，以及繞不完的圓環。我們在週二早上十點之前抵達，繞了好幾圈，最後蘿絲看見了一小塊黃銅名牌嵌在我們剛剛經過的一幢辦公大樓門面上。

「那兒！」她說，「上面不是寫了『藍色波浪』什麼的嗎？」

我停車，向後倒了幾呎。

「『藍色波浪旅遊』，」我讀了出來，注視著名牌上的字。「『你在海上的朋友』。」

唯恐錯過了就再也找不到了，我們就把車子停在最近的停車位上——藍色波浪的員工停車場——邁步往裡走。

進去之前我查看了手機，看是否有新的留言。

「那不就太神奇了，」蘿絲看見時說，「不是嗎？要是她現在打來說：『嘿，好嗎？喔，對不起，我說錯了，是星期二才對。我現在在機場，來接我吧。』」

我說：「對。」因為總比承認我們現在早就過了誤會這個階段了要容易。

大廳亂七八糟的。水泥地面裸露在外，可能是還在等著立在角落牆上、仍用塑膠布捲著的地毯。地板上堆疊著公司的遊輪加框照片。我覺得每一艘都一樣：龐大、頭重腳輕、不可能浮在水面上。大廳的所有家具——接待櫃檯，藍色咖啡桌，六張隨便拼湊的藍色椅子——都推到一側，覆蓋著薄薄一層灰色塵土。唯一的聲響來自收音機裡的脫口秀，音量不大，從看不見的擴音器中傳送出來。

接待員看到有客人到訪一臉驚訝。她面露微笑，為凌亂的環境道歉。他們正在裝修，她解釋道。

「這裡是總部辦公室，」她說，「如果你們是對遊輪旅遊有興趣的話，那恐怕是跑錯了地方。我可以給你們電話。」她伸手去拿櫃檯上一疊整齊的名片。

「我的女朋友失蹤了，」我說，「我們確定她出現的最後一個地方是你們的一艘船，上個星期。有沒有人可以跟我們談一談的？」

接待員的嘴巴合不攏。

「我，嗯，先打個電話，」她說，迅速恢復過來。「請坐，請坐。」

我們坐下了。接待員——名牌上寫著凱蒂——讓我們等了不止十五分鐘。等她回來時，她記下了我們的名字，一些有關莎拉的描述以及我們認為她搭乘的遊輪。

然後她又消失了半個小時。

等她再回來，她問我們是否知道莎拉的護照號碼。我仍帶著裝了護照和字條的夾鏈袋，所以能夠提供她要的資訊。凱蒂起先似乎很詫異，但隨後很小心地抄下了號碼。之後，為我們送上了咖啡，再丟下我們等待，這一次等了超過一個小時。

好不容易，有人來陪同我們到另外一個地方，是一名叫露易絲的女人。沒有姓氏，沒有職稱，也沒戴名牌。她長得漂亮，大眼睛，褐色頭髮攏在腦後緊緊扭了一個完美的髮髻，卻讓她顯得皮包骨。她的年紀比我們大一點，至少三十五、六。她朝我們走來，高跟鞋在裸露的水泥地上喀喀響。

她以同情的笑容迎接我們，但是笑意卻似乎只留在嘴唇上，完全沒有感染到眼睛裡。

「抱歉這一團亂，」她說，朝我伸出手。「我們在——」

「裝修。」我幫她說完。「我們知道。」

她帶領我們深入建築，走進一條灰色的長廊。這裡也一樣安靜，我聽不到噪音，只聽到我們的腳步聲，偶爾會聽到外頭的車流聲。我們被帶進了一間會議室，桌上已經擺出咖啡、氣泡水和一盤馬芬。

好像我們是為了升級版點心而來的。

露易絲比了比房間中央的大桌另一頭的兩張椅子，隨即滑坐入我們對面的椅子。她面前有一份薄薄的檔案夾，沒打開。

「很抱歉讓兩位久等。」她說。

「沒關係，」蘿絲說，「我們只希望你們能幫得上忙。」

露易絲又露出了一抹職業笑容。「我也希望可以。」

我的周邊視線掃到一抹顏色，瞬間明白了有第四個人進了房間：一名穿套裝的年長男士。他一言不發，走向桌子的最遠端坐了下來，把公事包拿到大腿上，取出各種東西：一本黃色的筆記紙、一台平板電腦、一架錄音機。

「這位是賽門，」露易絲說，不在意地揮了揮手。「喝咖啡嗎？」她沒等我們回答就倒起了咖啡。

賽門不打算進一步解釋，照我看來，他也不打算承認蘿絲跟我在這裡。

這很奇怪，沒錯，不過整個情況也一樣。我快習慣了。奇怪現在是正常的。一名沉默的西裝男要錄下我們和「藍色波浪」的對話？這不是我見過最詭異的事，甚至算不上是本週發生的最詭異的事。

「好，」露易絲在我們又攝取更多咖啡因，而且「沉默賽門」按下了小錄音機的按鍵之後說。「莎拉。根據『慶祝號』的旅客名單，是有一位莎拉．歐康諾參加了我們的四天三夜『地中海夢幻』之旅，八月十一日從巴塞隆納出發。護照號碼掃描進我們的登船系統，與你們提供的號碼吻合。根據行程，藍色波浪艦隊最新成員『慶祝號』搭載了兩千名旅客，從西班牙巴塞隆納出發，到義大利的拉斯佩齊亞，然後再返回，其中有一天停留在法國的里維耶拉。莎拉住的是有陽台的小套房，靠近『慶祝號』的『木棧道』步道，這是一個室內空間，有美麗的中庭天花板，白天可以沐浴在陽光下，傍晚可以欣賞夕陽，晚上可以觀星。」

蘿絲跟我互望了一眼。

她是想賣船票給我們嗎？

露易絲拿起了檔案夾上的第一樣東西：是一張A4大小的彩色照片。她舉高給我們看，我的呼吸陡然停頓。

是莎拉。

站在一幅壁畫前，是一幅「海底」的卡通場景。她在微笑——其實更像是笑得很歡暢——而且穿著我沒印象的藍色洋裝。這是我十天前目送她走進科克機場的航廈門之後第一次看到她。

可以說是第一個證據，證明她沒有我也繼續開心地過日子，而且是在我像得了抽動綜合症一樣反覆查看手機的時候。我不知道該怎麼想。我很困惑，她為什麼要搭遊輪？她悠遊自在，而我在家裡擔心得要死，這很傷人。

不過最主要是我很開心能看見她的臉。

「我代表你們詢問過慶祝號的遊輪主管，」露易絲說，「他很客氣，發了這封電郵給我。」她輕拍照片。「這是在登船後的第一晚拍攝的，十一號星期一，在華亭餐廳的外面。攝影師是我們的一位專業攝影。我們覺得你們可能想要一份。」她把照片滑過桌面給我們。

蘿絲先拿起來，仔細研究。

「她一個人。」她過了一會兒說。

「對，」露易絲說，「你們對遊輪卡熟悉嗎？」

蘿絲跟我都搖頭。

「乘客在藍色波浪的遊輪上不需要使用現金或是信用卡，」露易絲說明道，「而是預付現金或是使用我們稱為『刷卡通』的系統綁定信用卡。基本上乘客在船上的一切交易都是使用這張卡，遊輪卡也是艙房的電子鑰匙，同時也能協助我們的保全作業——乘客的識別資訊都儲存在刷卡通裡，上下船時會由我們的系統核對，如此一來，未經授權的人就無法登船，而且我們也有持續更新的旅客名單。」牛皮紙檔案夾裡現在只剩下一張紙了，露易絲低頭瞄了一眼，繼續說下去。「我幫你們從事務長那裡取得了莎拉的刷卡通活動，八月十一日登入的。紀錄上說莎拉最後一次進艙房是週一晚間十點四十二分——出航日——然後在隔天早上七點三十六分下船，慶祝號在濱海自由城接駁乘客。」

「那是……」我已經忘記了。「哪裡？」

「蔚藍海岸，」露易絲說，「濱海自由城距離尼斯只有幾分鐘的車程。」

尼斯。

護照就是從這裡寄出的。

「接駁乘客是什麼意思？」蘿絲問。

「如果港口不適合停泊，我們就會在海岸外下錨，用比較小的船隻來接送乘客。尼斯是一個很忙碌的港口，但是卻不適合我們的船隻停泊，所以我們停在濱海自由城，它的海灣夠大，岸上的交通設施也可以容納我們的接駁船。我們用巴士載送乘客到尼斯，或者他們也可以搭火車去探索海岸，或是選擇自費行程。不過莎拉在濱海自由城離開了慶祝號，根據這個——」她把列印表給我。「她並沒有回到船上。」

我看著蘿絲，再回頭看露易絲。「意思是……？」

「意思是她沒有再上船。」

「這樣子不對嗎？」

「恐怕我沒有答案。我們一直無法找到莎拉的訂購資料。」

「這是什麼意思？」蘿絲說，「拜託說清楚。」

露易絲綻開一抹短促的愉快笑容。「意思是不知是什麼緣故，我沒辦法在我們的系統中查到莎拉的訂票紀錄。用她的名字查不到。」她揮揮手。「可能只是一個小小的故障。」

「可你們卻查得到旅客名單，」蘿絲說，「而且找得到莎拉的刷卡通戶頭？」

「那些，」露易絲說，「是儲存在不同的系統中的。」

「可是我們需要訂票——」

「我要強調藍色波浪沒有義務提供乘客的任何資訊。我們是出於一片善意才提供旅客名單以及刷卡通紀錄的。我們這麼做已經是最大的善意了。」

「那你們為什麼要提供我們這些資訊？」蘿絲說，「既然乘客資料是這麼機密？」

「蘿絲的意思，」我說，瞅了她一眼。「是謝謝你們。我們真的很感激。那，呃，行李呢？莎拉有留下什麼行李嗎？她只帶了一個登機箱。」

這時露易絲和沉默賽門互看了一眼。

「這方面我沒有資料，」露易絲說，「但是她可能帶著登機箱搭上了接駁船。聽起來箱子滿小的。」

問題在我的心裡累積。我後悔沒帶紙筆來做筆記，有太多細節我們需要知道了。

船票是何時訂的？怎麼訂？上網或是找旅行社？我猜可能是旅行社，因為莎拉的簽帳卡上並沒有付款給「藍色波浪」的紀錄。她是不是往刷卡通裡存現金了？是的話，存了多少？那六百五十歐元就是為了這個目的？她下船時卡裡還有餘額嗎？她訂了「藍色波浪」就是為了要到尼斯嗎？登船的身分查核過程會有出錯的空間嗎？鐵定是她嗎？

他們查不到她的訂票紀錄是因為訂票人不是她，而是他嗎？

莎拉，妳是一個人住在那間小套房裡嗎？

「我有太多的問題了，」我說，「不知道要從何問起。」

「我了解。」露易絲又抿著唇露出古怪的笑容。「我真心希望我們今天提供的訊息能夠對你們有幫助。」

桌子另一頭的沉默賽門在椅子上欠身。

「喔，有幫助，」我說，「謝謝。不過我們真的需要知道莎拉的訂票紀錄。比方說，她是有同伴或是——」

「我說過，我們無法取得莎拉的訂票紀錄。」

「可是你們查得到吧？」蘿絲問，「要是我們等一下的話？我們不介意等。」

蘿絲看著我。

「對，」我說，「我們不介意。我們可以等。」

「我不覺得有可能，」露易絲說，「我們沒有辦法在短時間內復原那份資料。我們一直非常配合，但是，我相信兩位也了解，我們對乘客有承諾，也有法律義務要保護個資。兩位的情況當然是非常煩惱，我們也想幫忙，可是恐怕我們已經盡力了。」

「可是我要的不是個資啊，」我說，「我只是想知道我的女朋友是何時訂船票的。」

片刻沉默。

沉默賽門清了清喉嚨。

「那就太遺憾了，」露易絲對著桌面說，「莎拉居然沒有告訴你。」

我覺得好像是挨了一耳光，又快又突然，我甚至不確定有沒有這回事。唯一的證據是那份刺痛。

蘿絲似乎也震驚得啞口無言。

「我真的非常抱歉你聯絡不上莎拉，」露易絲說，抬起了眼睛。「不僅是代表藍色波浪也代表我個人。可是我們沒有義務幫忙。我們祝福兩位，當然也希望莎拉會很快就跟你們聯絡。」

露易絲拿起了牛皮紙檔案夾，推開椅子。

「我們說的可是有個人失蹤了，」我說，「你們的船是我們確定莎拉去過的最後一個地方。我們需要一切的資訊，才能查出她下船之後的去向。這條線索可能可以帶著我們找到她。」

「根據愛爾蘭共和國警察的說法，」露易絲說，「並沒有失蹤人口案。他們說他們正盡力聯絡上她，但是目前的假設是她是出於自願離開的。」

「就算是吧，」蘿絲說，「我們還是需要找到她。只有你們能幫得上忙。」

露易絲站了起來。

過了一會兒，沉默賽門也是。

「這傢伙是誰？」我說，指著我們沉默的朋友。「妳的上司嗎？他在這裡做什麼？他會說話嗎？」

「不好意思，」露易絲說，「這次的會面結束了。」

她轉身要走。

「不，」我說，「妳不能這麼做。妳難道不了解我們已經無路可走了嗎？我們完全不曉得她又去了哪裡。要是你們能告訴——」

露易絲走到一半停住，轉過身來。

「鄧恩先生，」她說，「我們已經談完了。凱蒂一會兒會來送你們出去。」

她走出了房間，她沉默的朋友緊跟在後。

我轉向蘿絲。「我不是在作夢吧？」

她搖頭，不敢相信。「好賤的女人。」

「那訂票的事呢？」

「狗屁，」蘿絲說，「全是狗屁。就算是別人訂的票，她的名字也會在上面的，對吧？就像搭飛機。不能只有第一名乘客，同行的乘客全部都要登記。他們一定是在隱瞞——」

「嗯，不好意思。」另一個聲音說。

我們轉身看到凱蒂，那個緊張兮兮的接待員，站在門口，準備要送我們出去。

走回停車場的路上沒有人說話。坐進汽車之後，我把鑰匙插入點火器，卻沒有發動。

「蘿絲，」我說，「我只是想謝謝妳陪我來。我真的很感激……」她看著窗外，我看得出來她沒在聽。「蘿絲？蘿絲，我是想要說點好話。哈囉？嘿，妳是怎——」

「噓，」她說，「安靜一下。」

「蘿絲，怎麼——」

「看。」

她指著什麼，我靠過去看。

五、六個車位後，有一排車位的對面立著一個乍看之下像是公車亭的地方，但仔細看過後就會知道是員工的吸菸區。露易絲在裡頭，點了一根香菸，激動地跟另一個較年長的女士說話。她現在的樣子不一樣——揮動雙手，不時吸口菸，隔個幾秒就搖頭。

她在裡面時那麼的泰然自若。現在她好像很煩。

「轉動鑰匙，讓我打開車窗，」蘿絲說，「然後往下躲。」

「幹嘛？」

「還用問，方便我們偷聽啊。」

我照她的話做。蘿絲把車窗打開了幾吋，往後倒在座位上。這樣的角度即便露易絲轉過來直接看向我們，也不可能看得到。

她的聲音飄進了車子裡，聲調高亢，充滿了焦慮。簡直就像變了一個人。

「……以前，有沒有？我跟她說了不知道多少次了。這不是我的工作，我是公關部的，我的學位是媒體關係研究。這是我做的第三次了！第三次。連那個嘉年華男孩也是我，對，那個也是我。我知道。妳能……」一輛卡車駛過，轟隆聲暫時淹沒了她的話。「……受夠了。真的。不，我這次是說真的。我做不下去了。靠說謊謀生？他媽的。對不起，瑪麗恩，原諒我說髒話。」停頓了一下，可能是那位年長的女士用比較小的聲音說話。「對，大概吧……跟她談一談……恨透了這個地方。」

一陣高跟鞋敲在柏油路面上的聲音，她和她的朋友走開了，回到大樓內。

我們等到確定她們走了，這才坐直。

蘿絲轉向我。「原來她真的騙了我們。」

「可是為什麼呢？」

「不知道，不過我覺得更重要的問題是她為什麼沒有只是說謊。」

「什麼意思？」

「要是他們不想告訴我們真相，為什麼不乾脆說他們沒找到莎拉的資料？為什麼要確認她上了船，告訴我們她進出房間的時間？他們大可以直接說：『不，抱歉，沒有莎拉．歐康諾這個人。』說不通啊。」

「這整件事有哪裡說得通？」我躺回椅背上，閉上眼睛。我覺得筋疲力盡。

「我們都知道了什麼？」

「知道嗎，我都不記得在回答同樣的問題一遍又一遍之前的生活是什麼樣子的了。」

「胡說。」蘿絲扣上安全帶。「而且你沒有。」

我轉頭看她。「我沒有什麼？」

「沒有回答問題。」

「回家吧。」我轉動鑰匙，發動了引擎。「我們就回家吧。」

我把蘿絲送回摩爾西家。他在上班。我爸媽仍然尊重我的「想一個人靜一靜」的願望，不過我猜最多一兩個小時我媽就會不敵她的母性，又回到我的家門口，帶著一堆貼著標籤的保鮮盒，跟一個裝滿了盒裝早餐穀片和許多卷衛生紙的購物袋。

我在考慮要不要打電話給茉琳，但我沒打，因為我怕可能是傑克接的電話。

我在公寓裡亂轉，撫摸莎拉的東西，拿起奇怪的東西來審視，彷彿是在搜尋線索。

她在哪裡？

我那時感覺到了——隱隱約約地響著，開始在我外在的冷靜下凝聚力道，沉默怠惰地抓住機會——驚慌。

晚餐。我來做晚餐。對，我就該這麼做。我不餓，但是做飯需要一系列的步驟——尋覓食材，決定，準備，進食，清理——我可以至少分心個半小時，做得對的話。

我正瞪著冰箱，忽然想到我們在停車場偷聽到的話。

那個嘉年華男孩也是我。

嘉年華。會不會是另一艘藍色波浪的遊輪？聽起來倒是很像。她說的那個男孩是誰？另一名乘客？她的意思是她也得跟他的家人會面嗎？

談什麼呢？

我把冰箱關上，走向書桌。

迅速查看了一下電郵、推特、臉書——查看莎拉是否聯絡，儘管五分鐘前我才用手機查過——我在搜尋欄鍵入了藍色波浪和嘉年華，按了確認。

搜尋結果填滿了螢幕。

幾乎全都連結到藍色波浪的官網。特別優惠，藍色波浪家族的其他成員，現在就預約你的二〇一五夏季航行！我點了《愛爾蘭獨立報》的網站文章，是他們的駐地旅遊作家寫的，他在「嘉年華號」的處女航之前受邀參加航行，然後我在YouTube上看了三分鐘的影片，是由一名二十來歲的美國金髮女郎錄製的，她似乎過度狂熱，咖啡因攝取過量。她叫梅根，「你可能在YouTube上的『梅根召集站』頻道認識她！」

我在影片上看到的東西令人疑惑，也令人讚嘆。我知道遊輪很大，但我不知道船上居然有那麼多的設施。這段影片上的「嘉年華號」有一座室內公園，種的是真正的樹，還有一個旋轉木馬；一條木棧道步道，沿途是舊式的長廊商場，懸掛著閃爍的小彩燈；一處巨大的劇場，三家電影院，一處溜冰場，一個購物中心，以及幾百間艙房，幾十家餐廳；五、六處露天甲板，排列了一排又一排藍色休閒椅和游泳池，以及——梅根也不知是在擔保還是在威脅，端賴你的觀點而定——「更多、更多！」

這麼多設施是要怎麼浮得起來？

我往下捲，查看了三頁的搜尋結果，卻沒看到什麼符合露易絲所說的「嘉年華男孩」。

接著我又鍵入藍色波浪和慶祝號，得到了一頁又一頁同樣的結果。唯一的區別在廣告，「慶祝號」的廣告上總是說它是藍色波浪船隊中「最新最大的」。

我回頭看第一頁的搜尋結果，按了一個邀請我探索「慶祝號」的贊助廣告，想起了露易絲曾說莎拉參加的是「地中海夢幻之旅」。

行程就列在最上頭。

我按了「看更多！」

新的一頁打開來，專門描述那趟特殊的旅程：巴塞隆納到拉佩齊亞，中途停泊尼斯（濱海自由城外一哩的海面上）。有統計數字、日期、一份地圖和——

旅客評論。

機會渺茫，不過我還是開始掃視，一面捲動螢幕，尋找是否有人提到在船上認識的新朋友可能是莎拉的，尋找她的臉孔是否出現在旅客上傳的照片背景中。

我一無所獲——毫不意外——可是在看過十五或十六篇意見之後，我看到了這個：

最後一分鐘殺到了好價錢，所以決定要去，儘管克里斯．D在「遊輪告白」上說的那些話。真高興我去了！

我在搜尋欄上輸入「遊輪告白」。

這是個網站，主旨在讓受邀的可能遊輪旅客認識搭遊輪的真相。它的主頁列出了一些連結，像是哪家遊輪公司最好？以及第一次搭遊輪的準備和聽聽內線的說法：員工和船員大揭密！

然後，就在最後：

死亡、失蹤以及其他遊輪犯罪。

我按了連結，得到了一個四〇四錯誤訊息。網頁不存在了。

我回到谷歌，在搜尋欄輸入了遊輪死亡失蹤犯罪。

然後我整整一分鐘對著搜尋結果眨眼睛。

遊輪死亡：以年份排列……遊輪犯罪：以航線或船隻搜尋……四十三歲女性死亡，死因可疑，搭乘亞特蘭大夢幻號……青少年失蹤凸顯出海上的致命疫情……海洋偷閒號上失蹤的法國女子搜尋行動叫停……混濁不清的海事司法體制辜負了我們，斯高特家說……遊輪公司協助殺害父親的兇手逃脫，悲傷的女兒說……遊輪「詛咒」：第三名女子跳海自盡……聯邦調查局審查蜜月之航死亡案……遊輪常見問題：在船上保持安全……最近的死亡引起關切：遊輪是致命的嗎？

我覺得好想吐，但也說不上來是為了什麼，我好像又欲罷不能。

我回頭去看搜尋結果的最上面，按了第一條，是一張名單，都是發生在遊輪或疑似發生在遊輪上的可疑死亡事件。

要命，有人還蒐集這種東西。

網頁上的每張被害人照片或是有關的船隻照片旁都有一小段文字說明，只有兩三行，能夠查到相關新聞的話就會附上連結。

我很快就發現並不是每一個事件都有新聞報導。事實上，大多數都沒有。所以我才不記得聽說過這種事情嗎？「歌詩達協和號」沉沒時是頭條新聞，持續了一週，接下來的幾個月也一直有後續報導。莎拉跟我還看過整整一小時的紀錄片呢，拜託。

這些事件為什麼都沒有上新聞？

二〇一一年五月十二日：女性旅客死在艙房中，疑似摔倒頭部重傷。死者的姊妹收到匿名情報，暗示死亡是在別處發生的，可能是員工寢室。驗屍官判定為意外事故。

二〇一二年十月二十七日：女性旅客在賭場酒吧喝過酒之後不適。船員協助她返回艙房，隨即施以漫長暴力的性侵。聯邦調查局在卡納維拉港登船，卻沒找到該名船員。目前有關單位仍在搜尋中。

二〇〇九年二月五日：男性乘客據報失蹤，可能落海。另一名乘客拍攝到被害人的陽台欄杆上有一條長長的血跡；房務人員在船隻返港之前就清理乾淨了。被害人的朋友被控謀殺，但因缺乏物證而被判無罪；法官批評遊輪經營者拒不合作。

二〇一三年六月十一日：男性乘客的親人說他失蹤，搜尋結果發現他的屍體倒在游泳池甲板的救生艇上，身上有多處刺傷。遊輪公司宣稱對準救生艇的保全監視器故障。案子仍在調查中。

二〇一四年五月十四日：十六歲男性乘客酒醉，從泳池甲板摔落大海。遊輪公司承認提供「不合理」數量的酒品給死者的十八歲哥哥，卻否認有責任。民事訴訟仍進行中。

這個十六歲的少年會是露易絲口中的「男孩」嗎？

我按了連結的新聞報導，第一行就看到了「嘉年華號」。

事情的原委似乎是那天晚上男孩的哥哥一次買了兩杯酒，但是酒保並沒看見另一杯是給誰的。現在他們的父母正在控告藍色波浪疏失。兩兄弟稍後都去了游泳池，弟弟走向欄杆邊，可能是要嘔吐或是看船外。他落海死亡，屍體始終沒找到。

悲傷又可怕的故事，卻和莎拉無關。唯一的連結似乎是露易絲，假設她也必須跟那個男孩的父母會面。

我回到隨便一頁，繼續讀。

二〇一三年八月四日：女性乘客據報失蹤，初始判斷為落海。隨後遊輪卡活動紀錄顯示該名旅客於尼斯下船，但下落不明。船公司拒絕提供監視畫面證實乘客下船。二〇一四年一月最近更新：民事訴訟進行中。

附帶的船隻照片是我唯一認得的遊輪：「慶祝號」。

底下是最新的新聞報導的連結。

我點開來，讀了起來。

網路並沒能告訴我莎拉在哪裡，但是我只花了五分鐘就找到了那個老婆下了「慶祝號」後就失蹤的男人，幾乎就是莎拉在同一個地點做出同一件事的日子的一年之前。

然後我又只花了一分鐘就找到了他的電郵地址。

我敲了一封信給彼得・布雷濟爾，雙手發抖。領英上說他住在倫敦。根據他在一家財經服務公司的網站上的簡歷，他是位投資組合經理。從新聞上看，他失蹤的太太叫愛絲黛樂。

該說什麼呢？我自我介紹，簡短描述莎拉失蹤的情形，概要說明我漸漸了解幾個可怕的相同點：八月，「慶祝號」，藍色波浪說她平平安安下了船。我提到我和露易絲毫無結果的會面，以及警察不願意幫忙。最後我附上了我的電話，請他盡快跟我聯絡。

然後我把椅子往後推，才能把頭埋在雙腿間。

我是在一個安全又美滿的家庭、一個安全又美好的社區長大的。童年時媽幾乎都不關門，爸也不鎖車。我們住的國家直到本世紀中命案都還是一年難得發生一次，而不是每天或每週都有，後來命案率在一九七〇年代追上了世界各地，也是因為某個恐怖組織。犯罪對我而言是在電視上看見的娛樂。邪惡是好萊塢創造的東西。暴力是發生在外國的事情，是「六一」新聞中十五分鐘的報導——叫「六一」是因為在愛爾蘭，晚間新聞會在六點零一分播出，好讓三鐘經的鳴鐘能在全國的電視上播放。

壞事只會發生在別人身上，在別的地方，全都離這裡非常非常遙遠。

我不知道莎拉在哪裡，但我總假設無論她是在做什麼，她的人身安全是沒有疑慮的。她跟每個人說謊，她剪短了頭髮，她在不接手機許久之後查看了WhatsApp上的訊息。這件事是她做的，不管是什麼事。

可萬一呢？萬一她在做這件事的時候發生了別的事？

萬一她並沒有從「慶祝號」上下船呢？萬一她是滑倒或是摔倒或是被人丟下船了呢？萬一「慶祝號」並不是她眼前在何處的線索，而是她失蹤的起因呢？

萬一一年之前發生在這個叫愛絲黛樂．布雷濟爾的女人身上的事也發生在莎拉身上呢？

房間忽然沒了空氣，我踉踉蹌蹌跑到陽台上，抓緊欄杆，盡可能大口大口吞進空氣。

她在哪裡？

緊接著，否認之牆上出現了大批的漏洞：

她怎麼了？

她死了嗎？

死得很慘嗎？

我被庫薩克鎮定的詮釋弄得啞口無言。儘管我認為是錯誤的詮釋。

可萬一我也一樣呢？

儘管有那麼多的謊言，有那麼多的迷惘，有一個事實卻是我們都不會有異議的，那就是我們都有一個星期沒有看到莎拉或是聽到她的消息了。

我想到了我留給她的憤怒留言，兩頰不禁發燒。

我應該早點警覺的，我早該知道出了嚴重的差錯，我應該要更積極讓警方動起來的。

可是護照——

護照以及裡面的字條。那些粗體字，絕對是出自她之手。我不像庫薩克，我一點也不懷疑。我不是筆跡專家，可是我一天到晚在看她的字——冰箱上的便條、問候卡片上、購物單上——看了有十年。是莎拉寫的字條。

那是什麼意思？她決定要一個人沒有旅行文件到外國去冒險？

還有那個美國佬？他又是什麼角色？萬一……

萬一他把她怎麼樣了呢？

我們不知道他是誰，不知道他的長相。是因為莎拉故意不讓別人知道他，還是說他是在掩蓋自己的痕跡？

我的手機響了。螢幕上顯示**丹．戈德柏格**。

「喔，滾一邊去，丹。」我說，按了拒接。

幾秒鐘後，手機又響了。我不認得這個號碼，但是國碼是〇〇四四。是英國。

我按了接聽。

「喂？」我不確定地說。

「你是……是亞當嗎？」是英國口音。

「對，」我說，「你是彼得嗎？」

是他。他的聲音比我的老，而且，該怎麼說好呢？就說高雅吧。我想像中他是在倫敦市工作，開著一輛酷炫的小跑車。他的聲音焦慮，一會兒說話很快，一會兒又變慢，呼吸不規律，常常話說一半就喘氣。

我想要是一年後我仍沒有莎拉的下落，我說話大概也會是這個樣子。

然後我盡量不去想。

在我發電郵給彼得之前，他沒聽過莎拉的事。他的第一個問題是警方是否採取了行動。

「不算有，」我說，「他們好像很有信心她是自願離開的……嗯，她確實是。非常可能是。可我看過你太太的新聞，我就不確定……回來的那部分。」

「他們問過藍色波浪嗎？」

「沒有，我自己去問過了。」

「而他們確認了她在船上？」

「他們有一個乘客叫莎拉・歐康諾，護照號碼也吻合。而且他們還拿出一張照片給我看。在那之前，字條上還有藍色波浪的標記。」

另一端的沉默既漫長又徹底，我把手機拿到眼前確認電話是否斷線了。

「彼得？你還在嗎？」

他的聲音終於傳來了，卻渺小遙遠。他只說了兩個字：

「字條？」

「有一張字條，寄到這裡，我們家。夾在莎拉的——」

「護照裡。」彼得幫我說完。

「對。咦，你怎麼會——」

「上面是不是有郵戳？」

「對。」

「尼斯？」

「對……」

更多沉默。

「彼得？彼得，你是怎麼知道的？」

「那張字條，」他說，話說得像是他的脖子被壓迫到，硬擠出來的。「你確定是莎拉的筆跡嗎？」

「確定。不過信封上的筆跡卻不是她的。」

彼得再開口時，話說得飛快，連珠砲似的。

「愛絲黛樂是在去年八月初失蹤的。在聖誕節之前，大家都說我需要放下了。我們能做的都做了：去蘇格蘭場、動用媒體的力量、貼尋人啟事、去法國。我甚至要律師展開控告藍色波浪的訟訴過程，逼他們釋出當天早晨接駁船碼頭的監視畫面。我的錢快耗光了，我知道我需要把這件事送上法院——現在正在進行中，因為藍色波浪甚至拒絕跟我們會談——於是我回去工作，想要恢復正常生活。那是不可能的。我發現自己坐在辦公桌前一個多小時，瞪著前方。愛絲黛樂一個人在某處，我又怎麼能專心在股價這麼瑣碎的事情上？果然我做不到。我只上了一星期的班，他們就要我休假。」彼得發出冷笑的聲音。「可是在我離開之前，我的秘書送來了那個檔案盒。她說是私人信件。原來是自從愛絲黛樂的消息上報了之後，就有人寄卡片和信件和禱告等等東西到公司來，因為他們當然沒有我家的地址。不久之後有一天，我在家裡……嗯，我覺得很消沉。真正的消沉。我開始……胡思亂想。都是不應該想的事情。」短暫停頓，一聲咳嗽。「但那時我看到了那個檔案盒，我也不知道是為什麼，我不知道是什麼讓我把盒子拿了起來，可我開始翻閱。就在最上層——一定是我拿起來的第三或第四件——有個棕色信封，寫著我公司的地址，郵戳是尼斯。」

我眼前的城市風光開始向上滑移，我用空著的那隻手緊緊抓住欄杆。

「是愛絲黛樂的護照，」彼得說，「我太太的護照，狀態極佳。我翻開來看，發現裡面夾著字條。是用藍色波浪的專用紙寫的。一張帶黏膠的便條紙，就和飯店房間裡的那種一樣。」

「上頭寫什麼？」我追問，「寫了什麼？」

但我已經知道了。彼得一分鐘後說出來時我早料到了。

對不起——E。

我的運動鞋鞋底毫不留情地踏上安傑西街的中庭地板。同一個嬰兒肥警察站在櫃檯後，只是這一次他沒在看小道報紙，而是看著朝他跑來的這個滿臉是汗，臉紅氣喘的傢伙。他張開口準備要發問。

「庫薩克，」我一抵達櫃檯就說。我的肺在燃燒，得費盡九牛二虎之力才能說話連貫。「庫薩克警員。」

「你需要——」嬰兒肥警員上上下下打量我。「協助嗎？」

「庫薩克，」我又說一次，靠著櫃檯，努力調勻呼吸。嬰兒肥警察從另一側靠過來。「我需要跟她說話。」

「有話可以跟我說。」

「我要跟她說話。」

「請問是什麼事？」

「她知道。」

「恐怕我得先知道才能——」

「他媽的，」我大吼，一拳打在櫃檯上。「叫你叫就叫！」

嬰兒肥的臉色變冷硬，一手伸向腰際，腰帶上掛著一小瓶什麼東西，還有一支像是警棍的棒子。

「先生，你需要放低音量。馬上。」

「對不起，我只是……我只是真的需要跟庫薩克警員說話，好嗎？我們一直都是跟她說的，她在嗎？」

「說什麼？」

「我女朋友，她失蹤了。而且我剛從這個男人那兒聽說了新的線索，他太太也失蹤了，而且他也收到一張字條，我覺得她可能是發生了什麼可怕的事，我需要……我需要……」

我喘不過氣來。

嬰兒肥警員緩緩揚起一道眉毛。

「莎拉，」我喘著氣說，「莎拉．歐康諾，她的名字。」我指著嬰兒肥警員那邊桌上的電腦。「查啊。」

他查了，同時以眼角盯著我。然後我被引導到附近的一排椅子，要我坐下來等。我癱坐在第一張椅子上，把頭埋在雙腿間。

庫薩克五分鐘後出現，穿著牛仔褲和T恤，在我旁邊坐了下來。

「有什麼事？」她問。「我正要回家。」

「我覺得莎拉是出事了。」

「亞當。」一聲喟嘆。「我們已經——」

「不，」我堅定地說，「這次不同，這次很嚴重。聽著……」

我把一切都告訴了她——去藍色波浪，露易絲說謊，我在谷歌上查到的遊輪犯罪，以及彼得．布雷濟爾說的愛絲黛樂的事。

就是一個與莎拉毫無關聯的女性也在失蹤之前搭乘「慶祝號」，而她所愛的男人也收到了郵寄回來的護照，郵戳是尼斯。以及護照中的字條寫著一模一樣的字，只有縮寫字母不同。

以及在一年之後，那個女人也還沒回家。

「所以你是覺得怎麼樣？」庫薩克在我說完之後問我，「有人在遊輪乘客寄信回家之後綁架他們？」

「喔，耶穌基督。」我用眼角看到嬰兒肥警察一聽見我咒罵就放下報紙運動版，猛地抬起頭來。「妳究竟是需要什麼才會相信有貓膩，庫薩克？到底是要什麼？真的，告訴我。沾血的衣服嗎？監視畫面？一具死屍？」

「沒有必要——」

「我怎麼覺得就算我跑來這裡跟妳說我一回家就發現公寓裡滿是某人的血，而妳也只會說：『唉，大概是有個屠夫跑進去，誤把你的客廳當成屠宰場了。』」我翻個白眼。「我還以為警察是不相信巧合的。妳卻好像是隨時隨地都會看到巧合，除了巧合之外什麼都看不見。那妳倒說說：在這裡需要說些什麼話才能讓你們這些人相信發生了犯罪事件？我是真心想知道。省得下一次我又白跑一趟。」

「你喜歡飛行嗎？」庫薩克問。

「我……什麼？」

「我討厭飛行。」

「喔，那真是……」我兩手向上拋。「那真是他媽的太棒了。再多告訴我一點我他媽的一點也不在乎的不相干的事情。」

「傑克跟茉琳跟你一起來的時候你完全不會爆粗口，你知道嗎？」

「對，那時候我以為妳會幫我們。」

「我討厭飛行，」庫薩克又說，「我怕死了，可以避免就避免。可有時候你就是得搭飛機，而更可怕的是，做這份工作你可能還不時得搭直升機。所以我去上了這種恐懼飛行課。老師要我們做的第一件事，就是在我們覺得害怕時——比方說是有亂流或有怪聲——看著空服員的臉。因為亂流沒有什麼大不了的，而且機組人員都知道，聽起來像是飛機的屁股掉出去了，其實是正在放起落架，他們知道那是正常的。所以他們才能保持冷靜。所以如果你看著他們，他們的臉孔會幫你安心，你也就會保持冷靜。」

「庫薩克，很抱歉，可說這——」

「我就是你的空服員，亞當，我是那個保持冷靜的人，因為我的經驗夠多，知道什麼事出錯的機率就在零和極渺小之間。你知道去年全愛爾蘭通報的失蹤人口有多少嗎？」

「我幹嘛要知道？」

「是沒有理由要知道，可是我得知道，這是我的工作。一共七千七百四十三人。想要猜猜到底有多少人是真的失蹤嗎？」

「我相信不用猜妳也會告訴我——」

「十五個人，亞當。十五個，五百分之一。不到零點零二的百分比。你覺得我不在乎是因為你來這裡跟我說有名成年女性——她還說謊騙人——去度假，沒有回家來，我不會立刻就派出國際搜救隊。不是因為我不在乎，不是因為警察沒興趣幫忙，而是因為我關心，而且我們有興趣。我告訴你們不需要驚慌是因為我跟我的同事聽過類似的故事，而且結果都不是你害怕的那一種。」

「可是這個叫彼得的人，」我說，「他說的事呢？船的事？」

「姑且不提你把網路上看到的東西當作事實，然後——」庫薩克做了引用的手勢。「跟陌生人在電話上交談就當作證據，我實在是幫不上忙。我們沒有管轄權。」

「我需要打給法國警方？」

「你哪裡的警察都不需要打。」

「可如果我想要——」

「如果你想要有人禮貌地聽你說幾分鐘，然後就徹底忽視不管，那你可以打。不過打給法國警方毫無必要。她最後的蹤跡是出現在船上，對吧？船在行駛之中？那是公海，適用海事法。」

「意思是？」

「在海上的一切船隻都由船隻的註冊國管轄。要是你在時代廣場被搶了，你不會找愛爾蘭共和國警察，對吧？希望你不會。你會打給紐約市警局。不管在世界的哪個角落都一樣。出了什麼事，你通知當地警察。可如果你不在任何國家呢？如果是在海上呢？這時就歸海事法了。」

「那我該打給誰？」

「還是誰也不打，因為要邀請外國警察上船是船長的權責，就算船長邀請了，也得是船隻註冊國的警察才能上船。『慶祝號』是在巴貝多註冊的。」

沉默了一拍，我的大腦在消化海上沒有警察的這個資訊，同時也追上了庫薩克的說法。

「妳是怎麼知道的？妳打給藍色波浪了？」

「我會知道是因為賢恩．基廷。」

「誰？」

「我還以為你的網路搜尋會找到他的名字呢。他是那個前一陣子從『嘉年華號』上落海的男孩。又一艘藍色波浪的船。他才——」

「十六歲，」我說，「對，確實有他的新聞，只是沒有他的名字。」

「起初他們並不知道他落海了。他就在船上消失了蹤影。他的家人向都柏林的警察報案，我們聯絡了藍色波浪，他們客氣地說我們沒有管轄權。他失蹤時船隻正航行在亞德里亞海，藍色波浪的歐洲總部在城西，全球總部在美國的佛羅里達，可是『嘉年華號』是在巴貝多註冊的，跟藍色波浪的所有船隻一樣。這些大型遊輪都為了稅制登記在一些像巴拿馬、巴哈馬，甚至是利比亞這些地方。他們說這叫權宜船籍。兩名——哪裡來著？巴貝多吧？巴貝多警察正要搭飛機飛過半個世界到克羅埃西亞去登船，他們就發現他其實是落海了，於是請海岸巡防隊展開搜救工作。」庫薩克嘆口氣。「所以就像我說的，我愛莫能助。」

「簡直是狗屁。」

「程序就是這樣的。最佳的執行方案奠基於累積的知識和經驗。我當了十年的警察，你才一個星期。」

「所以又是一樣，妳什麼忙也幫不上。」我站起來要走。「知道嗎，我老覺得——唔，我大概是從來沒有真的想過吧，可是在我心裡，我老以為如果有什麼事出錯了，警察會幫我。我還真傻。」

「事情沒有那麼簡單。」

「我們不知道莎拉在哪裡。我們需要你們的資源來找到她。不過就是這麼簡單。」

「亞當，等等。」庫薩克也站了起來。「我知道你在生我們的氣——生我的氣——沒關係。我懂。我真的懂。可是我不知道還能用什麼樣的說法：這件事只能這麼辦。我們聯絡過外交部，他們一有她的消息就會通知我們。我們也通知了國際刑警組織，所以如果莎拉的名字出現在任何的警方案件之中——無論是失蹤人口或是車禍或是違規停車——我們也都會知道。所以，沒錯，沒有警察在街上巡邏找尋她，可是世界上每個警察局都會留意她的名字。船的事我們幫不上忙，可是……」庫薩克欲言又止。

「可是什麼？」

「我確實做了一件你要求的事，」她說，伸手到牛仔褲口袋裡抽出一張稍微有點皺、對折起來的紙。「我查了電話號碼。」

「什麼電話號碼？」

「你說屬於那個在和莎拉約會的人的。」

我惡狠狠瞪著那張紙。「就是那個嗎？」

「你自己也找得到，如果你在網路上挖得夠久。他貼在以前的一個工作網站的舊履歷上。所以我才能給你。」庫薩克意有所指地看著我。「因為你自己也能找到。懂嗎？」

「懂。」

她把紙交給我，我動手要把紙折起來，但是庫薩克卻伸手阻止了我。

「聽我一句話，亞當。他叫做伊森．艾克哈特，是個美國人，現在住在都柏林。這是我找到的他的電郵地址。那支電話好像是停話了。」她停頓了一下。「還有一件事。」

「什麼事？」

「可以幫你解釋一些事。」

「什麼啊？」

「莎拉為什麼會在船上。」

「她是跟他一起的。」

「我是說她為什麼會跟他一起去搭船，而不是去某個陽光普照的地方度假或是去巴黎玩個兩天。這是我們目前的拼圖上缺少的一塊，你需要用這個角度去看。」

「別打啞謎了。」我的手指收緊了那張紙。「有話就直說。」

「伊森．艾克哈特，」庫薩克說，「他現在就在『慶祝號』上，他在船上工作。」

第三部　天使灣

珂琳

下午過了一半，船員休息室充滿了房務人員，結束了又一天的工作，輕鬆下來，氣氛活潑。

珂琳太累了，不想排隊等熱食，就從冰箱拿了盒裝沙拉，這是船上的咖啡廳剩下的餐點，不夠新鮮了，不能提供給旅客食用，但安全上是沒有疑慮的。她在自助咖啡機倒了杯咖啡，想了一想，又倒了一杯。

她過了漫長的一晚，幾乎沒睡覺，因為如此，白天更加漫長。她現在正努力睜著眼睛。

她在休息室後方找到了一張桌子，這裡是理想的制高點，可以盯著進來排隊吃午餐的員工。她打開了沙拉，眼睛留意著穿過門口的一張張臉孔，叉了一塊手撕雞胸肉，送進口裡。味道平平。珂琳覺得像在嚼橡皮，而且已經嚼了太久了。

莉迪亞呢？她滿腦子在想這個。她為什麼昨天沒在這個時間跟她在這裡會合？

她沒來倒不是什麼大事，莉迪亞可能是睡過頭了，或是提早去值班了。她們沒有手機可以彼此聯絡，再說了，兩人的會面沒有什麼重要的，只不過是一個禮拜來養成的習慣罷了。

莉迪亞可以跟別的同事一起進餐，跟同齡的朋友一起打發時間。她是舞台秀的一位舞者；娛樂部的人全都是年輕人。誰會想要跟一個全身是病的六十幾歲法國女人廝混，明明就有那麼多的樂子可找。珂琳是擔心莉迪亞難以適應船上的生活，要是她知道這個女娃融入得這麼好，她也會替她開心。

她沒辦法知道莉迪亞是不是去上班了——員工在下班後不准進入乘客區——而且珂琳也看不出年輕女郎床上那堆化妝品從昨天起是否有人翻動過。她剛剛才又去艙房看了一遍，但莉迪亞不在裡頭可能是因為她在洗澡。

那莉迪亞今天早晨沒出現在員工甲板上就會是個謎了。

她為什麼沒出現？

珂琳超過二十四小時沒見到室友了，從她在一〇〇一房發現那張照片之後。

真的是巧合嗎？

難道又是他送出的信息？

她可以找個人說這件事。可找誰呢？她又能說什麼呢？昨晚如果莉迪亞沒去上班，一定會有人注意到的——

「唉喲喂呀。」莉迪亞的聲音，然後她本人坐進了對面的位子。「淋浴間的隊伍都快排到船外去了，珂琳。」她氣喘吁吁，臉上的妝是剛上的，髮梢也是濕的。「還好嗎？」

「妳是去……」珂琳立刻就因為這個女娃害她擔心而感到生氣，同時又放下了心裡的一塊大石頭。然後她又氣自己神經兮兮的。她嚥下所有的情緒，盡可能活潑地說話。「我很好，謝謝。妳呢？」

「好，其實是非常好。」

「那就好。妳要吃飯嗎？我好像看到那邊有披薩……」

「嗯，等一會。」莉迪亞扭頭去看。「等排隊的人少一點。」

「來。」珂琳把第二杯咖啡推過去。「先喝這個。」

「妳確定嗎？」

「當然，就是幫妳倒的。」

「謝謝妳，珂琳。妳是我的救星。」

「妳昨天很早上班嗎？」

莉迪亞啜了一口咖啡。「很早上班？」

「妳沒來這裡……」

「喔，對。嗯。」莉迪亞臉紅了。「我，呃，有約會。」

「約會？」

珂琳掩飾不了她的驚訝。在她眼裡，莉迪亞是那麼年輕，那麼天真。是一個孩子，孤伶伶地第一次面對廣袤的成人世界。她沒辦法想像她約會。但話說回來了，珂琳自己結婚時也就在她這個年紀。她也沒辦法想得到。

「對，我們值同一班，所以只能在那時見面。」

「這樣啊。那妳玩得開心嗎？」

「非常開心。」她噗哧一聲笑了出來。「對不起，珂琳。我不知道我為什麼會這麼不好意思告訴妳，可我就是。」

「可能是因為我的年紀可以當妳媽了。不過我很高興妳玩得開心，妳今天晚上還要跟他見面嗎？」

「應該是。我——」莉迪亞的表情變了。「喔，珂琳，妳不會是在等我吧？今天早上？對不起，我以為……我以為，就，妳反正是會到甲板上的，所以就算——」

「我是在等妳，」珂琳說，面帶微笑。「沒事。那——」她端起了咖啡。「告訴我他的事，妳的新朋友。」

「他是保全。」莉迪亞的眼睛發光，顯然很開心能有機會談他。「他叫呂克，而且他人真的很好。長得也好看。很有型。」

「很有型？」珂琳糊塗了。「妳是說健康？」

莉迪亞哈哈笑。

「也有這個意思，不過也可以說是，就，性感。」

這下子換珂琳臉紅了。

「在妳回家以前，所有俚語的意思妳都會學起來，」莉迪亞說，「我會教妳。那妳跟那些小鬼就會很聊得來，不過妳也要教我法語作為交換。要是跟呂克順利的話，有了你們兩個，等我得回家的時候，我的法語可流利了。」

珂琳皺起了眉頭。因為英語和口音的關係，她愣了愣才了解了莉迪亞的話。

「呂克也是法國人？」

莉迪亞點頭。「對，好玩吧？」

「嗯……」船上的法國船員很少，珂琳都還沒見過，甚至在職訓時也沒遇見過，不過職訓有上百人參加，比較像是年會。「妳有沒有跟他說妳的室友是法國人？」

「有啊。他還想知道妳是哪裡人呢。里昂對吧？」

「對，」珂琳漫不經心地說，「里昂。」

這是莉迪亞當初問起時，她第一個想到的城市。

「喔，太好了。我不確定自己有沒有搞錯呢。」

「那他是法國哪裡人？他有跟妳說嗎？」

「嗯……」莉迪亞做個鬼臉。「好像是北巴黎吧？」

「北巴黎的哪裡呢？」珂琳幾乎不敢問。「他有說什麼市鎮嗎？」

「好像是戴－沃之類的吧……」

珂琳盡量不要有反應，卻只成功了一半。莉迪亞誤把她的驚懼恍悟當成是她知道。

「妳知道啊，珂琳？」

珂琳默默點頭，說不出話來。

亞當

「在這邊！」

唱歌似的聲音入侵了我的睡眠，把我吵醒了。

「先生？在這邊。」

更靠近了，在我的耳畔。帶口音的英語。

「先生？該走了。」

一隻手按在我的左臂上，輕輕搖晃。

我睜開了眼睛。

「抱歉吵醒了你，先生，」藍色波浪的專員臉上掛著不自然、露出白牙的大大笑容。她很年輕，十八歲左右，一頭深褐色鬈髮，有可能是西班牙人。「我們已經抵達終點站了。歡迎到巴爾薩隆納來。」

她的唸法是巴爾薩隆納。

那就鐵定是西班牙人。

我開始把四肢從前後座位之間的窄小空間向外拔。藍色波浪的機場接駁車其實是一支超級狹窄的迷你巴士車隊，而我選了靠窗的位子完全是失策。我最初是為了可以轉頭避開其他乘客，戴著耳機假裝睡覺就不必去聽他們興奮的嘰嘰喳喳。

然後真的睡著了，因為四十八小時來我沒有睡多少。

巴士上的乘客全都下車了，朝航廈大樓移動，兒童跑在前面，家長在後面呼喚。

我四周的港口熙來攘往。巴士來來去去，行李堆疊在跟機場一樣的小卡車上。到處都是人。藍色波浪的專員，從深藍T恤以及誇張的友善態度上可以辨認出來，個個面帶微笑，揮舞著寫字板。海景全都被龐大的航廈遮住了；航廈是玻璃和管柱結構，大概算是八〇年代的太空世紀的設計吧，但現在卻顯得笨重過時。門外的超大招牌恐嚇著我說：我的藍色波浪冒險就從現在開始！

我朝航廈走，瞇眼抵擋正中午的日頭。我的背包裡有太陽眼鏡，但我沒戴上，怕他認不出我來。

我對彼得．布雷濟爾的相貌的整體認識完全來自於網路上的照片以及愛絲黛樂的新聞。每一張照片中他都開心地站在她旁邊，含笑望著她，或是摟著她，或是親吻她，或是綜合以上所有的舉動。他比他太太大約高了三十公分，寬肩，日曬的膚色深淺不一，下巴堅毅，一邊臉頰有酒渦，酷似那個叫布萊德的美國明星，像是可以把理財和砍柴這兩件事以同樣的輕鬆自在優雅完成。

他和愛絲黛樂就像是雷夫．羅倫（Ralph Lauren）的廣告明星，滿口白牙，有型有款，天生麗質。兩人身上好像會發光，好像是被打磨出高度的光澤。

這是我帶到巴塞隆納來的印象。但此刻，看見他在航廈門外等我，我霍地明白那些照片上的彼得是以前的他。

愛絲黛樂消失一年了。而這一年來這個男人消瘦了，太瘦了，現在只剩皮包骨，一點肌肉也沒有。他的下巴線條突出在一段像鳥類一樣細長的脖子上，顴骨好像是被人往上往外推。他的頭髮沒修剪，亂七八糟地蜷在耳邊和脖子上，仍然是淡褐色的，但是部分地方變灰了。彼得沒刮鬍子，鬍碴東一片西一片的，讓人感覺他才剛下床，而且那張「床」只是一張床單鋪在橋下的厚紙板上。他的亞麻長褲和黑色T恤寬鬆皺褶，不成樣子，而且T恤的腋下還有白色半月形痕跡，是從前擦的體香劑留下的。他兩眼無神，眼下的皮膚都是深淺不一的灰色和紫色。

這傢伙一副鬼樣。

但話說回來，要是一年之後我的感覺都像這七天一樣，那我可能也會是這副模樣。

七天。

上週的這個時候我是在機場等著接莎拉，幾乎就是這個時間。一方面來說，我在一個莎拉失蹤的世界還能生活了這麼久，實在是不可思議；另一方面來說，我真不敢相信這個惡夢才只有一個星期。

「亞當！」他放聲高喊，認出了我來，朝我揮手。

「彼得。嗨。」

我們握手。他緊緊攫住我的手，用力搖晃了兩下。

我們看著彼此，直到我緊張地笑出來。

「我實在是不知道該說什麼。」

「此時此刻最好是別說太多，」彼得說，「等我們上船再說。」

「對。」

航廈的自動玻璃門滑開，一陣冷風吹了出來。

彼得先進去，我緊隨在後。

裡頭和機場非常相似：寬闊的空間，跟飛機庫一樣擠滿了人。海軍藍地毯上的圖樣是白色的閃電，斜角排列，踩在幾百名要搭遊輪的旅客腳下，他們都拖曳著腳步排在藍繩迷宮中，等候著辦理登船手續。空氣中瀰漫著期待，也充斥著興奮的吵雜說話聲。

彼得停步，對著前方的什麼點頭。「那裡。」

我以為他說的是排隊等著上船的人龍，等我抬起頭來才知道不是。

航廈另一頭的牆壁，面對著海水的那一面，完全是平板玻璃。塗成白色的玻璃，我的第一個想法是這樣的，但等到我的焦點轉移，我才明白我看到的是什麼。玻璃是透明的，白的是後面的物體。

某個龐然巨物，比航廈本身還要高大，是一頭閃閃發光的巨獸，遮擋了海水和天空，不可能被容納在數百片的窗戶玻璃內。

「慶祝號」。

它——我應該用她——挨著航廈大樓停靠——停泊，如今回想起來，我才看出道理何在，我們只需要辦好登船手續就可以上船了，就這麼簡單。

真的要發生了，我就要登上「慶祝號」了。

或者會是無法登船。彼得擔心我們兩個或是其中一個的名字可能上了黑名單。船票是我訂的——兩間艙房，一間用彼得的名字，一間用我自己的——沒遭遇什麼麻煩，但現在本人想上船，可能就是另一回事了。他解釋過這也是他之前從沒想要搭船的原因，另一個原因是他為了上法院要求藍色波浪釋出監視畫面，官司失敗後，又提出了民事訴訟，他已經傾家蕩產。

無論如何，我們的船票是不退費的。而我的信用卡也已經刷爆了。

我們向看守海關出入境查驗隊伍的警衛亮出船票，再向西班牙邊境警察出示護照。等待時我們幾乎沒有交談。我們只有一件事想談，但是談的時候不能被外人聽到。

之後，我們慢慢走向登船櫃檯，掃描了護照，被桌上架的一台小照相機拍了照。職員啟動了我們的刷卡通，我能感覺到身旁的彼得全身緊繃，但是她什麼也沒說，只是像機器語音似地說：「都辦好了。兩位在C區登船。」說完她就交給我一個藍色的塑膠錢包，祝我們旅途愉快。

藍色電子錢包上有藍色波浪的標記，但是跟莎拉的字條上的不一樣。我記得藍色波浪辦公室的接待員說他們在重塑品牌。船票上有波浪，那錢包上的這個標記——一艘船的輪廓——一定就是新的。

前方的遊客停在「慶祝號」在大海上的背景幕前，一名專業攝影師繞著他們跳動，大聲發號施令，猛按快門。等他拍完，刷卡通卡片就會由攝影師過度熱心的助理拿著機器刷卡，每隔三十秒就尖聲重複同一句話，像是背上裝了拉繩的玩偶。「別忘了到大洋洲甲板的照相店去看一下，一張照片只要九點九九歐元！」

「我們也應該拍，」彼得說，「大家都拍了，我們不要太特別。」

於是我們兩個就站在那艘船的圖畫前，據我們所知，我們愛的女人也曾活生生地露出大大的笑容供攝影師拍照。

之後還有一道保全手續，我們的刷卡通卡片必須拿來跟我們的有照證件上的照片比對，我們的行李袋也需要掃描。然後電扶梯就把我們送上了航廈的夾層樓面。

現在我們跟「慶祝號」的第一排舷窗等高。人群興奮激動，移動得較快。我們跟著他們在室外，沐浴在溫暖的西班牙陽光以及新鮮的海風和——

她，在那裡，她的側面完全映入眼簾，高聳在我們面前，彷彿一幢摩天大樓，有一條街區那麼寬。

我看到陽台和橘色的救生船，藍色和白色的彩旗。在最高點，是巨大的黃色煙囪，直插入無雲的天際，消失在白熱的陽光中。「慶祝號」三個字以模版印在它的船身，藍色的字母斷開，排列成湧動的海浪。

我們緩慢地向跳板行進，跳板架在船隻靠近水線這一側的一個開口上。這裡的隊伍比較散亂，兒童為了搶位置彼此推擠，有個嬰兒哭得很大聲，而我後面的女人推著樣式很繁複的嬰兒車，前輪老是撞到我的腳踝。

走進船側的洞裡幾乎讓人鬆了口氣。

幾乎。

我們進入了一處寬廣的空間，彷彿是豪華飯店的大廳：有圖案的地毯、低矮的燈具、飽滿的扶手椅散置，看似隨意，其實是精心設計過的，連一吋空間都不浪費。兩條華美光亮的木樓梯向上蜿蜒，平台上掛著巨幅的「慶祝號」水彩畫。

奢華的裝潢又加上海水味從打開的艙口飄進來，絕對是令人坐立難安。

一排藍色波浪的船員在歡迎我們，穿著有標記的藍色馬球衫和米色斜紋布褲。我一張臉一張臉看，我的口袋裡放著庫薩克在某個遊輪工作網站上找到的伊森．艾克哈特的列印照片。我瞪著小小的大頭照不知多少小時了。

伊森完完全全出乎我的意料。在我的想像中，莎拉愛上的是一名內衣模特兒，五官如斧鑿刀雕，完美得不似凡人，在光鮮亮麗的時裝雜誌封面上露臉，而為了達到這個目標，得要整天在健身房裡鍛鍊體格，連續幾小時站在鏡前練習，而在這些努力之前他得先中基因大樂透。所以她才會愛上他，因為他是那樣的俊美，因為他是那麼的另類，那麼的不同。更加美好。她抗拒不了他因為他就是令人無法抗拒。

起碼我一直是這麼跟自己說的。

但現實中的伊森極其平凡。深色頭髮短得緊貼著頭皮，說不上沒有吸引力，但也並不是多有吸引力（在我眼裡是這樣的），薄唇上的笑容似笑非笑。是一種職業笑容。他穿著套裝、白襯衫，打素色領帶。完全沒有突出的地方，沒有驚人的五官。沒戴眼鏡，臉上沒有汗毛，沒穿耳洞或是顯露在外的刺青。如果我閉上眼睛，努力草擬他的外貌描述，將來好幫警方的素描專家或是操作容貌拼圖機器的人組合他的臉孔，我什麼特徵都想不到，只能說藍眸褐髮白皮膚。

不過我仍然有自信如果見到他本人，我會認得出他來，可是這些傢伙卻沒有一個像他。

輪到我們了，彼得跟我發現我們面對著一個年輕人，約莫二十、二十一歲。他朝我們跨步，咧著嘴笑，握著一面小小的平板電腦，側邊連接著一個鑰匙卡儀器。他的名牌上寫著他叫丹尼，最喜歡的藍色波浪目的地是伊斯坦堡。

「歡迎搭乘『慶祝號』！」他像是英國人。「兩位很興奮就要體驗我們的地中海夢幻嗎？」換作別的情況，這一刻或許會挺有趣的，但是彼得跟我卻只能茫然以對。

「嗯……好的，」丹尼說，「我只需要看看兩位的刷卡通卡片，謝謝。」

彼得出示了他的卡片，而我則忙著翻找我的。我在最後一道安檢之後就把卡片收好了，以為不會再用到。

丹尼把兩張卡片在他的小機器上刷了，等著機器響。他抬頭看我們，再低頭看機器。滿意之後，他把卡片還給我們，彼得伸出手去一次接了兩張，而我則忙著再把電子錢包關緊。

「鄧恩先生和布雷濟爾先生，歡迎上船，」丹尼說，「兩位的房間是我們的豪華小套房，在大西洋甲板，八〇一和八〇三。」他用兩根手指指著他左側的一排電梯。「搭C電梯到八樓，出電梯後右轉，循著指標前進。我們在大洋洲甲板的主餐廳供應自助午餐，在十三樓；六點整在太平洋甲板舉辦揚帆派對，在最上層。如果兩位在等行李，希望很快可以送到，不過在行李送到之前如果兩位有任何需要，木棧道甲板上的中央公園購物街已經營業了。艙房裡也有舒適配件包，以及本遊輪和今天下午的召集演習的更多資訊。兩位有什麼問題嗎？」

我們都搖頭。

丹尼對著彼得手上的刷卡通卡片點頭。「提醒兩位一下，兩張卡片都從同一個帳戶收費，卻不能打開兩間艙門，要是弄混了，可能會被鎖在房外。補發卡片需要有照證件。有問題的話請務必要讓船員知道，再次歡迎兩位搭乘『慶祝號』！」

「揚帆派對是個什麼鬼玩意？」我們一進電梯我就問彼得。

「那是船出發的時候。大家都會到甲板上去看著陸地消失。」

他撳了「大西洋」的按鈕。門一關上他就轉過來面對我。

「亞當，你還好嗎？」

「嗯，很好。」

彼得瞪著我看。端詳我。

「我知道很詭異，」他說，「很難不去想她看到了這個嗎？她也搭過這部電梯嗎？她的登船照現在在哪裡？」

我其實覺得不去想這些事滿容易的，暫時如此。

「電話上，」我說，「你說有些事你想等到看見我之後才說。」

「對，我們很快就能談了。我只是覺得等我們確定附近沒有人偷聽之後比較安全。尤其是船員。」

「我們可以在房間裡談。」

「牆壁很薄，而且陽台只是小隔間。我覺得露天甲板可能是最好的地點。」

「他們在重塑品牌，」我說，拿起了塑膠錢包。「有些東西還是舊商標，有些是新的。」

電梯停止了。

「大西洋甲板。」一個聽不出性別的聲音宣布道。

電梯門滑開，出現了一條狹窄卻明亮的走廊。白色牆壁，與腰齊高的位置畫了一條藍色波紋線條，一路向前延伸。淡淡的海水味摻雜了什麼花香和甜膩的氣味，像是空氣清香劑。

我們走出電梯，向右轉，一直走到標著八〇一的門前。八〇三就在旁邊。

「你是八〇三，」彼得說，把卡片交給我。「我」——他低頭看手錶——「二十分鐘後來敲門吧？然後我們找個地方說話。」

我同意了。

「還有，手機能用的時候趕緊用，出海後可能就沒訊號了。」

「好。」

「我們會找到他的，亞當。」

彼得又瞪著我看，目光激切。我換了換重心，被他看得很不自在。

「對。」我只這麼說。

可是找到了之後，我們打算怎麼辦？

「二十分鐘。」彼得說，隨即消失在八〇一房裡了。

我拿刷卡通打開了八〇三的門，「請勿打擾」的牌子掛在內側門把上。我再把門打開，把牌子掛在外側的門把上。

我的艙房是狹長型的，比我預計的大。每樣東西都是藍色、黃色或白色的，——不然就是三種顏色都有的圖案——而且纖塵不染。我背對著門，浴室就在我的右手邊。左邊是細長的衣櫃，往艙房裡走，我發現了一張雙人沙發，顏色是藍色波浪藍，靠著一面牆，面對著一張內建書桌，桌上有鏡子和平板電視。桌面上有個小圓托盤，擺了一小瓶香檳和兩只杯子，瓶頸上綁著藍黃緞帶。每一處的平面都有小護欄或是高起的邊緣，大概是為了在遇上暴風雨時防止東西砸到地板上。

床是雙人床，床尾和牆壁的空間只夠裝一道滑門，出了門就是陽台。

莎拉和伊森共享的就是這樣的艙房嗎？他們是否在陽台上一邊喝著香檳一邊欣賞落在外面的夕陽？他們就躺在像這樣的床上嗎？在上頭性交？

然後又發生了什麼？

我抓起床頭几上的遙控器，打開了電視。電視設定在藍色波浪的某種資訊頻道上，慢動作播放「慶祝號」上的各個場地，配合柔和的輕音樂。

而在螢幕下方有一行歡迎搭乘，彼得！

我低頭看著被我丟在床上的刷卡通卡片，皺起了眉頭。上面寫的是鄧恩，但我隨即想到兩張都一樣。彼得一定是搞混了，住進了登記在我名下而不是他名下的艙房，又把登記在他名下的艙房鑰匙拿給了我。無所謂，反正是一樣的房間。

當時我並沒有多想。

「告訴我，亞當，你對海事法知道多少？」

彼得跟我在太平洋甲板找到了一處安靜的地方，是個小小的吧檯，窗板都往下拉，面對著半圈圓的背椅和桌子都排列在煙囪的陰影下。

煙囪的另一邊曝露在陽光下，有一座遼闊的游泳池，已經有兒童在裡頭戲水笑鬧，互丟浮具了。隱形的喇叭中輕輕流瀉出流行樂。開心的乘客緊握著酒杯，酒杯上裝飾著美麗的水果切片。從左舷的欄杆看過去，巴塞隆納市景在午後的高熱中熠熠生光。

我沒辦法不去掃視每一張我在人群中發現的船員臉孔。

「我只知道庫薩克跟我說的那些，」我回答道，「什麼權責是歸屬於船隻註冊的國家的，而不是船隻所在的國家。」

「權責，」彼得冷哼一聲。「得了吧。」

「她說到賢恩．基廷。你聽過他嗎？」

「當然，很可憐，很難不替那個哥哥難過。」

「她說巴貝多派出了兩名警察，正要前往『嘉年華號』調查，船員就發現他是落海了，於是請海岸巡防隊搜救。」

「對。」彼得喝了一口酒，做個鬼臉。我們一踏上甲板就被人塞了兩杯水果味太濃又摻了水的雞尾酒，最簡單的做法就是接下酒杯。「問題是，亞當——」他停下來，遲疑了一下。

「我問你一件事，你覺得莎拉是出了什麼事？」

「我一直盡量不去想。」

「我能理解。」

「沒有一種可能說得通。」

「看起來是的。」

「我就好像是走在一條非常狹窄的走廊上，右邊的牆壁是最好的情況——這件事完全是什麼誤會，莎拉真的把護照弄丟了，那張字條也有個合理的解釋。她住院了，或是出了意外之類的，可以解釋她的杳無訊息，可是她絕對是平平安安的。這個叫伊森的傢伙只是個朋友，讓她使用他的員工折扣。可是左邊的牆……唉，就是可能範圍的另一頭了。最糟的可能結果。既然最好的情況在現階段似乎不太可能，萬不得已我也不想去相信最壞的情況。除非我實在沒有選擇了。所以在那之前，我就只是走在這條走廊上，努力走在中間，盡量不去碰兩邊，即使是只有幾吋的空間。」我停頓了一下。「抱歉，聽起來像瘋言瘋語。」

「一點也不會，」彼得說，「非常合情合理。而且我非常清楚你的意思。我自己在那條走廊上也走得夠久了，可是那些牆……對不起，可是我要直接把你往一邊推了。」

我用不著問是哪一邊。

「關於基廷案，你的那位女警說得沒錯，」彼得接著說，「『嘉年華號』——跟『慶祝號』一樣，都是為了節稅在巴貝多註冊的，所以，如果有犯罪需要調查，就會有兩名巴貝多警察搭上飛機趕往船隻的所在地，而那艘船上載滿了幾千名的可能嫌疑犯，船公司又是一個極有權勢的集團。兩名警察，遠離辦公室以及支援的同僚，而且前提還得要船長邀請他們上船。那一個──賢恩．基廷，是在哪兒？亞得里亞海？」

「好像是。」

「所以是，嗯，距離巴貝多八千哩左右？我們這兩位巴貝多警察朋友需要多久才能趕到？就說二十四小時吧。而在他們搭乘飛機橫越大西洋上空時，船上又是什麼情況？船員可能在無意之中把可能的犯罪現場洗刷得乾乾淨淨了。可能的目擊證人去參加愉快的一日遊了，或是更糟，搭機回家了。」

「可是船上難道沒有人可以先展開調查？船上不是有保全？一定有什麼司法單位的。」

「是有保全，」彼得說，「跟你在購物中心看到的那種，拇指勾著皮帶閒晃，他們自以為擁有的權限早就把他們沖昏了頭。藍色波浪稱呼他們是保安警官，卻不等於他們就有效率；或是改變這個事實，也就是他們是在保衛一項產品，同時也在為他們的雇主保衛這項產品，這可就造成了極大的利益衝突。所以大多數時候，遊輪上的犯罪完全沒有調查。」

「怎麼會？」

「比方說吧，有人在艙房裡攻擊了你，又洗劫了你。你該怎麼辦？」

「去找保安警官。」

「去找保安警官，他可能會跟你談一會兒，做個筆錄之類的，然後就把事件報告到艦橋上。接著船長會決定是不是要採取行動──可是誰又規定他一定要採取行動來著？」

「呃，法律？」

「所以他要請兩位警察飛過大半個地球來查出是誰偷了你的皮夾？」

「以及攻擊我。」

「那只會引起外界的注意。」

「聽你說得好像是壞事似的。」

「對船長來說是，因為失業可不是什麼好事。遊輪應該是好玩又歡樂的，我看過的宣傳冊上可沒說會有偷竊或是攻擊事件。或是約會迷姦。上面不會提到性侵，不會有失蹤。那種事是不會在水上樂園發生的。要是有人覺得隨時行走在危險之中，誰會想要搭遊輪？一個封閉的空間裡充斥著犯罪。萬一發生了什麼事，他們就會設法掩蓋，不讓媒體知道，這是最重要的。」

「怎麼可能呢？」

「這類事件通常都會涉及一個不守規矩的船員，而船員是可以開除的。問題就解決了。如果被害人可以用免費航程或是補貼醫藥費來擺平，那就更好了。只要能不上法院，讓你簽下一紙保密協議，要他們吐出多少錢都沒問題。把這一切都掃到地毯下藏起來，對船公司才是上上之策，然後他們就可以站在高處，面帶微笑，假裝沒有地方出錯。」停頓。「當然，除非是發生了命案。」

我縮了縮。

「不過他們不會說是命案，」彼得說，「除非是逼不得已。只要沒有屍體，就用不著。命案是需要死因的。」

「那屍體要去哪——」

我閉上了嘴，恍然大悟。我扭頭去看，就在那裡，就在右舷的欄杆外：無邊無際的大海。

「最完美的棄屍處，」彼得說，「如果在半夜三更把一個人從陽台上推下去，誰會知道？除非是到了早晨，有人發現那人不見了。有人發現的話。要是那個人是獨自旅行的，那就要等更久了。可能會在航程的尾聲才會有人發現。而在那之前，房務人員已經把所有的物證都打掃乾淨了，船隻也跟屍體的位置越離越遠。其他乘客完全被蒙在鼓裡，就好像這件事壓根就沒發生過。」

「只除了有個人失蹤了。」

彼得彈手指。

「完全正確，亞當。就是這樣，沒有命案的證據，只是一個人失蹤了。而沒有了屍體，一個人消失了要歸類到什麼案件裡呢？不是命案，喔不，絕不是命案，而是失蹤。」

兩個字懸浮在空中。

我硬起頭皮。「你是說……？」

不，我說不出來。

「愛絲黛樂沒有失蹤，亞當，我知道。她絕不可能就這麼走下這艘船，然後就決定不回來了，永遠也不回到我的身邊來。她絕對不會丟下我一個人這樣子活著，活在這種什麼都不知道的地獄中。你不是也認為莎拉不會這樣？」

「可是莎拉確實是一走了之的。」

彼得整整三秒沒出聲，接著溫和地說：「你是怎麼知道的？」

「藍色波浪告訴我的，」我說，「他們讓我看了。」

「他們讓你看了什麼？」

「鑰匙卡活動。刷卡通的紀錄。」

「你是說一張紙。」

「對。」

「上頭印著東西。」

「不然他們還能給我看什麼？」

「監視畫面呢？他們說莎拉下船的移動畫面，時間和日期的戳記呢？這艘船上的每一個角落都有監視器，那個接駁船碼頭可能每個角度都有，為什麼不給你看那個？」

「也許是因為我沒想到要跟他們要。」

「我要了，亞當。我跟他們要了。不止一次。我把他們告上法院，要他們提供，他們還是拒絕。為什麼？會不會是因為他們根本就沒有？會不會是因為根本就沒有愛絲黛樂下船的畫面？會不會是她根本就沒下船？」

「如果她沒下船，」我說，「那她是去哪裡了？」

「我覺得她是跟莎拉在一起。我覺得同一個人綁走了她們兩個。」

在我心裡的窄廊裡，左手邊的牆直往我的臉上撞過來。

我閉上了眼睛。

「看起來好像沒有一種可能是說得通的，」彼得說，「但是有一個可能。不幸的是，那是我們都不願去想的。」

我再張開眼睛，我們之間多出了一本英國護照。

「信封丟掉了，」彼得說，「但是郵戳也是尼斯。在我最後看到愛絲黛樂的兩天後寄來的，就是她應該要下船的那一天。」

我拿了起來，隨手翻開。重要的地方完全一樣：黏附的字條，藍色波浪標記，寥寥數字。只是這張字條上署名是「E」。

「跟你一樣，」彼得說，「東西寄到時我不知道該怎麼想。可是我知道她出事了。可怕的事。她的朋友貝琪打電話告訴我在船上找不到她，我就知道了。所以這個——」他對著護照抬抬下巴，「是一種折磨。我拼不起來的一片拼圖。那張字條，是愛絲黛樂的筆跡，錯不了。你說你也肯定是莎拉的字跡，對嗎？」

我點頭，卻沒吭聲。

我不確定我發得出聲音來。

「那麼我們就有兩名女性，」彼得接著說，「互不相識，也毫無關係，相隔一年，最後現身在同一個地點，這裡，這艘船上。她們都用同一款的紙張寫下了一模一樣的文字，貼在護照裡，然後不知怎地，兩本護照自己送到了你跟我——兩個愛著她們的男人的面前來。郵戳是尼斯，正是藍色波浪說她們下船的地方。這怎麼可能是巧合？然後你找到了我，查出了莎拉是跟一個在這艘船上工作的人一起航行的。這個人對這艘船以及管轄船隻的法則再熟悉不過。」

伊森。

「他是關鍵，」彼得說，「他就是犯案的人。」

直接撞牆，臉先撞上。

「告訴我是怎麼回事，」我虛弱地說，舌頭感覺又腫又刺，喉嚨緊繃乾澀。「告訴我愛絲黛樂是怎麼回事。」

愛絲黛樂．布雷濟爾在二〇一三年八月三日那天是三十二歲——她從「慶祝號」上消失的那一天。她在前一天在巴塞隆納搭上了這艘遊輪，同行的還有九個女人，其中之一是貝琪．艾倫，愛絲黛樂的閨蜜，兩人從學走路時就認識了。

「那是臨時決定的，」彼得說，「那趟旅行其實是為貝琪的一位同事舉辦的脫單派對，三天兩夜，但是有個人騎自行車摔斷了腿，不得不退出。她本來跟貝琪同一個艙房，所以貝琪就問愛絲黛樂認不認識什麼可以臨時遞補的人。船票已經買了，不能退費。愛絲黛樂挪了幾天假，就一塊去了。我常常想：要是那個女的沒出意外呢？這些事就都不會發生了。世事不就是因為這種很小、很小的事情而改變的嗎？」

「愛絲黛樂搭過遊輪嗎？」我問。

「沒有，我們不太喜歡這種東西。老實說，我也不希望她去。」

「為什麼？」

「我只是覺得她不會喜歡。十個人裡她只跟貝琪最熟，大多數的人她連見都沒見過，而跟她們待在一艘船上，喝酒胡鬧，背上掛著紅字牌跑來跑去？」他搖頭。「愛絲黛樂不是那種人。」

「可是她一定是自己想去啊。」

彼得的神情變得僵硬。

「是貝琪想要她去，所以她才去的。」

我猜他不怎麼喜歡貝琪。可以理解，畢竟發生了這種事。

「她們從蓋特威克機場一起搭飛機，」他說，「星期四下午在這裡搭上『慶祝號』。那個時候這艘船大概才下水一個月吧，還有一些初期的問題。電梯故障，一座波浪泳池尚未開放，訂餐系統有小毛病，諸如此類的。她們在葛洛托泳池邊日光浴了幾個小時，在池邊的卡比納咖啡廳用了一頓遲來的午餐，然後就都回艙房去為晚上準備，八點左右在大洋洲甲板的櫥窗劇場集合，觀賞綜藝秀。之後就去菲茲，是一間雞尾酒酒吧。」

彼得談著「慶祝號」的方式讓我想起了我看過的「鐵達尼號」紀錄片，那些來賓——歷史學家、熱心研究者、詹姆斯．卡麥隆——說著A走廊和大主梯和最下層甲板，儼然親自造訪過，熟悉得可以摸黑走過。

只不過他們沒有一個曾走在那艘船上。

各人的記述——以及酒醉的程度——有所不同，但對於接下來發生的事大致上都同意是發生在啟航頭一晚夜間十點四十五分到十一點十分之間，愛絲黛樂告訴大家她嚴重頭痛。其中一個團員說愛絲黛樂的臉「灰白冒汗」，而另一個說她口齒不清。

「她沒喝酒，」彼得說，「所以我們說的不是醉酒。我的猜測是愛絲黛樂的飲料裡不是被摻了東西，就是她的偏頭痛發作了。她經常會偏頭痛。總之，她告訴貝琪要去買頭痛藥，躺下來休息個一小時，如果感覺好多了，就會再回酒吧。可是她沒有回去。」

「貝琪回艙房時沒看到她嗎？」

「貝琪整個晚上都待在另一位團員的房間裡，以免打擾了愛絲黛樂。等她終於回到她們的房間，已經是隔天早上快九點了，而愛絲黛樂不在房間裡。」

「她在房間睡過嗎？」

「床鋪整理好了。貝琪假設是房務人員來打掃過了。那時她們已經搭接駁船到法屬自由城了，她們的計畫是要包車去遊海岸，她們都以為愛絲黛樂起了個大早——她是全團唯一一個早早上床的——然後也上岸了。她們以為她決定要在那裡跟她們會合。」

「她的手機呢？」

「貝琪打了，卻直接轉進語音信箱。她以為可能是手機在法國沒有訊號。」

「可是她們上岸後發現愛絲黛樂並不在自由城裡……」

「貝琪回船上去找，回到了艙房，又看了眼床鋪，這才發覺床鋪不是整理過——而是根本就沒睡過。然後她找到了手機。」

「愛絲黛樂的手機在艙房裡？」

「對。」彼得陰沉沉地說。

這是個徵兆，表示這個細節可能比其他的線索還要重大。

「那愛絲黛樂其他的東西呢？」

「她的衣服和化妝品都在那裡，許多仍在行李箱裡。她離開菲茲要去買的頭痛藥也是，還沒拆封。她的刷卡通不見蹤跡。」停頓。「當然，護照也是。」

貝琪通知了保安警官——彼得說明道——他把她帶到艦橋去找他的上司。他們立刻全船廣播，請愛絲黛樂跟任何一名船員聯絡。在等待的期間，時間一分一分流逝，將近下午一點了，但是從昨晚十一點起就沒有人見過愛絲黛樂。

「貝琪就是在這個時候真的開始擔心了，」彼得說，「主要是因為船員好像都嚴肅以待。他們討論要一間艙房一間艙房搜尋——因為乘客大多數都上岸了，時機正好——但是，遊輪活動經理突然出現，把貝琪帶進了一個小房間，說沒事，不用驚慌了，愛絲黛樂早晨下船了。他給了她這個。」

彼得伸手到口袋裡掏出了一張Ａ４大小的紙，對折成四分之一。

「愛絲黛樂的刷卡通活動，」他說，遞給了我。「我也拿到了一份。」

我迅速掃視：紙上寫滿了密密麻麻的整齊日期、時間以及據我猜測是「慶祝號」上的地點。最後的三行用黃色螢光筆劃了出來，旁邊的空白處有手寫的註記。

03.08.13	11:23 4814	(CB)	CRESGENCB=chargeback (tablets)
03.08.13	11:59 2391	(AP) CAB8002	Access point – 40 mins??
04.08.13	07:28 9281	(ID) TENPLT4	Tender/ID check (CCTV?)

「根據這個，」彼得說，「愛絲黛樂是在星期四午夜前一分鐘進艙房的，然後在隔天早晨

七點二十八分下船，搭上了接駁船。」

「所以他們……」我揮了揮紙。「假造了這個？」

「不一定。我覺得是愛絲黛樂的刷卡通下了船。你想想：某個船員在接駁碼頭悄悄走近他的同事，讓他分心個幾秒鐘，再趁機用那種手持刷卡機刷卡，這是很難辦到的事嗎？」

在我心裡我看到伊森也做出同樣的事，而我覺得這種推論是有道理的，跟庫薩克的解釋全然不同。

唉。

「這倒是能說明藍色波浪為什麼願意提供你刷卡通的活動紀錄，」我說，「卻不出示監視畫面。」

「對，」他說，鼓勵地點頭。「一點也沒錯，亞當。對，沒錯。」

他似乎……鬆了一口氣？對，是鬆了一口氣，我同意他的說法讓他欣慰。不過也可能這是他第一次跟別人說起這件事，得到的反應不是憐憫和關切地詢問他的心理健康。

「不過他們是用什麼藉口？」我問，「我是說，你要求看監視畫面時，藍色波浪說了什麼？」

「官方的說法是監視畫面包含了敏感的操作程序。」彼得翻了個白眼。「他們是這麼說的，要是我是在尋找愛絲黛樂下船的證據，我已經有了。可我真正有的證據是她出事了。」

我又看了列印紙，再抬頭看彼得。

「我是漏掉了哪裡？」

「看看時間。」他指著紙。「愛絲黛樂在十一點二十三分買了頭痛藥，就在她離開其他女生之後。但是她直到午夜前一分鐘才進艙房，幾乎是四十分鐘之後。我研究過地圖。新月超市是在十二層甲板，在船尾的D電梯那兒。愛絲黛樂只需要走個二、三十呎，走進電梯，下去幾層，再走個十五、頂多二十呎就到她的艙房了。」

我挑高雙眉。彼得說：「我除了思考這件事之外，沒別的事好做。我研究了地圖好幾個小時，現在就算蒙著眼睛大概也能在這艘船上到處走動了。」

「我們說的是多少時間？」我問。

「即使愛絲黛樂放慢腳步，也只需要五分、十分鐘。要是電梯人太多，就抓個十五分鐘吧。那為什麼會有四十分鐘的時間差？」

「會不會是她停下來去逛商店了？」

「可她不是頭痛到得丟下同伴，去買止痛藥嗎？」

「嗯，那也難說。」

「我知道，不過我有個推論。如果有人用了她的刷卡通卡片，弄得好像是她去搭了接駁船，下了遊輪，那麼同一個人難道不會在前晚利用卡片溜進她的艙房嗎？」

「從頭到尾說一遍，」我說，「出了什麼事？」

「我覺得愛絲黛樂的飲料裡被摻了藥，所以她才會覺得不舒服。摻藥的人接著尾隨她出了酒吧，進入新月超市。監視她。說不定跟她搭訕。別忘了：她是來搭遊輪度假的。她覺得安全，她不會想到這就跟夜深在暗巷裡看到陌生男人一樣，在船上燈火通明，又漂浮在地中海上。然後那人不是陪她走回艙房，就是跟蹤她進去——這就說得通鑰匙卡的輸入時間延遲了，以及止痛藥完全沒有拆封——不然就是他把她帶到別處了——她頭痛，說不定那人建議到甲板去呼吸一點新鮮空氣對她有益——然後……然後，他就動手了。」

一陣沉默，我們兩人都盡力不去想像那個情況。

「如果是發生在別處，」彼得往下說，「他就在事後利用愛絲黛樂的鑰匙打開了她的艙房門，從而製造出刷卡通活動上的紀錄。隔天早上又在接駁月台重施故技。」

「可是護照和字條呢？」

「這不就是故佈疑陣嗎？看似愛絲黛樂寄的，從應該是她下船的地方寄出的，可以把大家的注意力從『慶祝號』上移轉出去。你會以為無論是發生了什麼事，都是在她上岸之後才發生的。」

「可你覺得……字條……我是說，你是說他逼迫——」

「我覺得船員要想要拿到武器是相對容易的事。我是這麼想的。比方說吧，光是餐廳廚房裡就有多少把刀子？」

我的胃在翻觔斗。

「所以，」彼得說，「他什麼都想到了。沒有證據，沒有屍體，沒有警察。藍色波浪說她下了船，所以跟他們一點關係也沒有。這是完美犯罪。他等待個一陣子，只是在確定不會有風波。一年之後，他又一次犯案。只是這一次，他是在岸上挑選被害人，再把她引誘到船上來。而這一次，她的男朋友找到了第一個女人的先生，而我們一談話就發覺我們都收到了護照，裡頭還貼著字條。這一次，有人研究出兩個女人之間唯一的關聯就是他。」

感覺起來是可以把拼圖上的那個洞填得嚴絲合縫的，但是我不想為了確定而去嵌合那一片拼圖。

彼得看著手錶。

「我們六點出航，」他說，「到時我們再開始找他。」

我跟彼得說這下子我得去買頭痛藥了。缺乏睡眠，長途跋涉，再加上高溫，我的太陽穴像有人在打鼓。他告訴我最近的商店在哪裡，我跟他保證我一個人去就行了。

然後我就逃了出去。

莎拉死了。被謀殺了。

最壞的情況。

不過，也是唯一說得通的情況。

眼珠恐懼地外凸，雙手摀住她的嘴巴，掐住她的脖子。她的衣服被撕開，她的皮膚瘀傷。

再也不能逃避了。把最可怕的想法往後推實在是太累人了，能撒手不管，讓它擁上來，也算是一種解脫。

我順著甲板匆匆往回走，被陽光刺痛了眼睛，在高溫中曝曬，大口呼吸著熱空氣。我想找路進去，莎拉死亡的畫面卻如燈泡一樣在我的心裡亮起。

一具人體在夜空中墜落——

我推擠過一名少婦跟她的三個孩子和各式各樣的泳池充氣玩具。防曬霜在他們的臉頰上閃閃生光，隱約有椰子味。

——掉進黑暗的水裡，跟石頭一樣，永遠消失——

我的肩膀擦撞上一個穿著寬短褲，跟我年紀相當的人，他辛苦地端著的兩杯啤酒因而外溢。他轉了個圈，面對著我，大吼道：「嘿！」

——莎拉永遠消失——

一名頭上戴著花的藍色波浪船員把一張傳單塞到我的面前。

——冰冷，殘破，孤單。

「今晚何不到地平線室來看一場特別放映的……先生？你還好嗎，先生？」

我看到前方的對開門是打開的，我不理她，直接就朝門口走。

我進了昏暗的走廊，跟著人流移動，嘴唇上嚐到鹽味，我舉起手來，這才明白我的臉是濕的。

我是幾時哭的？

我低著頭，加快腳步。我只需要找到地方能坐下來思索個一秒鐘。

走廊突然就斷了，光線乍現。我是在一處鋪著柏油路的花園小徑上，迤邐穿過茂密的棕櫚植物，高大的樹幹讓樹葉能彎垂下來，掛在頭頂上。鳥鳴聲也響了起來。我能聽到潺湲的流水聲，從樹葉的間隙中我看到了金色旋轉木馬的閃光。抬頭一看，我看到了像是兩個相對的岩壁——是艙房，陽台挨著陽台，一排接著一排——高聳向上，一路衝上中庭天花板。

我一開始就不該來的。

如果是伊森殺死了莎拉，等我找到他，我是要怎麼做？

我掏出手機，啟動。我在機場就關機了。科克機場——我不願冒險讓任何人說服我不要到巴塞隆納來，因為我知道他們不必太費唇舌。

而現在我需要有人來勸我打消念頭。

手機一連上網路就活了過來，嗶聲叮聲不絕於耳，簡訊、電郵、語音留言立時湧入，我全都不理，只去捲動聯絡人，最後找到了蘿絲。

我看到小徑外有一張空的花園長椅，等著接通之際，我走過去，坐了下來。

「耶穌基督，」蘿絲一接電話就說，「你是死到哪裡去了？你爸媽急死了，他們還以為你去投河了，傷心得從橋上跳下去了。你在搞什麼，亞當？我們不是才剛花了一整個星期的時間猜測——」

「蘿絲，」我打斷了她。「我需要妳閉上嘴巴一秒鐘。妳現在在哪裡？家裡嗎？」

「我在城裡，沒禮貌的傢伙。吃午餐。你又在哪裡？」

「蘿絲，我在船上。『慶祝號』。在巴塞隆納港，就快出發了。」

沉默。

接著她說：

「你是在搞什麼，亞當？你為什麼會在那裡？你不會是……你不會是打算做什麼傻事吧？」

「蘿絲，聽著，我遇見了一個人，我先找到他，再跟他會合。彼得。我是在網路上看到的，然後我看到他也收到一本護照，現在我們在這裡，還有——還有伊森！他就叫這個名字。庫薩克查出電話號碼是誰的，聽好了：他在這裡工作。他在船上。此時此刻。那個人——」我的聲音開始不穩，「殺了她，蘿絲。他殺了她。天啊，如果是真的呢？如果她死了呢？我要怎麼辦？」

這一次的沉默更久。

「亞當，你聽我說，」蘿絲說，「你現在在哪裡？是坐著嗎？一個人嗎？」

「我坐在椅子上……對，一個人。」

「好。從頭開始。慢慢來。你說的這個人是誰？這個叫彼得的傢伙？」

我把這兩天的事跟蘿絲說了一遍：「嘉年華號」的評論，上網搜尋了遊輪犯罪，發現了愛絲黛樂的事，跟彼得聯絡，他告訴我他也收到了護照和字條——一模一樣的字條，只有名字縮寫不同。我跟她說了庫薩克給了我伊森．艾克哈特的姓名，告訴我他在這裡，在這艘船上工作。彼得對伊森的推論。我們要在船上找出他來的計畫。

「然後呢？」蘿絲問，「到時候你們要怎麼做？」

「我來這裡是因為我認為他可以填補更多空白，」我說，「讓時間線向前移動。告訴我莎拉離開之後去了哪裡，又從那裡去了哪裡。可是現在……現在我真的不確定了。」

「你需要回家來，」蘿絲說，「現在就回來。」

「可是只有這個解釋說得通啊。」

「什麼解釋，根本就不是解釋，只是臆測，毫無根據的那種。這是真實的人生，亞當，不是你寫的劇本，或是拍好的電影。你知道連續殺人犯有多稀少嗎？逍遙法外的有多稀少嗎？」

「天啊，蘿絲，我們談的又不是泰德．邦迪。我們談的是一個看到機會就殺了兩個女人，而且還逃過法律制裁的人。說不定他還殺了別的女人，我不知道……」

「可是怎麼可能會有一個地方，有人殺了人，別人卻對他一點轍都沒有？怎麼可能會有那種事？你想清楚啊。」

「真的有，蘿絲。真的有。海事法阻礙了調查。遊輪公司不想要讓別人知道真正的經過，所以他們就花錢買通別人，把真相掩蓋住。而且他做了什麼他心裡有數，蘿絲，那個傢伙，伊森。要不是我在莎拉的辦公桌抽屜裡找到了電話帳單，我們甚至不會知道他這個人。她什麼細節也沒跟妳說，我們甚至不知道他的名字，拜託。」

「可是事情就是這麼回事啊。莎拉跟他在一起，她喜歡他。受他吸引，對他的信任足以讓她跟他去旅行。你難道是說她會愛上一個殺人兇手？我知道愛情是盲目的，可是我覺得她可能會察覺到。」

「現在不是開玩笑的時候，蘿絲。妳為什麼是這種態度？」

「什麼態度？很實際嗎？」

「很賤。」我一開口就後悔了。「對不起，蘿絲。聽——」

「我只是想幫你。」她小聲說。

「對不起。我知道。」

「你知道你像什麼嗎？我很不願意這麼說，亞當，可是你就像陰謀論的信徒。像那些死也不相信人類登上月球，那些一口咬定九一一會發生是有內鬼。我覺得你是被這個傢伙唬了，我不怪你。你現在的壓力太大。有些人就是會挑脆弱的人下手，所以邪教的成員裡喪偶或是失去家人的比例才會高得嚇人。」

「妳是怎麼知道這些的？」

「有種東西叫書本。」

「蘿絲，我只是想查出莎拉是出了什麼事。」

「而我只是想要阻止你出事。」

「妳難道不想知道答案？」

「我當然想，可是我能從你在網路上隨機認識的這個人身上得到答案嗎？那她讀了WhatsApp上的留言呢？字條呢？彼得的推論裡有什麼解釋嗎？你說上頭的字跡絕對是莎拉的，我也同意。」

「伊森一定是脅迫她們寫的。說不定是用了刀子。然後他寫了信封——所以筆跡才會不一樣——在殺了她之後再寄出。」

蘿絲問我上一次睡覺是在何時。我略過不理。

「會不會是巧合呢？」她問。

「這個字眼連提都不要提，蘿絲。」

「好吧。我不是要助長你的瘋癲，不過就讓我們先假裝這個彼得說的沒錯。那你們現在是想怎麼辦？」

「找出伊森來。」

「然後呢？」

「然後讓真相大白。我不知道。要他認罪。設計他，讓他認罪。或是找出對他不利的證據。也許他……他可能有她的東西。找到更多線索再回去找警察吧。」

「你不是說愛爾蘭共和國警察沒有管轄權嗎？」

「那就找有管轄權的人！」我沮喪地說。

蘿絲嘆口氣，既漫長又大聲。

「妳也在啊，」我說，「跟露易絲在同一個房間裡。後來在外頭妳也聽見了。這裡頭有蹊蹺，蘿絲。而且彼得說的都吻合。」

「唉，既然是神經病彼得說的——」蘿絲說。

「他失去了他的太太。」

停頓。

「喔，抱歉。」

「我也只能這麼做，」我說，「不是嗎？我是說，不然還能怎樣？我可以下船回家，然後呢？坐著乾等？等什麼？等多久？多久才夠？我是要怎麼等？」

「我們會有辦法的——亞當，我聽到摩爾西在門口。你何不跟他談一談？說不定他可以——」

「不，」我說，「沒關係，跟他說我沒事，不過我必須這麼做。我們就要出發了。」

「亞當，不要。」

「聽著，把這個寫下來。彼得姓布雷濟爾，他太太是愛絲黛樂。她是去年八月失蹤的。妳可以上網去查。跟我爸媽和傑克還有茉琳說我來巴塞隆納只是到處看看，查看那家飯店。別提我搭遊輪的事，好嗎？或是我剛剛跟妳說的事。他們眼前要擔心的事已經夠多了，除非我們百分之百確定，先不用跟他們說什麼。」

「拜託你就聽我說一秒鐘好嗎？這不是個好——」

「我不知道出海之後有沒有Wi-Fi，不過我看到有網路咖啡廳。有空我會查電郵，不過手機可能沒有用。明天我們會到尼斯，星期四早上回巴塞隆納。在這段時間裡，妳跟摩爾西，也許你們可以想辦法調查一下伊森，他姓艾克哈特。」我幫她拼了出來。「庫薩克是在遊輪工作者的網站上找到他的，所以我敢說網路上還有一大堆的資訊。臉書、推特、領英。搜尋一下，找到什麼就發電郵給我。」

「亞當，拜託——」

「都是我的錯，蘿絲。我早該知道出大事了，不只是在她離開之後，而是之前。在她……在她愛上他的時候。有徵兆的，我現在才發覺。她不玩了，她受夠了，我的手指頭按在暫停鍵上夠久了。她不想再等了。」

「亞當，不是——」

「所以現在我必須為了她來這裡，給她她需要的。」更多眼淚往外湧，我需要掛斷電話。「請妳了解。」

我掛上了電話。

在我恢復鎮定後，我捲動最近的來電。丹有七通未接來電。

我做個深呼吸，按了回覆。

「喔，原來你沒死啊？」他接起來就說。「我真是太高興了。因為──」

「丹，」我打斷了他。「現在我負責說，你負責聽，這一次我不在乎你有什麼話得說，好嗎？我的女朋友失蹤了，我有超過一個星期沒有她的消息了。她原本是去巴塞隆納出差的，但是我追查到她搭了遊輪在法國海岸下船，而我遇見了一個人，他認為她可能被殺害了。我現在就在船上，而且我會找到他，那個殺人兇手。遊輪是四天三夜，再半個小時就要出發了。顯然完成改寫不是我的當務之急，而既然付你錢的人是我，我沒興趣聽你的看法。我不在乎錢，我不在乎我的事業。我真正在乎的只有這個女人，我只想跟她在一起，跟她共度一生。現在我不知道她在哪裡，她怎麼樣。如果她還活著，我也得查出她出了什麼事，而且我一定會查出來的。第一優先。要是這家電影公司不爽，他們的選擇不是滾一邊去就是再等久一點。你可以跟他們說是我說的。等這件事結束──會結束的話──我會打給你，告訴你我準備好了。你不必打給我。這樣清楚了嗎？」

我在緊接而來的沉默中等待著，手心因為緊張出汗而發黏，手機險些就滑掉了。

但是丹不需要知道……

「清楚了。」他終於說。

「好。」

「我知道你不會想聽這種話，但是我能不能暫時扮演一下黑化的靈魂？如果我把這件事告訴電影公司，告訴他們你有多難受，他們或許會比較願意等待，因為你知道嗎？這個滿滿都是奧斯卡元素。就像是在船上『即刻救援』遇上了『控制』，只不過這是真實的，你也知道學院投票人有多愛真人真事——」

我結束了電話。

丹幫我談定了一紙合約，對，但好像他真正的才華是逼我質疑我的事業選擇。

我往戶外走，張望著彼得是否仍在原處。我穿過甲板時，腳下忽然隱約一陣震動，緊接著是輕輕的搖晃。

人群響起一陣歡呼聲。

「慶祝號」啟程了。

我們這晚在菲茲——愛絲黛樂最後現蹤的雞尾酒吧——認識了梅根。

菲茲在船尾，我是從狹長的落地窗看見的景色猜測的；船上的路七彎八拐，我完全失去了方向感。儘管外頭的日光仍明亮，酒吧裡卻昏暗，窗簾半開半闔，柔和的燈光以及嵌入式聚光燈加起來也只和昏暗的閱讀燈的亮度相差無幾。一切都是紫色的，從菜單封面到椅子。

彼得跟我坐了吧檯的高腳凳。我們點了漢堡和可樂，酒保叫賈維爾，最愛的藍色波浪目的地是斯德哥爾摩。他把我們的飲料送到我們面前，彼得跟他說：

「我們有個朋友在船上工作，不知道哪個部門的。他不知道我們上船來了，我們很想給他一個驚喜。說不定你認識他？他叫伊森．艾克哈特。」

我盡可能不動聲色，其實我很震驚。我沒料到彼得這麼快就到處打聽，而且還這麼公開。萬一伊森就在附近呢？萬一他偷聽到呢？

「抱歉，好像沒聽過，」賈維爾說，「這艘船上的工作人員很多。」

「很多是多少？」

「大概一千？」

「我們的朋友在餐飲部工作。想起來了嗎？」

「沒有。餐飲部指的是整艘船上的每一家酒吧、餐廳、咖啡廳和冰淇淋亭，還有房務。我們餐飲部的人員是最多的。真不好意思，不過我想你們只能直接打給你們的朋友了。」

「可是我們真的很想給他一個驚喜……」

「我可以問問經理？說不定他會知道。」

彼得微笑。「太好了。」

賈維爾消失在一道紫色天鵝絨帘子後，那一定是遮掩到廚房的通道的。

「一千名船員？」我低聲對彼得說，「我們只有四天的時間。還有，你確定這是個好法子——」

「你們沒利用你們朋友的『藍色船員』啊？」一名女性說。

我們都朝聲音的來處轉頭，發現是一個女人坐在我右邊的第四張凳子上。

我一眼就認出了她來。

現實生活中「梅根的召集站」的梅根比她在YouTube上的影片要老，要我猜的話，我會說是將近三十或三十出頭。她苗條漂亮，金色短髮，一副熱愛戶外活動的模樣。她面前的吧檯上打開了一本書，但是她卻在對我們微笑。

「妳說什麼？」彼得說。

「他的藍色船員價格。」美國口音很重，我一認出她也就等著這種口音出現了。「藍色波浪給員工親友的折扣。既然他不知道你們上船了，那你們是付全額嘍。」

「喔對，是全額，」彼得說，「真可惜我們跟他沒有那麼熟。」他短促古怪地一笑。

「可惜，」梅根說，「介意我加入嗎？」

「怎麼會。」

她移向我旁邊的凳子，伸出了一隻手。

「我叫梅根。」

「其實我知道，」我說，「我是亞當，這位是彼得。我覺得我們看過妳的影片……」

「真的嗎？喔。」她臉紅了。「真不好意思。」她越過我跟彼得握手。「在家裡上傳還沒什麼，可是如果遇到一個看過的大活人，就很丟臉了。你們是英國人吧？」

「他是，」我說，「我是愛爾蘭人。」

「真的嗎？我母親也是愛爾蘭人，是那種拿愛爾蘭護照的愛爾蘭人。她在高威出生的。」

「高威是個好地方。」

「改天我一定得去一次。你是愛爾蘭的哪裡人？」

「科克。在非常南端的地方。」

「就是『鐵達尼號』的那裡，對不對？」

「其中一個地方，對。船在貝爾法斯特打造的，從科克出海。」

「妳是美國人？」彼得問她。

梅根哈哈笑。「你是怎麼猜到的？」

「我也沒把握。我偶爾會把加拿大人說成是美國人。」

「我猜他們一定很開心。」

「只能說會有彆扭的沉默吧。」

「唔，換作是我也會覺得不高興，不過大概就像是英國人和愛爾蘭人一樣吧？有時候我怎麼聽都覺得你們這些傢伙講話都一樣。」

「妳是來船上拍影片嗎？」我問她。

梅根對我的「拍影片」用語嗤之以鼻。

「對。被你逮到了，我是在出差，所有費用都有人支付，只要我上傳影片。其實我是不應該跟付全額的旅客說這些的，不過你們兩個看起來很老實。」

「這種工作滿不錯的，」彼得說，「他們讓妳帶同伴嗎？」

「可惜沒有。我只有一個人。不過沒關係，我才剛在菲茲認識了兩個很不錯的人。」

她朝我眨眼睛。

我看著我的可樂。

「他們會要妳幫他們說些好話嗎？」彼得說，「在妳的影片上？」

「這麼說吧，要是我說了什麼太難聽的話，下次就不會再邀請我了。可別說出去喔，他們要我說什麼我就說什麼。我從他們的附屬節目上賺了不少，我在存錢再回去念書。」

「念什麼？」

「醫院管理。那——」梅根對著我說，「你們兩個是怎麼認識的？」

我張口欲言，猛地了解我正打算說：喔，我們不算認識。

「大學。」彼得說。

「是喔？」她似乎存疑，可能是因為看我們兩個的外表，彼得跟我會在大學認識除非其中一個是講師。

「他是年紀大的學生。」我說。

賈維爾從天鵝絨帘子後出現了。

「你們兩個的朋友是非常高層的啊——」他狀似責難地對著我們搖指頭。「希望你們跟他說起我的時候都是說好話。跟他說我是最好的酒保，好嗎？跟他說應該要給我加薪。」

彼得跟我看著彼此，一頭霧水。

「你們的朋友，」賈維爾說，「他不是在餐飲部工作的，他是負責人。艾克哈特先生是我們的餐飲部主任，你們不知道嗎？」

「不……不，我們不知道，」彼得說，「我們，呃，有一陣子沒跟他見面了。」

主任，按照伊森的年紀，說得通。目前我們在船上遇見的所有前台工作人員不是剛到投票年齡就是還沒有租車的資格。整艘船上就像在上演《攔劫時空禁區》（*Logan's Run*）。

彼得問哪裡能找到他。

「我不確定欸，」賈維爾說，「主任不會在一個固定地點工作，他總是四處移動，從這家餐廳到那家餐廳。你們願意的話可以留話，我幫——」

「我想我們還是先找一找吧。」彼得說。

「那就祝你們幸運了。船上要找的地方可多了。而且你們一直移動，他也一直移動……」

賈維爾聳聳肩。「航程只有四天啊，兩位。」

他離開去招呼別的乘客。

「知道嗎，」梅根說，「你們可以直接要求要見他。隨便一個服務台就可以，也不必說出真實姓名。你們甚至可以假裝你們想投訴，那會有多好玩啊？等他看到你們，想想看他會是什麼表情！」

我想像著在我告訴伊森我是莎拉的男朋友時他的臉色。

「對，」彼得木然說道，「一定很好玩。」

「或者……」梅根搓揉雙手，好像有什麼邪惡的點子。「我們可以偷溜進船員宿舍。」

她的建議讓我當場凍結。

彼得問要如何溜進去。

「我以前在『皇家加勒比海號』上工作過，所有門路我都知道。而且那艘船上有最棒的派對。你們知道船員有自己的游泳池嗎？我們三個要一起溜進去可能沒辦法，不過我可以把你們兩個中的一個弄進去。」

她說到最後時看著我。

梅根在跟我調情，我這才恍然。我能感覺得到，那一陣刺痛，另一個人的存在拉扯著我。

潛台詞：跟我來，陪伴我，留下。

「我的頭痛好像還沒好。」我說。

「還沒嗎？」彼得瞇起了眼睛。「你不是吃藥了？」

「是吃了，可是我覺得又痛起來了。」

「我皮包裡有藥。」梅根主動說。

「沒關係，我的艙房裡有，我去拿好了。」

我從高腳凳上滑下來。

「明天早上見？」我對彼得說，他只是兇狠地瞪著我。我轉向梅根。「很高興認識妳。」

「希望你會好一點。」她說，輕拍我的手臂。

「嗯，謝謝。」

我已經朝門口移動了。彼得非常氣我，但我只想躲開。

因為我不能這麼做。我不是這塊料。

闖入船員宿舍？真的假的？

我連在火車月台上跨越黃線都不肯。

「亞當！」彼得追了上來。「亞當，等等。你這是什麼意思？」

「嘿，我很抱歉，」我在他追上來後說，「我就是不想這麼做，我覺得我做不到。」

「做不到什麼？找到他嗎？因為這是為了要找到他。」

「我不要溜進船員宿舍裡，彼得。我們被抓到的話會被丟下船。」

「喔，你覺得這是你可能會遇上的最壞結果是嗎？被丟下船？」

我沒說話。

「她很完美，亞當。梅根很完美。哎呀，這可是我們走運了！她了解這艘船，她了解這一行，她以前是船員，而且她顯然喜歡你。你應該要打鐵趁熱。」

「打鐵趁熱……？你說什麼？」

「我沒有要叫你幹什麼。我是說，就，順著她的一廂情願，直到我們找到伊森。」

「找到了之後呢？我們有什麼實際的計畫嗎？因為……」我搖頭。「我不確定我是這塊料。她說溜進船員宿舍的時候，彼得，我……」我不想承認，我想要更強大有力，可是憑良心說，「我很害怕。」

「怕什麼？」

「怕他。」

彼得咬著嘴唇思考。

「好吧，亞當，」他說，「我們就這麼辦。你回艙房去休息，我猜這一個星期你大概沒睡多少。你可以好好睡個八小時。然後，到了早上，我們就開始有系統地搜尋每一家餐廳找他——從遠處找。我們要保證在他看見我們之前先看見他。等我們找到了他，我會當面質問他，需要做什麼我就會做什麼，我起碼該做到這一點。畢竟，船票是你買的，不然的話我也沒辦法上船來——」

「沒事，」我說，揮動一隻手。「不用在意。」

談論是誰付錢對我而言是一種不堪的折磨，無論前提是什麼——而這正是我的重點。我是那種沒有辦法充分坦誠地討論共乘計程車回家該如何分攤費用的人，你還想叫我去直接面對一個殺人兇手？

「好，」彼得說，「去休息吧。明天一大早一起吃早餐。」

我釋然嘆氣，看著他轉身回菲茲。我不知道明天早上我要怎麼做，但是我知道彼得說得沒錯，此時此刻我需要的是睡眠。

我的艙房就跟我離開時一樣，枕頭上沒有巧克力，「請勿打擾」的牌子的確有用。我瞧了眼桌上的香檳，想著喝個幾杯，彼得幫我開的八小時睡眠藥方就可以充分發揮藥效了。

但是我的眼皮已經往下掉了，我不需要酒。

我走去合上窗帘，駐足看著海景。我忍不住想：她可能在大海的某處，載浮載沉，孤伶伶的一個人。等待某人相信，等待我來找到她。

我把窗帘合上，踢掉鞋子，爬上床，和衣而眠。

讓自己沉浸在對莎拉的想念中。

想著有她拿我的胸膛當枕頭入睡，想著早上在她身邊醒來。想著她晚上回家來，頭一件事就是來到我的書桌後，雙臂抱著我說：「怎麼樣？今天又拖拖拉拉了很多嗎？」

我很快就飄入夢鄉。

再睜眼已經是早上了，而莎拉那條海軍藍底白色圖案的絲巾擺在我的旁邊，尾端搔癢著我的臉。

歐曼

二〇〇〇年　巴黎弗勒里梅羅吉市

歐曼坐在他父親給他買的床上，讓體重陷入軟軟的床墊中。新的床單仍留著折痕，味道乾淨清爽。他以掌心拂過，手感柔軟結實，不像他習慣的那種粗糙單薄。枕頭很厚，而且一共三個：要是他把三個疊起來，差不多就能坐著睡覺了。

「歐曼？」有個聲音闖入。

他睜開眼睛。他的心理醫師田納坐在他對面，十指指尖搭在留著鬍子的下巴下，面前的桌上擺著六吋厚的病歷，上頭寫著歐曼的名字。

「你在想什麼？」田納問。

「我父親會幫我準備的床，在我的新房間裡。」

「喔？你看過嗎？」

「沒有，可是我想像得出來。」

「你想像到什麼？」

「比在這個地方好得多的東西。」

田納環顧四周，咧開了嘴。

「為了你好，歐曼，我希望是。」

兩人之間的桌子和他們坐的椅子是房間裡僅有的家具。一切東西都是鋼骨架構，拴死在地板上，最新的一層綠色油漆龜裂剝落，原始的平滑材質被許多層舊漆弄得疙疙瘩瘩的。房間小小的，毫無裝飾，牆壁是煤渣磚，牆上褪色的黃油漆留著之前貼海報的痕跡和污漬，唯一的窗窄窄的，加裝了鐵柵欄。歐曼的身後有一道厚重的鋼鐵門，門外有一名武裝警衛在站哨。

「那，你很期待離開這裡嘍？」醫生問。

歐曼扮個鬼臉。

「好，好。」田納笑了。「蠢問題。我想我真正想問的是：你會緊張嗎？」

「有一點。」歐曼承認。

「緊張什麼？」

「我自己。萬一它還在呢，在我心裡？萬一它又跑出來了呢？萬一這些治療都沒有用呢？」

「哎呀，別這樣，我們已經討論過了。治療有效。這倒讓我想起來了。」醫生拿起了病歷，從底下抽出一疊列印紙，以迴紋針別在一起。他交給歐曼。「這是那篇文章。刊登在昨天的期刊上。你出名了。」

歐曼接了過來，並沒有說：他早就出名了，因為他知道田納比誰都清楚。

列印紙上是一份極長的論文，標題是P生與心理變態之治癒可能：格瑞．田納醫生的個案研究似乎旨在撼動心理界的基礎。在文章之前是一幀醫生面帶微笑站在花園大樹下的大幅照片。

「我們出名了。」歐曼說，輕拍著照片。

「我覺得大眾的焦點是在你身上，而不是我。」

有人敲門，警衛探進頭來說歐曼的父親到了。

「那你去吧，」田納說，「我們在你們離開之前再見，幫我向查理問好。」

三道門。

隔開歐曼和外在世界的就是這三道門。警衛站後方的門通向走廊，走廊盡頭的門通向主入口，也是分隔開裡面和外面的那道門。他這時走過了其中一道門，走入會客室。

只有三道門。

歐曼經常在琢磨，琢磨這三道門對他所經歷的世界跟他同齡的人所經歷的世界造成多大的差異。他有五年沒見到最外面的那道門了，但是在五天之後他就能獲准走過去了。

歐曼很好奇外頭是什麼情況，他錯失了什麼，又有什麼是已經挽不回的。

電子鎖大聲鳴叫，他父親走進了會客室。

歐曼立刻就看出不對勁。他父親不肯看他的眼睛，一直拖到坐下來，別無選擇時才看。

今天的會客原本是歐曼出院的最後一道手續，敲定所有的細節。爸爸幾點來接他，他想先吃什麼東西，他想怎麼慶祝他的十八歲生日。

爸爸正要從公寓搬進新家，那就會有足夠的空間供他們兩個生活，而且還能有各自的空間。他上次來會客還叫歐曼列出他覺得他需要的東西，衣物、衛浴用品、海報——諸如此類的。歐曼的單子現在就塞在口袋裡，但是他沒有拿出來。

他有個不要拿出來的預感。還不到時候。

「嗨，歐曼，」爸爸說。他父親微笑，又大又假。歐曼現在能分辨出假笑了，還得感謝田納醫生。爸爸忘了嗎？「你好嗎？很期待大日子嗎？」

「出了什麼事，爸爸？」

他父親皺眉。「誰說出事了？」他把眼鏡往上推，瞄了警衛一眼。

「是什麼事？」歐曼問。「告訴我。」

「我不知道你在說——」

「我知道有事情不對勁，爸爸。你很不會說謊，你根本就騙不了人。」

他父親的表情像是要爭辯，但是又改變了主意。

「好吧。是有，呃，一點變化，歐曼。計畫有變。是……是你母親。」

「她死了嗎？她出了什麼事嗎？」

「嗄？沒有，沒有，她沒事。你怎麼會……不是，只是……我們一直在談你的事。談我們的計畫。你跟我之前做的計畫。」

之前。

他父親發覺他聽出來了，還是往下說，只是說話速度變快了。

「是這樣的，歐曼，她跟我說，要是我讓你回家，她就不會再讓我見尚恩和米基了。她還是覺得……唉，你也知道她是怎麼想的。池塘的事不是意外。我之前沒跟你說過，我知道，我是不想惹你難過。尤其是你進步得那麼多。她跟我……我最近常常去看她。我們出去吃飯，有時候尚恩也跟著。其實尚恩跟我住了一個夏天，我們相處得很好，非常好。有一次我們四個全部出去——」

「你們四個並不是全部的人。」歐曼靜靜地說。

「對。」他父親又把眼鏡往上推。眼鏡並沒有往下掉，只是他的習慣。「對，沒錯。我知道。我只是說——」

「我不能搬去跟你一起住。你就是來告訴我這件事的，對不對？」

「哎，沒有這麼簡單，歐曼。你母親跟我分開許多年了。如果有機會讓我們——」

「從我進來這裡開始你們就分開了。」

「對……對，沒錯。」爸爸清喉嚨。他現在出汗了，髮際線冒出一顆顆閃亮的汗珠。「聽著，我一直都是支持你的，現在也一樣。我會幫你找個地方住，有個同事覺得他可能有工作可以給你——」

「做什麼的？」

「我還不知道，不過他有座農場，所以可能是跟動物有關係的吧。你喜歡嗎？」

「工資多少？」

「錢的事你不用擔心，我會照顧你的。」

「我要住在哪裡？你附近嗎？」

「我們也許能幫你在農場找個地方住，那樣會很方便，不是嗎？而且你又可以回到鄉下了，你不是——」

「農場在哪裡？」

他父親不在意地揮揮手。「我不要你滿腦子想著那個農場，歐曼。」

「農場是你自己說的。」

「那只是一種可能。」

「在哪裡？」

他父親遲疑了。「嗯，蘇瓦松吧。」

蘇瓦松距離歐曼所知他父親的住處至少有一小時的車程。

「好，」歐曼冷漠地說，「我知道了。」

「還有……」他父親在椅子上欠身。「你母親覺得我們不來接你對大家都好。在你說什麼之前，你先聽聽她為什麼會這麼想。會有記者，還有攝影師。她不想讓大家想起她的長相，她直到最近才沒有在街上和超市裡被別人認出來。」

「她不必來這裡。」

「可是這樣對你也比較好啊，知道嗎？如果我們——或是我——不來接你，你可以一大早就離開，趁著還沒有人圍在外面，在記者抵達之前先溜走。你現在是大人了，歐曼，跟大家記得的那個小男生完全不一樣了。街上人不知道你是誰，認不出你來，對你不是比較好嗎？」

「是她說的吧？」

爸爸擦拭額頭。「說什麼？」

「原來是這麼回事。」

「說什麼，歐曼？」

「我是怎麼來的，我是誰，我是什麼人。她只來看過我一次，你知道嗎？只有一次。我來這裡的第一個星期。她那時告訴我的。你能相信嗎？對一個十二歲的孩子說那種話？」

「我……我不……」爸爸的聲音變小，歐曼緊盯著他，看著他的眼珠向上轉再向左轉。田納說那叫評估視覺建構的影像。「我不知道你在說什麼。」

歐曼瞪著他。他不想咄咄逼人。

「她跟田納醫生談過嗎？」他問。

「很多次。」

「最近呢？」

爸爸說他不知道。

「她不相信他。」

「歐曼，這和相不相信他無關。這是科學，而你母親……她自己一直在研究，跟一些不同意田納說法的醫生討論——那些醫生很多，知道嗎？田納的治療法很有爭議，他只治療過你一個人。其他的醫生說一個人不足以證明什麼。而你母親也是這麼認為的。」

「所以你現在站到她那邊了。」

「沒有什麼站邊的問題，歐曼，從來都沒有。你也知道。我只是想要息事寧人，我要每個人都好。你看不出來嗎？最好的做法就是讓她看到你不是她想像的那樣子。找個工作，不惹麻煩，負起責任來。也許等個一兩年，我們再來討論。她可能會同意讓你搬來跟我們一起住。歐曼——」他的父親聲音沙啞。「我只想要回我的家，你能了解嗎？我只想要回我的家。一家團圓。像以前一樣……在這個之前。」

歐曼記得六年前判決下來的那一刻。有罪。殺人罪。媽媽是能獲准到法院去的——她已經出庭作證了；可是，審判結束時，她根本不願去。只有爸爸去了。

在他們把歐曼帶走之前，回到牢房去等待轉送之前，爸爸從座位上站起來，跑過來抓住他的兩邊肩膀，答應他會在監獄外陪著他。

「我會解決的，」爸爸那時說，眼裡閃著淚光。「我知道只是意外，我相信你，歐曼。真的。好好服刑，很快你就會滿十八歲，到時，你跟我，我們會給你一個新的生活的。」

可現在，距離歐曼出獄不過才幾天，爸爸突然就後悔了。只有一個解釋。

媽媽說動了他。

「沒關係，爸爸，」歐曼現在說，推開了椅子。聽到鋼鐵擦過水泥地板的聲音，門口的一名警衛向前邁步，準備要押送歐曼回牢房。「沒關係。」

「你……這是什麼意思？」

「你不需要幫我。我了解。我可以站在你的角度想，知道你是什麼想法。田納醫生教我的。就照媽媽說的做吧，好嗎？我沒事的，我自己一個人可以。」

「可是我——」

「真的，爸爸，沒關係。我是說真的。」

歐曼站起來，繞過桌子走到爸爸旁邊。爸爸也站起來，起初有點不確定，困惑地鎖著眉頭。

可是歐曼過來擁抱他，他卻毫不猶豫。他緊緊抱著歐曼，對著他的耳朵低語：

「無論發生了什麼，你永遠是我的兒子。要記住，歐曼。無論發生了什麼，你永遠是我的兒子。」

歐曼沒吭聲。

他不需要看爸爸的眼睛就知道這句話是謊話。

歐曼的十八歲生日從牢房裡開始，在一間獄政系統的旅舍雙層床上結束。

分派給他的社工是個叫瑪薏的女人，渾身散發出髒衣服和爽身粉的味道，說他可以住在這裡七個晚上，又給了他一個小信封，裡頭裝著幾百法郎。是他的錢，他在監獄圖書室工作賺的錢。她叫他自己收好，別讓任何人知道他有錢，尤其是旅舍裡的其他男人。

其他男人聽在歐曼的耳朵裡怪怪的。他現在是男人了嗎？

第一天晚上歐曼夜不成寐。瞪著天花板。一隻手用力按著藏在汗衫下的信封，裝著錢的那個。四周圍盡是怪異陌生的聲響在黑暗中威脅他。

裝錢的信封下還壓著另一個信封，裡頭是幾張陪著他坐牢的有折痕的全家福照片，還有一張房屋仲介的傳單，是巴黎郊區的一棟三房雙併屋，是爸爸幾個月前給他的——那時他接受了他的提議。從那開始，歐曼就時時拿出來把玩，傳單上的墨水都被他摸得褪色了，紙張也在折痕處碎裂，但街道地址仍清楚可見。

隔天早晨，歐曼天一亮就出了門。順著地鐵的標誌走，他繞過了兩個街角，進了火車站，火車站的大屋頂是弧形的，小鳥可以飛進來。站裡到處都是人。

大廳有一家咖啡店，陳列著一架又一架的麵包，歐曼饞得流口水，胃也咕嚕叫，但是他還不想花錢。他不知道他的錢能花多久，肚子餓的問題就暫時擱置吧。

他倒是得花錢買車票。他走向售票櫃檯，因為他不曉得要如何使用機器。他買了張一日票，年輕的女售票員給他打了學生折扣，即使他「忘記帶」學生證。

她對他微笑，把票交給他。想起了田納跟他說的話，他也回以笑容，模仿她的肢體語言。

走去搭地鐵並不難，但是噪音卻害得歐曼頭痛。外面的世界讓人目不暇給——交通，電視螢幕，大家對著隨身攜帶的電話說話——他覺得很難專心。好不容易到了車程的終點，從巴黎區域快鐵車站走出來，看到一條安靜又充滿綠意的郊區街道，他鬆了口氣。

他很輕鬆就找到了屋子，花園裡不僅插著「待售」牌子，牌子上還有一張「已售出」的貼紙快要掉落了。

歐曼低著頭，走過了一兩次，想要弄清楚屋子裡是否有人。車道上沒有汽車，屋子裡也沒傳出動靜。門面的大窗讓他能看見一處整齊的小客廳，角落的電視沒打開。

他覺得好像沒有人在家。

屋側有一條窄巷，被木柵門擋住了，門上還有掛鎖。木柵門跟歐曼一樣高，他利用了附近的垃圾桶當腳墊，翻過木門，落在另一側。

屋後有一處長滿青苔的小院子和一道門。

他壓了壓門把：鎖住了。

他兩手按著玻璃，向內窺探。

歐曼看到了一間客廳，客廳尾端是廚房。到處都是箱子，靠著對面的牆壁放在地板上：一幅媽媽、爸爸、尚恩和米基的加框照片，四人在迪士尼城堡前靠得很近。

歐曼的腦子裡突然爆出音樂，既宏亮又激動。是搖滾樂，歌詞無法辨識，說是音樂還不如說是噪音。

歐曼抬頭看，發現一樓有一扇小窗戶打開了一條縫。音樂就是從那裡傳來的，可是誰播放的呢？

會是尚恩嗎？

上次歐曼看到的尚恩還只有八歲大，坐在鋪著地毯的地板上，架子上擺滿了綠皮書，他在跟他的塑膠摔角公仔玩。

說著那天池塘發生的事。

證詞對他自己的親哥哥不利，透過視訊傳輸線路。

而且是那個為了要保護他的哥哥。

尚恩了解嗎？他記得嗎？還是說媽媽從那之後就毒害了他的想法？爸爸現在不要他了，可是歐曼忽然有一種無法壓抑的需要，要讓尚恩知道真相，知道他是為了他的弟弟才做出那種事情的。

對，事情是失控了。對，黑暗暫時瀰漫。可是田納醫生處理好了。他現在好了。

歐曼走回屋前，按了門鈴。緊張地等待著回音。沒有人過來，他又按了一次。一分鐘後，門後有動靜，地板上有腳步聲，聽起來像是靴子踩在木頭上。寂靜了一下子，可能是有人從窺孔在看外面。然後，門鎖終於轉動。

門打開來，一個高瘦的青少年站在玄關。沒有歐曼這麼高，但也差不多了。他的深色長髮凌亂，睡覺被吵醒所以臉腫腫的，黑色靴子上的鞋帶沒綁好。

「有事嗎？」他說，瞇眼抵擋日光。

「尚恩？」

皺眉。「你是誰？」

歐曼沒準備謊言，說不定他是應該要準備的。說不定他不該靠近這棟屋子，應該等到他編織好什麼故事才來。他很會說謊，在他有心理準備的時候。那就能行得通，可能行得通。

但是尚恩的樣子，他熟悉的那個男孩子的一雙藍眸嵌在一個年輕男人的臉上，莫名其妙打開了歐曼心裡的什麼。

他想到在池塘邊的同一張臉，被巴斯迪昂叫罵的那個驚嚇的孩子。還有更早之前：尚恩睡在雙層床的下鋪，穿著超級英雄睡衣，嘴巴開著。在鄉下的那棟房子：尚恩跟在他後面跑向湖泊，跑向他們的堡壘，喊著他的名字，求他等他。

他的心裡頓時生出再也不要回去那間恐怖旅舍的念頭。他不想要自謀生計，他想回家，回到家人身邊。他想要回到還只是個孩子的時候，不必再為了他一時瘋狂犯下的罪付代價。

所以他說：「是我，尚恩，歐曼。你不認得我了嗎？」

尚恩的一臉睡意消失了。

「我只是想跟你說說話，」歐曼說，「就這樣。我不知道媽媽跟你說了什麼，可我們是兄弟，尚恩。兄弟。什麼也改變不了這一點。在池塘的那天，我是想要保護你。我太超過了，我知道，可那只是我犯了一個錯。你還記得那天嗎？你記得嗎，尚恩？」

尚恩退後一步，絆到門墊邊緣，穩住了腳步，再退一步。

「尚恩，等等。」歐曼跨了進去。「你不用怕我，我不會傷害你。我不會傷害任何人。他們把我治好了，他們找出了是哪裡出了問題，已經把問題解決了。」

「我要報警了。」

尚恩又退後一步，朝廚房撤退。

廚房裡有電話，歐曼從庭院門邊可以看到，就架在冰箱邊牆上。

「沒有必要，尚恩，不需要報警。只是我，歐曼。我只是想跟你說說話，我們可以談一談池塘那天的事，如果你——」

「不要再那樣說了，」尚恩突然大吼。「『池塘那天』。你殺了一個孩子，你他媽的變態。你把他壓在水裡，一直壓到他不再掙扎，壓到他淹死。」

「你不是說你不——」

「我知道發生了什麼事。全國都知道。」

「那是意外。我不是故意要——」

「殺了他，你把他壓進水裡死也不放？你是覺得他會怎樣？你是以為他有鰓嗎？」

歐曼感覺到情況漸漸不受控了，事情沒有按照計畫進行。他應該離開的，可是他不能讓尚恩報警。他可能會說歐曼是擅自闖入的，或是試圖攻擊他，然後歐曼都還沒回過神來，就會又被丟進監獄裡了。

成人監獄，因為他滿十八歲了。

歐曼又向前一步。

尚恩則又退一步。

「我只是個孩子，」歐曼說，「一個孩子。你聽我解釋好不——」

「那你對米基又是什麼藉口？那也是意外嗎？」

「對。」

「媽媽可不是這麼說的。」

「你不能她說什麼你都信，尚恩。」

「喔，那你說什麼我就都要信嗎？相信你這個被判刑的殺童犯？被認證的心理變態？」

「我不知道是不是——」

尚恩轉身就跑，消失在走道盡頭敞開的門後，跑進了客廳，但是他沒有左轉，沒去打電話。然後歐曼記得：手機。爸爸說很多人現在都有手機。青少年也有嗎？

尖銳的警笛聲嚇了他一跳。

房屋警報器。尚恩啟動了。

他真的是滿機伶的，歐曼不得不承認。

他幾大步就來到了客廳，而內院的門這時正好撞上門框，顯然被全力拉開過。

尚恩跑到屋外了。

歐曼跟著他到花園，加快了腳步。保全公司隨時都會打電話過來，萬一沒人接，沒人說出正確的字眼，警察隨後就會趕到。

他應該離開，現在就走。

可是……

被判刑的殺童犯。被認證的心理變態。

他得先跟尚恩談一談，他得讓他聽他說。

屋子後面沒有他的蹤影，但是他只有一個地方可去——

歐曼繞過轉角就看到尚恩半個身子翻過柵門，兩腿使勁搖晃，想找施力點。

「尚恩！」他跑向柵門，抱住尚恩的腿。「下來。我只是想談一談，拜託。你不必逃跑，我不會傷害你。」

可是尚恩不聽。他又扭又踢，拚命想翻過柵門。很顯然他使出了吃奶的力氣要爬上去，但是看他細瘦的胳臂和都是骨頭的肩膀就知道他是沒有多少力量的。

「尚恩，拜託，不要亂動。」

「你給我滾遠一點。」他扭頭就罵。

「你不要亂動好嗎？我去找個東西來讓你踩。」歐曼環顧花園。「這裡有梯子嗎？」

尚恩趴在柵門上更大聲喊：「救命！誰來救救我啊！」

「我繞到前面去，」歐曼說，「我會把垃圾桶推到柵門邊，讓你——」

兩條腿向上蹺，翻了過去。

尚恩翻過了柵門，但是他一定是沒有足夠的力量控制下墜。他頭下腳上往下栽，先撞到垃圾桶，發出一聲慘叫，再摔到地上。有塑膠在水泥地面滾動的聲音，然後什麼聲響也沒有了，只有屋子裡的警報器在鳴叫。

「尚恩？」歐曼大喊。「尚恩？你沒事吧？」

沒有回應。

「尚恩？」

有那麼一刻，歐曼讓自己相信尚恩是悄悄跳到另一邊，站了起來，拍拍灰塵，拔腿跑掉了。但是他知道不是。

黑暗一定是變得更強大了。這一次，它只把他推到屋子這裡，其餘的都是他自己做的。即使他想當個好人，壞事好像總是會發生。

這不能怪他，可是也全都是他的錯。

歐曼抓住柵門向上拉舉，從頂端看過去。尚恩縮在柵門的另一邊，一圈紅色發亮的鮮血從他身下流出來。他文風不動，而歐曼能看到的一隻眼睛張開著，一動不動。垃圾桶翻倒在幾呎遠。

又一個弟弟，沒了。

現在歐曼真的是一個人了。

然後他聽到了，在遠處：警笛聲，越來越嘹亮。

朝這邊而來。

亞當

「從頭說，」彼得說。靠著桌子，雙手抱胸，看著我的艙房門。我把門打開了五、六吋，就跟我幾分鐘前剛醒來時一樣。然後我敲牆壁叫醒他，即使不到七點。「你昨晚進房間後鎖門了嗎？」

「當然鎖了。」

我坐在沒整理的床鋪邊緣，仍穿著上船時的那身衣服。發抖的雙手拿著莎拉的絲巾。海軍藍，上頭有白色蝴蝶。莎拉會說這是夏日圍巾。（我還曾開玩笑，說跟冬天的夾腳拖一樣可笑，換來的是一個白眼。）她穿過航廈大門時就戴著這條絲巾，絲巾磨損，洗得褪色了，但是我有九成的把握跟我上次見到的一模一樣。

上頭沒有肉眼可察的污漬。

「有人進來過這裡，」我說，「有鑰匙的人。而且還把這個放在我的床上。趁我睡覺的時候。而我覺得我們都知道是誰。」

彼得一臉茫然。

「伊森知道，彼得。他知道我們來了，有人告訴他了。我就知道——你昨晚問那個酒保，我就知道失算。而這個……」我低頭看著絲巾。「這是在留話。」

「他可能會有鑰匙嗎？」彼得問，「我是說，他在餐飲部，他們有鑰匙嗎？」

「就算沒有，我相信他也能弄到。」

「有沒有東西不見？你檢查過嗎？」

「東西都在。」

要斷定很簡單：我只帶了一個袋子，而袋子裡只塞了皺巴巴的衣服。

彼得穿過房間坐在沙發上，一手抓頭髮。我沒見過他這個樣子。緊張，坐立不安，沮喪氣餒。

「留話，」他說，「說什麼呢？」

「很明顯啊，他殺了她。」我一副事實如此的語氣，連自己都意外。「不然他為什麼會有這條絲巾？那是她離開的時候戴的。如果不是他在飛機上跟她會合，或是去機場接她，他怎麼可能會知道？」

我拉著絲巾穿過指間。還會有她的味道嗎？她從來不換香水，叫什麼奇蹟之類的，粉紅色的瓶子。

我把絲巾往上舉到鼻端，卻半途停住。這樣太情何以堪了，這樣會害我崩潰。

「這是威脅，」我說，「他是在告訴我他知道我在船上。他殺了莎拉，他知道我來了，要我說的話，他也會殺了我。」

彼得瞪大眼睛。「你不會是說他……？」

「我們在船上不安全。我們應該走。」

「走？」他搖起了頭。「我們不能走。」

接著我想起了什麼來：這一間不是我的艙房。

「昨晚，在菲茲，」我說，「你有沒有簽什麼收據？」

「什麼？」

「餐飲的費用。是記在這個房間名下嗎？你記不記得？」

「我……不知道。喔，好像有一張紙我得簽名，因為我在你走了以後點了一杯白酒。」他一臉尷尬。「那個不包括在免費項目裡，所以得用刷卡通付費，我只好簽名了。」

「你簽的是誰的名字？」

「當然是我自己的。」

我拿遙控器打開了電視，指著歡迎，彼得！的信息。

「你一定是把刷卡通搞混了。」我說，看他對著螢幕皺眉頭。

「你的電視上不是寫歡迎，亞當嗎？」

「我沒看。」

「這裡有什麼不對勁。」

「亞當，這裡的一切都不對勁。」

「不，我是說這件事不對勁。這間艙房是登記在你的名下的。我覺得伊森並不知道我的長相，要是他帶著絲巾偷溜進來，他大概不會多花時間檢查。」

「你是在說什麼啊？」

「絲巾為什麼不是放在你的艙房裡？那才是登記在我的名下的。」

「船票是我們兩個人的名字，你是第一名乘客。」

「可是你的名字在這間艙房啊。」

「你是在假設他有名單可以核對，訂票系統或是旅客名單之類的。可是他可能看過你，盯著你走過來，跟蹤你。」停頓。「跟蹤我們。」

我不覺得有可能。昨晚我搭的電梯是空的，進入艙房時也不記得在走道上看到誰。再說了，遊輪出發後不到一個小時，伊森就湊巧出現在我跟彼得走進去的第一家酒吧，距離拉得夠遠，讓我們看不見他，卻足以讓他偷聽到我們說起他的名字，這樣的機會有多高？

但是我沒有爭辯，主要是因為彼得似乎真的被這種情勢發展嚇了一跳。甚至是害怕。

誰又能怪他呢？

這種時候我們是應該要報警的，我心裡想。我們赫然發覺我們需要協助以及保護，正該聯絡司法單位，他們的職責不就是提供協助與保護嗎？

可是我們能找誰？一個人也沒有。

我低頭看著絲巾。做吧。我舉高了手，把臉埋了進去，深深吸氣。

「這樣就讓計畫有變了，」彼得說，幾乎是自言自語。「也許我們應該走，也許我們是應該。」

絲巾確實有莎拉的氣味，她的香水味。這個味道既是安慰也是攻擊，是一種幽微的痛苦。而且強烈得不得了！香水的酒精基底仍未散盡，花香底下仍透著隱約的刺激。太強了，不可能是一個星期之前噴的。

唯一的解釋是他連她的東西都有，他把她放在艙房裡的行李拿走了，找到了香水，噴在絲巾上，然後才趁著我睡覺的時候闖入艙房，留在我旁邊。

這個人是誰？

他到底是什麼人？

「亞當，」彼得說，「我得告訴你一件事情，我早就該跟你說的。」

我聞言抬頭看著他。

「什麼事？」

彼得沒有立刻回答，看他的表情像是正在取捨。

「彼得，什麼事啊？」

他站了起來，走向艙門。

「跟我來，」他說，「我覺得直接帶你去看比較簡單。」

橫越海灣到法屬自由城不過是幾分鐘的路程，自由城只是一座稀稀落落的小村莊，隱藏在蔚藍海岸許許多多崎嶇的岬角側面。吸引人的地方其實是它的風景：一處隱秘的小海灣，海水平滑如鏡，點綴著遊艇和快艇，樸素的船帆巍然矗立。遠處另一端的露岩頂可以看到羅斯柴爾德別墅的粉紅色圍牆在綠樹之間閃現，再過去——彼得說明道——再沿著海岸往東走，是U2樂團的主唱波諾在埃茲的海濱別墅，耀眼的蒙地卡羅王國以及義大利的文提米利亞，這裡也是義大利火車的國界終點站。

他說的話我都沒有反應。我對他的知識沒有興趣，我只想知道他沒告訴我什麼，他到現在還不肯透露的訊息是什麼。

到尼斯的巴士擠滿了揮汗如雨的遊輪乘客。我站在中間的車門，緊抓著扶手，深深地、慢慢地呼吸，努力擊退暈動症——卻完全是白費力氣。因為我面對的是車行的反方向，看著巴士駛過曲曲折折的道路，夾在自由城和尼斯之間的峭壁中，爬高又下降。有時高度驚人，柏油路面就像一條繩子那麼細，你和底下幾百呎的粼粼碧波之間除了稀薄的空氣之外什麼屏擋也沒有。

我們在一個大廣場下車。廣場鋪著兩種色調的石頭，彷彿棋盤，其間交錯著電車鐵軌，三面聳立著鐵鏽色的美麗建築，一排又一排的黃色窗板。

我們上船還不到一整天，然而寬闊的視野、這個開放空間的遼闊、陽光的熾熱以及空氣之新鮮，感覺起來已經像一種開示。我已經受夠了無休無盡的走廊，日光燈和四處瀰漫的隱約海水味道了。

我突然有跑步的渴望，離開這個地方，不再回頭。我不想回船上，我可以回家，找出活下去的辦法。

我的護照放在口袋裡，因為我們在到接駁船碼頭的路上必須再辦一組刷卡通卡片，我們兩個都帶「錯」了鑰匙，互換了身分，要是我們搭了不同的接駁船回來，少了「正確」的卡片，就會有問題。莎拉的絲巾在我的背包裡，其他東西都在艙房，只不過是些衣服和盥洗用具丟了也無所謂。

我可以從這裡直接回家，我想要的話。

但首先，我必須知道彼得是瞞了我什麼。

「走路只要五分鐘，」他說，邁步要穿過廣場。「呃，到我家。」

我瞪著他。「你住在這裡？住在尼斯？」

「嗯，也不是。這四、五個月來，我住在這裡，這是最後一個有人看到愛絲黛樂的地方，所以……」

我聽說尼斯的濱海步道遠近馳名，可我卻到處都看不到。我們是從海港區進城的，之後我就分不清東西南北了。我們默默沿著繁榮的大街向前疾行，一路上咖啡店、房仲公司林立，還有許多讓人覺得多餘的藥店，八條街上我就看到六家。在一樓的商店和餐廳之上，建築物全都乾乾淨淨，顏色淡雅，窗框細心粉刷，閃亮的銅牌釘在門上。我打量了半天，看是否認得什麼字——結果是零——直到我發覺不看路很危險。人行道上散落著一坨坨的狗屎和踩到狗屎的污痕。

我們經過了一條難看的鐵路橋，電纜下垂，海報破裂，塗鴉凌亂，然後向左轉，進入了一條較安靜的住宅街，微微向上爬升。

「到了。」彼得愉快地說，停在一道玻璃門前，門把是金色的，有晚餐盤那麼大，形狀也像。薄薄的金色字母印在玻璃上：華美太陽宮。從玻璃看過去能看到大理石樓梯，華麗的鍍金鏡掛在奶白色的牆壁上，還有一排排標明數字的信箱。我看著彼得用一個小小的塑膠鑰匙鏈碰觸一下就打開了門。

他的公寓在三樓，我們搭了一座有電話亭那麼大的電梯上去。

我的前腳一踏入就明白「公寓」二字不足以形容他住的地方。華美太陽宮富麗堂皇，甚至可說是適合帝王的居所，而且公共區域金碧輝煌，但是一打開彼得家的門就好像是另一棟建築移植了過來，而且是丟在這裡任其腐朽。

這是一間陰暗的大房間。角落的房間我猜是浴室，從我所站之處看過去，浴室門微微打開的一條縫裡可以看到白色地磚的裂縫中有黑色的東西在生長；主要房間裡擺著一張富美家桌子，桌面坑坑洞洞的，靠著最右邊的角落；後方是一扇骯髒的落地門，被一床床單半遮住。一張折疊桌上放著微波爐、一具輕便爐以及一堆亂七八糟的餐具和平底鍋。而塞在桌腳之間的是一台小冰箱，滿是刮痕，還殘留著兒童貼紙的遺跡。爐口上方的天花板有年輪似的褐色污漬擴散。我的左手邊是一幅不透光的帘子，遮蔽了後面的空間。

空氣中散發著一股霉味。

「這裡是我朋友的，」彼得說，「他要改裝出售，但是工程九月才會開始，他讓我住到動工前。」

「那只有兩個星期了，」我說，「到時你要回倫敦嗎？」

「到時再說吧。」彼得指著帘子。「那邊，呃，應該說是客廳吧。你何不進去，我來弄點飲料，我們可以，呃，談一談。我需要讓你看的東西，都……都在那裡。」

我看著帘子，感覺一陣不安。彼得有什麼需要讓我看的東西還得放在家裡？甚至還不是他家，而是暫時借用的破爛公寓？在這個他太太和我女朋友最後一次出現的城市裡？

「去啊，」彼得說，「沒關係，都在那裡。」

我摸到了帘子的空隙，就穿了過去。

起先，我只看到一張破爛的棕色扶手椅和一組彎曲的宜家架子，然後是落地窗和小陽台，白色油漆脫落，玻璃上沾滿了灰塵和污垢。還有一盆植物，葉子枯黃，死了至少一個星期了。

但是完全走進去之後，我看到了箱子。

一堆又一堆的箱子，是那種裝檔案的紙箱，都用麥克筆標明了，筆跡是同一個人的。堆滿了地板以及用得上的每一吋平面上。

二〇〇九—二〇一二　西地中海傷害與盜竊案
〇六年大西洋／保安部／船員評估
強森訴訟案：發現（影本）

我數了數，起碼有三十個類似的箱子。

房間一角還有一張扶手椅，上頭放著有藍色波浪商標的商品：一件風衣、一頂棒球帽、一只托特包。有些的商標跟我在莎拉的字條上看到的一樣，有些則是更古早的，是一艘藍色的帆船。東西丟在一疊報紙上，報紙用繩子捆住，一疊銅版紙手冊搖搖欲墜，隨時都可能會掉在地板上。

此情此景就像莎拉愛看的節目《囤積強迫症》（*Hoarders*），只不過這一個囤積者有一個特殊的癖好，而且還分門別類整理了出來。

房間中央有一張古董餐桌，桌上擺了兩台筆電和一盒空光碟片。一台筆電上放著一本黃色便箋，第一頁上草草列了一張清單。我走過去看寫了什麼，卻被右邊牆壁吸引住了，渾然忘了我是要做什麼。

據我猜是牆上原有的東西——一系列裝在廉價畫框裡的海景印刷圖片——現在放在地板上，靠著一隻椅腿。空出來的牆面改貼上各種地圖、照片、剪報以及手寫的和打字的信件，足足有五呎寬。還有個隱約是鵝卵形的圖表，被分成了幾百個小方塊。髒污的收據，皺皺的火車票，捲起的照片。一張A4大小的紙上有一幀粗糙的酒吧照片，我只看得出是兩個女人坐在吧檯，吧檯後站著一名酒保，看起來像是從監視畫面上擷取下來的。牆上還掛著一個透明夾鏈袋，裡頭裝著一張藍色塑膠鑰匙卡，看樣子是舊的刷卡通卡片。我的視線拂過一張巴士時間表，以及看似官方報告的封面：卡特，Pv藍色波浪旅行公眾有限公司。日期是二〇〇三年。在一張像是從記者的筆記本撕下來的紙上寫著一串日期和時間，是以鉛筆草草記下的，還有——

莎拉。

她也在牆上。

是摩爾西的「你見過莎拉．歐康諾嗎？」海報，照片是從臉書上截圖的。那是一張大照片——她的大頭貼——莎拉的短髮和肩膀微微偏離鏡頭，笑得張開嘴巴，兩眼明亮。

我朝牆壁走，伸出手去摸。

莎拉，妳怎麼會在這裡？

然後我看到了底下的另一張照片。

起初我以為一定是愛絲黛樂，但這張照片我從沒見過。一名二十出頭的金髮女郎，身材苗條，嬌媚動人。可能是北歐人。她穿著紮染夏日洋裝，站在一片深色的沙灘上，笑望著攝影師。某人用奇異筆在照片上寫了桑娜．弗萊思（慶祝號一號？），旁邊是一張泛黃的剪報，附上了同一張照片，文字我覺得可能是德文或是荷蘭文。許多照片都用紅筆圈著。

彼得在我身後清喉嚨。我轉身看到他站在門口，拿著兩小瓶啤酒。

「這是怎麼回事？」我問他。

「是我的研究。」

「研究什麼？」

「研究他。伊森。唉，在你告訴我之前，我不知道他叫伊森，我還沒找出他的身分。」

「什麼意思，你還沒找出他的身分？這個女人是誰？這究竟是怎麼回事？」

「你何不先坐下？」

「你何不告訴我這是怎麼回事？」

「莎拉和愛絲黛樂，」彼得頓了頓才說。「她們……不是只有她們兩個。」

彼得說得對，我是需要坐下來。

我把藍色波浪商品從椅子上推下去，一屁股坐了下去，不理會抵著我的背的遊輪宣傳手冊。

「超過了兩百人，」彼得說，「在二十年來的遊輪旅遊中消失，顯然紀錄上只能追溯到二十年之前。有些失蹤者可以歸納為意外——通常都是因為酒醉——其他的，很不幸，應該是自殺。可是有許多卻完全無法解釋。愛絲黛樂失蹤之後，藍色波浪開始阻撓我，我就開始研究數據。去年我挖出了每一件我能找到的——每一則報警紀錄、內部備忘錄、網路論壇——遊輪失蹤的案子，想要找出相同點。尋找一個模式，找出跟愛絲黛樂的任何關聯。搜尋任何表面上是失蹤，其實卻另有隱情的案子。所以你為了莎拉的事找上我，跟我說了護照和字條的事，就跟愛絲黛樂一樣……」彼得清清喉嚨。「那不是我第二次聽說有女性在『慶祝號』上消失，而她所愛的人在家裡收到她的護照，裡面還貼著字條。她是第三個。」

我看著牆上的金髮女郎照片。

桑娜·弗萊思（慶祝號一號？）

彼得順著我的視線望過去。

「桑娜，」他說，「對，她去年六月在遊輪上消失，就在遊輪的處女航上。她是船員，酒保。最後一次有人在船上看過她之後幾天，她父親在荷蘭的家中收到了她的護照，而在短短的幾週之後愛絲黛樂也失蹤了。」

啤酒瓶擺在桌上瓶身出現水珠了，我站起來，抓了一瓶，仰頭就灌了一大口。

「你是怎麼知道的？」我問彼得，「護照的事？」

「我是在新聞報導上看到的，但是沒有提到字條，所以我就追查了她父親的地址，跟他聯絡上了。他說這是私事，不肯告訴我有沒有字條——所以我相信是有的。因為如果沒有他何不乾脆就說沒有？而如果字條上寫的話跟愛絲黛樂和莎拉的字條一樣，他可能會解釋成是自殺的遺書，那誰會把內容告訴一個陌生人呢？」

「她出了什麼事？桑娜？」

「她是開航團隊的，也就是說他們是在船打造完成之後、尚未對大眾開放之前上船的員工，整理艙房和餐廳，清潔打掃，測試設備，完成訓練。第一趟試航的乘客主要是藍色波浪員工的親朋好友、旅遊作家等等的，所以萬一有哪裡出錯就可以及時修正，不會發生在付費旅客身上。我想他們是在最後一刻提供折扣價來讓乘客滿載的。藍色波浪聲明在第一次試航時桑娜在員工派對上喝醉了，摔落大海，是不幸的意外。當然，找不到屍體。也沒有監視畫面，沒有人證，即使照道理說她是在派對之中落海的，那就一定會有很多人在場。除了藍色波浪的說詞之外，就再也沒有別的線索了。」

「可這跟莎拉或愛絲黛樂一點也不像啊。」

「可是事情是發生在『慶祝號』上的啊。她的護照也被寄回家了，光是這一點就可以讓我假設護照裡也貼了字條。沒錯，是有一些差異，可是我覺得主要是因為桑娜是員工，而這一次是他在這艘船上第一次殺人。他大概還在摸索。而且，別忘了，他也是船員。他看到了機會，鎖定某個同事也是說得通的。搞不好他還認識她，他可能跟她有關係。」

「你覺得他也在別的船上殺過人嗎？」

「很有可能，不是嗎？伊森是多大？快四十了？他不可能去年的某天早上一起床就覺得生出了一股想殺人的衝動吧。別的遊輪也有不明不白的失蹤事件——別家公司的遊輪——可是別的事件中都沒有家屬會在事後收到護照和字條，至少我在媒體上一個也沒看過。」

「可那個時間線不會讓你覺得怪怪的？」

「什麼意思？」

「你想一想。桑娜是六月消失的，愛絲黛樂是八月，然後莎拉也是八月。其他的月份他都在做什麼？」

彼得意有所指地看著我，等著我幡然醒悟。

但我並沒有。

「怎樣？」

「我們知道，」彼得說，「至少有幾個月他是在愛爾蘭。追求莎拉。」

我又灌了一大口啤酒，喝得太猛，眼淚都流出來了。

「他都計畫好了，」彼得說，「在船上，個別的犯罪都無法偵破，有時甚至還隱瞞不報。這些犯罪如果是隨機的就已經很糟糕了。可如果是同一個人定期犯罪呢？如果這些都是殺人案呢？誰會知道是有模式的？誰會有機會看出是有模式的？」

彼得的眼睛綻放出一種瘋狂的光芒，兩邊太陽穴的大血管也暴凸。

「一個也沒有，」他說，自問自答。「沒有人有所有的資料，所以不會有人把每個節點都連接起來。如果你是那種以殺人為樂的變態禽獸，那可就再完美不過了，不是嗎？還有比遊輪更適合的場所嗎？你不但可能跟那些個別的殺人犯一樣逃過制裁——遊輪公司還會幫助你逍遙法外——不過你幾乎可以確定不會有人說：『嘿，你不覺得都是出於一人之手嗎？』更別說你還有源源不絕的新鮮貨供應」——我聽到「新鮮貨」這三個字忍不住縮了縮——「還有上百個黑暗角落和私人陽台，原始設計就是不讓人窺探的。拜託，你可以慢條斯理地殺人，而船上的每個人都忙著喝酒玩樂，進入度假心態，並且誤以為他們是安全的。喔，還有，包圍你的大海讓你可以方便棄屍，你趁著夜色幹活，黑暗也會幫你一把，而且你還有專業的清潔團隊來擦除一切可能把你和命案連接起來的物證。簡直是十全十美，你個變態的王八蛋。你八成都不敢相信自己的運氣會那麼好呢。」

「彼得，我不覺得，」我說，「這樣似乎太……」太瘋狂？太驚人？太符合真相？「愛絲黛樂和莎拉，對。我們不能否認是有關聯。可是這個叫桑娜的女人？說不定是公司把她的護照連同個人物品寄回去的。我是說，她父親會說英語嗎？你確定他聽懂了你問的是什麼嗎？」

「還有一件事，」彼得說，「是這三個女人的共同點。她們都不是美國人。」

「這又有什麼關係？」

「海事法，國際公海——沒有用。怎麼會有用呢？你叫兩個警察，而不是一支警力上船，他們還得飛過半個地球去找你，等到他們上了船，通常已經沒有物證可以讓他們檢驗，也沒有證人可以詢問了。太荒謬了。可是遊輪愛的就是它沒有用。不會上法院打官司，不會有人被告，正義只是一句空話。而且也沒有人肯費那個力氣……除了美國。他們改寫了法律——說得更明白一點，他們創造了自己的法律，超越了現存的。如果有個美國公民在遊輪上失蹤了，無論船隻在事發時是在什麼地方，或是註冊在哪個國家，或是不管船長怎麼說，聯邦調查局都有管轄權。案子會自動變成聯邦調查局的調查案件。聯邦調查局有本事有資源來把所有的節點連接起來，他們有完整的部門來研究。他們有偵辦連續殺人犯的世界第一流的專家。」彼得開始沿著那面情資牆來回踱步。「所以你不覺得我們這裡的法律有點不幸，一連串的女性失蹤，卻沒有一個是美國公民，雖然美國人是全世界最熱衷於遊輪旅遊的國家？他是刻意避開美國被害人的。你看不出來嗎？他找到了最完美的狩獵場，而且他為了要守住這個狩獵場使出了渾身解數。」

彼得滿臉通紅。

「我覺得也許是你應該要坐下來。」我跟他說。

他揮手打發了我。

「沒有人關心這件事，」他往下說，「沒有人在乎愛絲黛樂的死活，在乎我的老婆。你覺得我能放下不管？要是我們談的是飯店或是度假村，現在早就一把火燒成灰燼了。最起碼也有某種調查小組被派去調查究竟是怎麼回事了。可就因為這些事發生在海上，大家連聽都沒聽過。」他停下腳步，回頭看我。「沒有人願意幫我們，亞當。法律是個笑話。伊森每一點都考慮到了。藍色波浪的盤算就是自保。現在只能靠我們，你不明白嗎？你跟我。我們是唯一能證明這種事在發生的人，而你卻想要收拾行李回家去。」

「你為什麼不一開始就把這些事都告訴我？」

「因為你會以為我是個瘋子。是那種網路怪物，專門拿我們這種人、失去了摯愛的人當獵物的。那些靈媒、乩童、被外星人綁架的。」他一見到我露出了心有戚戚焉的表情就苦笑。「對，我也遇到過。愛絲黛樂和莎拉有關聯是無法否認的，所以我堅持這一點。我不再多說了。再者，你才剛發生這種事，我已經有一年了。要是我在一開始就跟你說這些，在電話上……那，我們就不會來這裡了。」

「那為什麼現在跟我說？」

「你昨晚很沮喪是因為你嚇到了。你還是害怕，我知道。我也是。有時我心裡也會想叫自己回家去，回倫敦，找個辦法帶著這種痛苦活下去。就算我查下去，我也可能永遠不能確定愛絲黛樂是出了什麼事。我知道你也是這麼想的，對吧？」

我點頭。

「伊森已經殺了兩個女人了，亞當。只有我們兩個人知情，只有我們兩個人相信。所以這件事不再只是我們兩個人的事了，還跟他下一個要殺的女人有關。在她之後他要殺的人。是跟他將來的被害人有關。她們的血會沾在我們的手上。你難道不想要讓這種事不再發生在別人身上？」

「我想啊，」我說，「可我能怎麼辦？在此之前，我整天穿著運動衣坐在家裡，滿腦子只想著幾時可以吃下一頓，等吃飯時間到了我要吃什麼。我是個差勁的騙子，我是個孬種，我是——」

「愛絲黛樂懷孕了。」彼得說。

「喔，天啊，彼得，對不起。」

「我不是說過我不想讓她去搭遊輪嗎？這才是真正的原因。前一個星期我還看到美國的一艘遊輪上爆發了諾羅病毒疫情，我覺得懷孕的婦女不應該冒這種危險。」

「愛絲黛樂不認同？」

「她覺得我是反應過度，可是我們努力了那麼久……」

我們落入沉默一會兒，思索著我們失去了什麼。

「我的重點是，」彼得說，「你除了幫我找到他之外，什麼也不必做。等我找到了他，其他的都交給我。這個禽獸，他不只是奪走了我的太太，他還奪走了我的家。他把我的將來搶走了。他是趁我不在這裡的時候，趁我坐在家裡，渾然不覺的時候做的。我沒盡到做她丈夫的責任，我沒能保護她。可是我現在不會再辜負她了。我準備好了，該怎麼樣我就怎麼樣。」

他筆直看著我的眼睛，穩如泰山。「我要說的是我不必回去。我如果不能走著下船，我也沒關係。」

「我不太確定我聽懂了……」

「我要調查，亞當，調查和審判。我要他坐牢，要他為他的罪行吃苦。我要他不得不告訴我們他做了什麼，又是為什麼原因。要是我沒辦法如願，要是事態發展像是不可能的任務，那麼我也能接受不讓這種事再發生在別人身上。我要你知道這一點，不是因為我期待你也跟我一樣，而是讓你知道如果發生了什麼事，嗯，我們不必兩個都……」

我以為他說的是冒生命危險，有需要的話就以他自身來引誘兇手從暗處現身。我以為他是在說把殺死莎拉和愛絲黛樂的兇手繩之以法，找到伊森，逼他認罪，必要的話，用騙的也行。

我以為他說的是這個。

「你需要我做什麼？」我問。

「現在跟我一塊回船上去。同意利用梅根，讓她成為我們的助力。當然是用別的藉口，不過她不會有危險。我們知道他迴避美國人。我們會堅持給朋友驚喜的說法，我們三個一塊搜索會比兩個人有效率。」

彼得一臉釋然。

「好，」我說，「我做得到。我一定做到。」

「好。因為我一個人找不到他，亞當。而且時間快用完了。」

彼得想去查看他租的郵政信箱，我想查電郵，所以我們約好了回船上見。我隱約覺得彼得認為我會臨陣脫逃，於是我再三向他保證回船上見。然後我就順著滿是藥局的大街往回走，轉入一條狹窄的鵝卵石步行街，一直走到找到一間網咖。

這是那種打電玩的網咖：高規格設備、舒適的皮椅，還有格間。我買了半小時，再從販賣機買了杯咖啡，然後把椅子盡量靠近桌子，身體緊緊頂著桌緣。

我和蘿絲最後一次通話之後她寄了幾通電郵給我，頭兩通全部大寫，一堆錯字，連篇氣話，顯然是在我們最後一次通話之後在氣頭上寫的。隨後的兩通比較長，比較深思熟慮，可見她冷靜下來了，足以幫我列出種種我應該立刻打道回府的理由。最後，她讓步了，做了我要求的事：上網搜尋伊森．艾克哈特。

她找出了更多他的個人資料——臉書（被他封鎖了），領英（幾乎是空白的）——以及更好的一項，一張較清晰的照片，是臉書上一個叫什麼薩布隆的員工群組的，似乎是法國西南岸的一處露營區，差不多是十年前的舊資料，但是除了金髮更金之外，年輕的伊森很容易就能認出來。

他的網路足跡上似乎找不到莎拉的存在——蘿絲在信中說——但有意思的是她居然找到了他的筆跡。

那是一則Instagram上的貼文截圖——蘿絲註明說他有將近一年沒有上傳東西了，所以首頁上收穫很少。但她找到了一只咖啡杯的近距離照片，杯子和筆記本經過細心排列，鏡頭還加了紅褐色的濾光鏡。文字寫著該列待辦事項單了！「待辦事項」幾個字是粗黑的大寫，橫列在筆記本的上端，底下的一行寫著「一、想出要寫進單子裡的事情」，同樣是手寫的筆跡，只是這句話是用草書寫的。蘿絲在圖片邊緣寫下了認得嗎？護照信封？但是我認不出來。那又怎樣？他大可在信封上改變字跡，用另一隻手寫。叫別人幫他寫。我們也不知道筆記本上的字是不是他寫的，他也可能是拿了別人的筆記本，也可能他上傳的是別人的圖片。照片上無論是字跡或是取景都讓我覺得像是出自女性的手筆。

我回頭去看他在露營區群組的照片。

忽然有了主意。

我把露營區的照片存在電腦桌面，再去尋找庫薩克找到的個人資料頁，就是她發現伊森在船上工作的那個，也把照片儲存起來。

然後我用谷歌搜尋「愛絲黛樂．布雷濟爾」＋「貝琪」。

一串新聞報導出現了，全都是從去年八月或九月開始的。我之前都看過了，那是我剛在遊輪網站上誤打誤撞看到彼得的故事的時候，就上谷歌搜尋了更多資料。

我點開了三則新聞才找到貝琪的姓：李察森。

谷歌找到了幾十名貝琪．李察森，再加上「倫敦」這個搜索條件也沒能把範圍縮小多少。

我回去看新聞，再次點開，終於找到了一幀貝琪和愛絲黛樂的合照，看來是在貝琪的婚禮上拍攝的。愛絲黛樂一身粉紅色的伴娘裝。

我也把照片儲存在桌面，然後再回頭去谷歌，把照片拖曳到搜尋欄。

我只在電視上看過有人使用谷歌的圖片搜尋功能，那人找的是有情緒問題而且在網路上假扮成別人——或是扮演多重角色——的神經病，結果成效極好。第一張吻合的圖片是貝琪的臉書專頁，也就是照片原本上傳的地方。她的動態上滿滿都是她的孩子的相片：一個四、五歲的女兒跟一個才在學走路的男孩。

我決定不要用臉書發信息給她。我們不是朋友，我的信就會送進她的「其他」信箱裡，而大多數的使用者幾乎是不會去看的。我需要查出貝琪現在是否認得伊森，不是等到幾星期後。我往下捲動，尋找是否有可用的信箱地址。

在左下角有一份貝琪「喜歡」的臉書專頁。一家普通的服裝店、約翰・梅爾、一家手工巧克力店、一本有名的減重書、《理想家》雜誌——

以及基爾本的綠景中學。

貝琪的孩子又還不到念中學的年紀，她為什麼會「喜歡」一所中學的網頁？會不會是她工作的地方？

回到谷歌。貝琪・李察森　綠景中學　倫敦基爾本。搜尋。

第一條搜尋結果是綠景中學的教職員網頁，上面說貝琪是圖書館員。照片底下有電郵地址，我抄了下來。

謝謝你，網路。

我按了「寫信」，把貝琪的信箱地址貼了上去，再打了一封信，說明我是誰，莎拉是如何像愛絲黛樂一樣失蹤的，我是如何收到護照和字條的，彼得跟我又是如何搭上了「慶祝號」，想要找出我們相信是這件事的罪魁禍首的人：伊森。她能不能看一下他的照片，讓我知道是否見過他，是否記得去年八月在船上見過他？我說明了我的手機在海上可能無法通訊，不過我會經常查看郵件。接著我附上了圖檔，按了傳送。

我敲著桌面。趁著等待回音時，我還應該做什麼？我重溫了彼得跟我討論的每一件事……在桑娜這裡打住。

彼得有十成的把握認為她的護照裡也附了字條，但是我們沒辦法確定。說不定我可以在網路上查一查。我鍵入了她的名字以及「慶祝號」三個字。

多數的搜尋結果是荷蘭文的。我使用過太多次自動翻譯程式，知道用它只是白費力氣。我想著或許有更容易的方法。相反的方法。我查了「護照」和「遊輪」的荷蘭文——*paspoort* 和 *cruise-schip*——跟桑娜的全名一起鍵入搜尋欄裡。

搜尋結果滿多的，卻沒有一個是三樣條件都符合的。有幾個桑娜以及遊輪的報導，但都沒有包括兩者又提到護照的。

事實上，桑娜的報導中壓根就沒提到過護照。那麼彼得是怎麼查出她的家人收到護照的事的呢？

「在做什麼啊？」梅根對著我的右耳低聲說。

我嚇得挺直了身體，胳臂打翻了咖啡杯，咖啡灑在桌上，薄薄的、焦糖色的湖泊迅速向鍵盤擴散。

我聽到梅根喊了聲「哎喲！」而我手忙腳亂要找東西來擦。我看著左邊的隔間，看到了一張報紙丟在隔壁桌上，我一把抓了過來，丟在咖啡上阻止了流勢；我輕拍報紙，讓它把水都吸乾。

我轉身看著梅根。

「實在是對不起，」她說。她的樣子卻像在忍笑。「我就坐在那邊，看到你進來。我以為偷偷嚇你一跳會很好玩，我大概是忘了有咖啡。」

「不用擔心，」我說，「沒事。我只是需要一分鐘來讓心跳恢復正常。」

她的視線閃向螢幕。

「我快弄完了，」我說，匆匆移動滑鼠，關閉了視窗。「妳要回船上了嗎？」

「還沒有。我想先吃個午餐，要不要一起吃？我欠了你一杯咖啡……」

一想到我滿腦子全都是遊輪犯罪和護照和伊森的臉孔卻還得要應付閒聊，我就覺得全身虛脫，可是彼得把話說得很清楚，我們需要她的協助，而我也同意了。

「好啊，」我說，「一塊吃飯。」

「好極了。馬賽納廣場有一家店可以外帶潛水艇三明治，我們可以帶到沙灘去。」她更往我這邊靠，壓低聲音，像要說悄悄話。「然後你可以跟我說你跟彼得到底是誰，你們上船來是想幹什麼。」

我們沿著濱海木棧道散步，最後來到了尼斯的一片公共鵝卵石海灘，沒有搖搖欲墜的野餐桌、穿制服的侍者和鮮藍色的大陽傘。可惜，海灘上又擠滿了人跟他們的海邊裝備，我們好不容易才在折疊的躺椅和油膩的軀體之間找到了一處空位。最後我們是在比碎浪僅一呎高的高地上吃的午餐，波浪向後退去，鵝卵石也隨之翻滾。

「好了，」梅根發話了。我們都盤腿而坐，在岩石上找出了較舒服的坐姿。「說吧。」

我盡量說得像閒聊。「說什麼？」

「得了，亞當，我又不是笨蛋，」梅根好脾氣地說。「兩個大男人又沒有在交往，卻一起搭遊輪旅遊？而且還是不同國籍的人，在大學認識，他還——大你個十到十五歲吧？我本以為你們在搞婚外情，可是剛才我看到了你在網咖看的東西。」

「妳在監視我？」

「我只是碰巧看到了你的螢幕。」梅根咬了一口三明治，慢慢咀嚼。她用一隻手遮著嘴巴，說：「別裝了，說吧，有什麼天大的秘密？」

「哪有什麼秘密。」

「那你幹嘛在搜尋遊輪犯罪？」

我咬了一口三明治，很大一口，以免得說話，同時利用時間思索該說什麼。

我決定根據事實說謊勝算最大。

「彼得跟我來搭遊輪是為了放鬆一下的，」我說，「而且我們是在大學認識的老朋友。我在查遊輪犯罪是因為我今天早上醒來，艙房的門是打開的，我明明記得昨天晚上睡覺之前有把門關好。」

「哈。」梅根扮個鬼臉。「粗心的房務員？」

「可能。不過我在門上掛了請勿打擾的牌子。」

「你覺得是有人闖了進去？」

「我不知道。所以我才上網搜尋，看那些遊輪論壇上有沒有人提到類似的遭遇。」

我盯著她的臉看，她好像相信了。

「有什麼東西不見嗎？」她問。

「沒有，我想沒有。」

絲巾就在我旁邊的鵝卵石上，小心地塞在我的袋子裡。

反倒是送來了東西。

「還真是奇怪。」梅根說。

「妳聽過這種事嗎？在遊輪上闖空門？還是，妳知道……」我眺望著大海。「別的事。別種犯罪。」

「是會發生事情，可是跟陸地上發生的也差不多。」

「哪一類的事情？」

「偷竊、攻擊。會有人出意外，有人消失，不過不是經常發生。」

「還真叫人放心。不是經常是有多常？」

「我不知道。好像從九〇年代中開始有兩百個人吧。我在哪裡讀到的。」

彼得的說法也差不多。

「妳好像不是很擔心。」我跟她說。

「我是不擔心。」梅根兩隻手在鵝卵石上揉搓，弄掉手上的麵包屑。「你有沒有聽說過這句話：『槍枝殺不死人，是人殺人』？」

「有，」我說，「而且是一句屁話。槍枝需要由人來握著，瞄準另一個人而且扣扳機，不過，用槍絕對是比較容易讓人瞬間死亡，比起把人掐死要快多了。還有，意外。要想意外掐死某人簡直是比登天還難。因此，槍枝是會殺人的，而更多的人會死只不過是因為碰巧站在附近。」

梅根這時瞪著我看。「你說完了嗎，槍枝管制先生？」

「說完了，」我說，有點不好意思。「抱歉。」

「我只是想說明偷竊、暴力、謀殺等等的——都是由人類犯下的罪行。只要有人就會有犯罪。遊輪上充滿了什麼，亞當？人。幾千個人。所以遊輪跟飯店又有什麼差別？你在飯店工作過嗎？」

我搖頭。

「嗯，我有。很多家。所以我說飯店裡有很多狗屁倒灶的事情，你就要相信。比方說，那裡是個自殺的好地方。你有個可以把自己鎖起來的房間，一個漂亮的大浴缸可以讓你辦事，而且你知道一定會有人發現你，而且會是個陌生人。你所愛的人都不必後半輩子腦子裡都是你冰冷發青的屍體。隨機強姦女人的歹徒也最愛飯店了。你知道為什麼大多數的飯店都訓練房務員在打掃的時候不要讓門開著嗎？因為隨便一個經過的傢伙就能走進去，強暴她們再拍拍屁股走人，不會有證據證明他到過房間，因為他不必刷自己的房卡，也不用親手開門進去。然後還有關係緊繃的家人，根本就不應該在一起，更別說擠在一間飯店房間裡……我工作的最後一家呢，我們有個女人半夜三更叫保全——用的是手機，說她想要傷害她的孩子。保全不得不召集每一個員工，一間一間檢查。」

「查到什麼了嗎？」

「謝天謝地，沒有。只不過兩個星期之後發生了一件殺人後自殺案。一名工程師跑進一間套房裡，因為樓下的套房天花板上出現了水痕，結果發現有位客人在浴室裡割腕。房務經理在應付驗屍官時查看了訂房紀錄，這才發覺房間應該有兩位客人。那傢伙把女朋友裝進了行李箱塞在衣櫃裡。」

「好可怕。」

「人就是這樣。」

「可妳不覺得在遊輪上會更糟嗎？」

「為什麼？」

「因為更容易逃脫啊，不是嗎？我是說，海事法啊。」

「什麼法？」

我簡短說明，省略了梅根可以得到保護——至少是在事發後受到聯邦調查局注意——的那部分。

她完全沒聽說過。

「不過我覺得也不是沒道理，」她說，「我只是不明白為什麼會讓脫罪更容易一點。」

我重複了彼得告訴我的種種理由，從警力不足到大海是個完美的棄屍場。

等我說完，只見梅根懷疑地上下打量我。

「你好像想得滿多的。」她說。

「有嗎？」

「知道嗎——」她動手把三明治包回包裝紙裡。「你說的話，有點種族歧視，你不覺得嗎？比如說，你為什麼會假設外國警察不像你國家的警察一樣訓練有素，或是像你國家的警察一樣專業能幹？」

「我沒有那個意思，我只是說只會有一兩個警察。也許他們不會那麼厲害，比方說他們也許不會說那種語言。」

「你是說英語。」

「嗯，對。」

梅根誇張地翻個白眼。「你知道誰是阿曼妲·納克斯嗎？」

「那個殺害了一個英國學生而在義大利受審的女生？」

「美國女生，對。如果你在開庭期間在美國的話，你想躲都躲不掉，新聞鋪天蓋地，而且每一份報章雜誌、每一家電台、每一個節目、每一個名嘴都在說義大利人根本就不懂司法正義，不像我們這個美好的國家，民主的領頭羊，泱泱大美國，聽他們說得活像是正義是由美國人發明的呢。」

「妳是在說我反應過度了。」

「你今天早晨起來發現艙房門是打開的？大概吧。」

我都忘了這段對話的起頭是這個了。

「我只是想知道是誰，」我說，「或者是不是真的有人。我可能是自己忘了關門，或是沒關好。」

「這樣吧，」梅根說，「我認識『慶祝號』上一個保全部的人，我以前跟他在『皇家加勒比海號』上是同事。要是我能找到他，我會要他檢查你的門鎖使用紀錄。我想他現在就在值班。」

「妳願意？」

「怎麼說呢？我心腸好啊。另外，我也覺得你有點浮躁，我想要火上加油。」

她朝我眨眼。

「呃，謝了，」我說，「非常感謝。」

「不過你得請我喝一杯。好好喝一杯。今晚，馬和騎師。」

「那是什麼玩意？」

「大洋洲甲板的一家酒吧。」

要是她能幫我弄到我的艙房鎖使用紀錄，我心裡想，叫我做什麼我八成都肯。

「船上的酒吧取『馬和騎師』這個名字不會非常奇怪嗎？」

梅根頭一仰，哈哈大笑。「提醒你一件事，亞當：千萬別讓人聽到你叫它船。」

之後不久我們就往公車站走去，等車期間三班開往自由城的公車來了又去，班班客滿，然後又為了搭接駁船等待，梅根和我直到六點過後才回到遊輪上。

我去敲彼得的門，讓他知道我回來了，卻沒有人回應。我塞了張字條到門縫下，說七點半跟他在「馬與騎師」會合，比我和梅根約好的時間早了半小時。然後我就回艙房去洗澡更衣。

我要去酒吧時又去敲了彼得的門，還是沒有回應。我看到我塞的字條有一塊尖角從他的艙房門下露出來。

他一定是還沒回來。可他會去哪裡呢？再過幾分鐘就要開船了。

而且我需要他在梅根之前趕到酒吧，我才能把情況告訴他，說梅根主動要幫我弄到刷卡通的活動紀錄，也跟他說我想到的貝琪點子。

可是等彼得終於出現時，他是跟梅根一塊來的。他幾分鐘前才看到我的字條，在到這邊的電梯中遇見了她。

不到一個小時之後是彼得第一次說不舒服。

我們坐在吧檯，三個人坐一排，我夾在中間。一排一品脫的啤酒杯放在我們面前，裝的啤酒量都不同。彼得在跟梅根說他搭回來的接駁船上有些孩童很不聽話。

我只有一個耳朵在聽，因為我真正在想的是梅根的膀胱容量。她還要多久才會需要上廁所？那是我能單獨跟彼得說話的機會，向他匯報情況。女人也許能利用一起上洗手間的藉口去說悄悄話，可我懷疑彼得跟我可以適用這種藉口。我不想再挑起梅根的懷疑。

又一名乘客認出她是YouTube上的直播主，在酒吧的另一頭朝她起勁地揮手。梅根回以甜甜的微笑。

是假笑，現在我明白了，因為我跟她消磨過一段時間。

「這是最討厭的地方，」她跟我們說，從高腳凳上溜下去。「我去打個招呼就回來。如果超過六十秒，過來救我。」

我看著她走，盯著她的金髮在她的後頸上搖擺，她的深色胸罩在白色T恤下輪廓分明，上衣與牛仔褲之間露出的那片肌膚——

「耶穌基督。」我嘟囔著說。

彼得看著我。「怎麼了？」

「沒什麼。聽著——」

「沒關係，」他說，「意念是你控制不了的，這種事也難免。」

「嗯，我——」

我差點就要說我有女朋友了。但是我沒有，話說回來，我也不是單身。那，我到底是什麼？

愛著一個失蹤的女人。

心痛如波浪襲來，像有形的力量。我能感覺得到，它想要把我打倒。想把我往下拉，想淹死我。

我看到梅根回過頭朝我們走來。

「我一會兒就回來。」我喃喃說，站了起來。

我穿過酒吧，推開了標著「男士」的旋轉門，按住一個洗手台，深呼吸了幾口。一抬頭就看到鏡中的自己。

我是在抗拒孤寂的感覺，我這才明白。就是這麼回事。從前我看見別人因為悲劇或犯罪而失去所愛，我壓根就沒有想到會這樣。對，我了解了不知道會發生何事的恐怖，還有知道發生了何事的恐怖，在某些例子來說可能跟不知道一樣可怕。我知道別人使用沉痛和失落和心碎是什麼意思，可我一直到自己也身陷其中才知道在這些感覺之上還有最最普通的感覺：寂寞。因為你愛的人不在了。如果有個結束日期，那個人會回來，寂寞還可以應付，可如果他們不回來，那寂寞就會是個痛苦又無助的深淵，能把你溺死。這種感覺可能沒完沒了，我甚至不敢說是否有結束的一天，甚至是減緩的一天。我要如何面對這樣的未來？要是我總是這種感覺呢？怎麼會有人能學會這樣子活著？

男廁的門打開來，彼得走了進來。腳步相當蹣跚，額頭閃著汗珠。

「亞當。」他氣喘吁吁地說。

「怎麼了？」

「我不知道。」他俯身往臉上潑水。「我覺得有點……怪怪的。」

「聽著，」我說，「我需要告訴你今天的事。梅根說她有個朋友是船員，說不定可以把昨天晚上艙房門鎖上的卡片使用紀錄列印出來。還有我找到了一張比較清楚的伊森照片，我傳給了貝琪，請她看看是不是他，看她記不記得搭船時有沒有見過他。」

彼得直起了腰。

「愛絲黛樂的貝琪？」

「對。」

「你發電郵給貝琪。」他冷淡地說。

「對。不……不可以嗎？」

又來了：他的五官繃緊，每次提到她的名字他的臉上就會佈滿烏雲。

只不過這一次他懶得掩飾。

「她不喜歡我，」他說，「我也不喜歡她。愛絲黛樂失蹤之後她幾乎沒跟我說過話。我個人是覺得她受不了良心的苛責，因為她知道她就是愛絲黛樂會失蹤的罪魁禍首。她跟那個白痴的天殺脫單派對。」他打住，咬著嘴唇。「亞當，我覺得我快吐了。」

他推開我衝進一間廁所，用腳把門踢上。一會兒嘔吐聲就響徹了洗手間。

我等了好一會兒才問他怎麼樣。

隔著門他說：「等會兒就好了。」

「還有一件事，」我說，「梅根今天可能看到我在查桑娜．弗萊思的事。我去了一家網咖，她顯然已經在那裡了，她偷偷溜到我背後，看到了螢幕。我捏造了一個昨晚房門被打開，我擔心遊輪犯罪的說法，我覺得她相信了，可是我們應該要小心應對。」

隔間門打開來，一個臉色更灰白、汗珠更多的彼得走了出來。

「你為什麼要查桑娜．弗萊思？」

「我以為可以找到有字條的確切證據。」

彼得的眼睛只剩下眼白。

「彼得？」

他倒了下去，背撞上洗手台，我在他跌在地上之前接住了他，緊緊抓住他的上臂。

「彼得？」

「我覺得我應該上床去。」他咕噥著說。

「我帶你去。來，搭著我的肩。」

「我覺得……好暈。」

「沒事，來。」

「飲……料……可能……」

「你站得起來嗎？」

「你應該……談……」他絆了一下，我忙著把他扶正。「問……」他的話前言不對後語。

我攙著彼得，用腳踢開了洗手間的門。

發現自己面對著梅根。

她的右手握成拳頭，舉在半空中，好像正準備敲門。

「我還以為你們兩個丟下……」她看看我再看看彼得，再回頭看我。「我操，他沒事吧？」

「不一定。他生病了。我需要送他回房間。」

梅根立刻就站到彼得的另一邊，抬起他的胳臂，鑽到下方，幫忙扶著他。

「好，」她說，「來，我幫你。」

我們進了電梯，我感覺到頭痛又來了。

我用「我的」刷卡通打開了彼得的艙房門，房間跟我的一模一樣，只是左右完全相反，像照鏡子。

我們把他弄上了床，再輕聲勸哄，讓他躺了下來。梅根把他的鞋子脫掉，我則去衣櫃裡再拿一條毯子來給他蓋。

我把毛毯往下抽時，一個白色信封也跟著掉了下來，是那種裝問候卡的。

我見過。那是彼得裝愛絲黛樂的護照和字條的信封。我把信封撿起來，小心地放到他的桌上。彎腰去撿時我的後腦勺底部像上了發條一樣越扭越痛。

「好了，」梅根說。彼得安全躺在床上了，她就有時間可以環顧艙房。「豪華外側房，面海陽台。對自己滿好的嘛。你的也一樣嗎？」

「對，」我說，「我就在隔壁。只剩下這種房型了，我們是最後一分鐘訂票的。」

「沒有內側房了？」梅根挑高一道眉。「你是何時訂的船票？」

「喔，兩個星期前。」我說，後悔提起這件事。我提供越多的細節，就越難自圓其說。

我低頭看著彼得，他翻身側躺，呼吸深沉規律。

「妳看他會不會有事？」我問。

「放心吧，八成是他吃了什麼。不過你大概應該放個東西好讓他吐。」

我把梳妝台下的塑膠垃圾桶拉過來擺在床邊。

「還有水，」梅根說，「他有什麼瓶裝飲料嗎？」

「不能喝自來水嗎？」

她做個鬼臉。「就說我不會推薦吧。」

「我房裡應該有一瓶吧。」

我本想自己去房間拿水再回來，可是梅根就跟著我站到走廊上，再走進八〇三。

今天稍早我買了四小瓶一組的礦泉水，就放在床上，尚未拆封。我動手撕掉塑膠膜，卻覺得沒有平時那麼容易，我的手指好像突然之間變得又粗又肥，而且我的大腦跟手指之間的連線斷斷續續的。

「嘿！」梅根說，「你不是說這是你第一次搭遊輪嗎？」

「是啊。」

我努力弄出了一瓶，再動手挖另一瓶。

「那一定是哪裡搞錯了，」梅根說，「只有回頭客會送香檳……」

她的聲音聽在我耳朵裡怪怪的。有點遠，彷彿她是漸行漸遠。可是我看見她仍站在同一個地方，距我只有兩呎遠。

「妳跟妳的朋友談過了嗎？」我問，「門鎖紀錄的事？」

「喔，我忘了告訴你了。是你。」

「什麼？」

我在床上坐下來，打開了一瓶水，一口氣灌了半瓶。

「我沒辦法列印下來，因為那種東西好像是有什麼紀錄系統的，可是我朋友看了一下，他說門是在五點半前後打開的，而且是你自己的鑰匙卡打開的。」

「不可能啊，」我氣急敗壞地說，「我那時在睡覺。」

我的腦袋像有人在又敲又打，我閉上眼睛，但在黑暗中只是痛得更厲害。

「亞當，你還好嗎？」梅根走過來，坐在我旁邊。我的身體右側跟她的身體左側只有薄薄的一吋之距，我能感覺到她的存在。「現在換你的臉色不怎麼好看了。你是不是想吐？你們兩個今天都吃了同樣的東西嗎？亞當？」

房間在我四周晃動。

「我們在動了嗎？」我問。

「我們是在船上啊。」梅根伸手撥開我額頭上的一綹頭髮，然後用手背貼著我的皮膚。她這一碰好像帶電。「我覺得你好像發燒了，可能是得了流感什麼的。船上常常會發生這種事，密閉的空間，重複循環的空氣……」她的手往下落在我的肩上，再上移到我的脖子上，再拂過我的臉頰。

我情不自禁，陷入了她的碰觸，偎向她的手。

「可憐的傢伙，」她說，「你得跟彼得說他得等一個晚上再來作媒了。」

她靠過來吻了我，輕輕的，吻在唇上。

「彼得？」我只說得出這兩個字。

梅根微笑，臉孔只距我幾吋。「你是要假裝你完全不知情？」

「知情……知什麼情？」

「他說你喜歡我。」她的聲音只是調笑的低語，一手仍按在我的皮膚上，移向我的頸背，就定在快要以震波震破我腦殼的劇痛震央下方。「可是你太害羞了，不敢讓我知道。」她突然向後坐。「除非他是在耍我。我是說，別介意，我知道他是你的朋友，可是他有點冷淡，對不對？他有點讓人說不上來，有點緊繃。還有今晚在酒吧，我不知道逮到多少次他瞪著我看……」

我一手滑到枕頭下，拉出莎拉的絲巾。

「真高雅，」梅根說，「不過你確定這個顏色適合你嗎？」

「莎拉。」我說，但說出口卻讓人無法理解。

「什麼？亞當，我覺得你也需要躺下來了。我覺得你們吃的自助餐可能有點問題，有可能是……」

我聽不到她的後半句。

黑暗出現在我的視線邊緣，再從四面八方湧入，把我的視線縮減成一個針孔。

然後只剩下黑色。

第四部　黯黑海域

珂琳

晚上每樣東西都不一樣。走廊陰暗，燈光不明，公共區場和露天甲板閃爍著點點燈火，披著柔和的光芒。

昏暗的燈光或許對我有好處，珂琳心裡想。她現在違反了規定，在下班時間出現在乘客甲板上。她換上了帶上船來僅有一件只算勉強還行的正式服裝——一件細緻的夏日洋裝——而且還把頭髮放了下來。萬一真的遇上了她的哪個主管或是另一名房務人員，但願他們不會發覺她沒穿制服，或是認出沒把頭髮挽起來的她。

她在八層甲板，有系統地穿過走廊，尋找一扇沒鎖的艙房門。有些艙房的門鎖是出了名的難搞——這只是藍色波浪的嶄新船隻上的另一個缺失——而且她希望能碰巧讓她遇上一間客人出門時沒鎖好的艙房。

可是在搜尋了整整一個小時，走遍了五層甲板之後，珂琳變得焦躁心煩。她在乘客甲板多耗一分鐘，被發現的機會就會再增加一點，而且到目前為止，每一間艙房門好似都鎖得牢牢的。

她在想是否該放棄，返回船員的宿舍。說不定設法偷一支總鑰匙。

前方幾扇門外，一個年輕的家庭從艙房出來。兩名大人，四個小孩——兩個男孩是雙胞胎，五、六歲左右，還有一個姊姊一個妹妹。爸媽生氣地對彼此說話，低聲嘟囔著髒話，而孩子們則玩鬧地彼此推擠，渾然不察父母親的緊張態勢。最後一個出門的是那個姊姊，順手拉上了門。

卻沒有注意門是否鎖上了。

沒鎖。門是合上了，卻沒有啟動上鎖裝置。珂琳熟悉那個聲響，因為她值一次班至少要聽到兩次。

她繼續前進，經過了那扇門（門把和門之間有一道光，絕對是開著的），跟著那一家人走在走道上。

前方，那個爸爸忽然停步，轉過身來。

「妳鎖門了嗎，潔絲？」

女孩慢吞吞點頭。

「妳確定？」

「確定啦，爸。」

「我最好去看一下。」

那個爸爸開始往回走，距離珂琳只有幾步了。她迎視他的目光，對他微笑。

「鎖好了，先生，」她說，「我聽見鎖上的聲音。」

他就在她走過時皺起了眉頭。

可惡。她不應該叫他先生的。她失算了。可是她習慣了這麼稱呼乘客，順口就說出來了。

珂琳繼續走，經過了那一家子，心中希望那個爸爸不會走回去。她不敢冒險回頭看他是否回去了。

在她身後，有個孩子在尖聲喊「住手！」，然後他們的媽媽把孩子們全都罵了。一會兒之後，他們又移動了，跟著珂琳。她在走廊盡頭右轉，往樓梯走，而他們則左轉，去搭電梯。她在火災疏散圖前停下，假裝在研究，直到那一家子的聲音完全消失在另一端為止。

她快步折回八〇九一號艙房。門沒鎖，那個爸爸沒有回來。

珂琳先查看附近是否有人，這才溜進艙房，關上了門，關得很用力，確認這一次是鎖上了。

她轉身，面對著艙房。

珂琳的正對面站著一個脆弱、皮包骨的女人，俗氣的洋裝裹著一具罩著皮膚的骨頭架子。一驚之下，珂琳走向梳妝台上方的鏡子，把自己看得更清楚一些，發現她的頸子和胸口都有紅點，手臂上有紫色瘀血。她的頭髮稀疏易脆，兩眼無神。

已經死了，她就是這副德性。

而她在最後一刻找到了他。

艙房是家庭房，有一張雙人床，兩張單人床加一張兒童床。她找到了電話，就架在電視旁的牆上。珂琳撳下了標註著「客房服務」的按鍵，等著電話接通。

「晚安，布萊克威爾先生太太，」一名女性說，「請問需要什麼服務？」

珂琳做個深呼吸。她得裝得像才行。

「小偷，」她說，「小偷，艙房裡。錢包、錢，都不見了。」

然後她用法語一口氣說下去，盡量裝得很焦慮很驚慌。

「女士，對不起，我不會說法語。妳是說——」

「小偷。拿走了所有的錢，叫保全來，拜託。」

「您的房間有東西不見了？是這樣嗎，女士？」

「對，錢不見了。叫保全，拜託。呃，*en Français, s'il vous plait. C'est possible?*」

「好的女士，我馬上叫人過去。請在那裡等候。」

珂琳掛斷了電話。只要「慶祝號」上唯一會說法語的保全正在值班，而客房服務的總機又對於登記在這間艙房的客人姓名沒有多想，那麼此刻趕來的就會是「呂克」。

她開始來回踱步。她要跟他說什麼？她在最近的一張床上坐下來，保存力氣。她的呼吸吃力，好似剛剛爬了幾層的樓梯。桌子底下的地板上有一組瓶裝水，她拿了一瓶，一口氣喝掉一半。

她找到他了。

或者該說，到頭來，他找到了她。

無論如何，她都不用再等太久了。

一想到經過這麼久的時間再見到他，她的脈搏就狂飆。她不知道他進來時她該做什麼。他會認得她嗎？那還用說。他明顯知道她在船上。她能認出他來嗎？她只有一張相片作依據。拍完這張照片之後他大可改變外貌。她該擁抱他嗎？他會讓她抱嗎？現在他一定是用呂克這個名字，那她該用他真正的名字叫他嗎？

大約在珂琳掛斷電話五分鐘之後，有人敲門，犀利的一下。

「保全。」門後有人說。

珂琳，不確定此時此刻雙腿是否能撐住她的體重，以法語高聲說：「進來！」

好長的一陣停頓之後門才打開來，就是他，站在門檻。跟照片完全符合。一模一樣。是他。

珂琳覺得胸口湧上了什麼。她終於找到他了，幾乎沒有時間可以浪費了。

他瞪著她，一動不動。他並不驚訝，事實上，他一點情緒也沒有。他的表情是一張白紙。

「終於，」她以法語說，「我很高興終於——」

「說英語，」他的聲音像是外星人似的，比她聽過的還要低沉。在她的心裡，他仍然是男孩子的嗓音。「我現在只說英語。我知道妳會說英語。」

「好，沒關係。你要的話我們就用英語。沒問題。」

他穿著保全的制服：米色斜紋布長褲和白襯衫。強壯的胳臂抱在胸前，蒼白的皮膚上佈滿了突起的血管。黑髮，兩鬢剪短，頭頂較長。薄唇。眼珠是冰河的顏色。

一個模樣普普通通的年輕人。甚至說得上帥氣。

這些普通的禽獸就是有這個問題：他們的外表是完全不會洩漏他們的本性的。

他走進艙房，關上了門。珂琳很緊張，但不是因為這個。客房服務會把每一個需求登錄到系統裡，幾分鐘之內就會提醒接線生要呼叫去回應的人。「呂克」必須回報他來到艙房，而把他叫來，珂琳就逼他不得不使用他的鑰匙來開門。現在他的抵達已經被記錄下來了，他如果輕舉妄動就會對他不利，而他在這方面絕對不笨。

她收到的匿名電郵是真的。他第一次在船上被人看見時是個付費的乘客，但是僅僅幾週之後竟然又以船員的身分回來了。寄電郵的人還附上了他的大頭照。

他往裡走，最後距離床尾只有一呎，俯瞰著她，像座高塔似的。

她硬著頭皮抬頭直視他的眼睛。

「歐曼，」她說，「歐曼。」

「現在是呂克了。妳在這裡做什麼？」

他的口氣並不生氣，也不激動，就是純粹的冷淡，就事論事，毫無情緒。

他對她一定是一點愛也沒有了。誰又能怪他呢？在她做了那些事之後。

「我來找你，」珂琳說，「我們需要談一談。」

「妳是怎麼知道我在這裡的？」

「我收到一封電郵。」

「誰寄的？」

「不知道。是匿名信。不過我覺得可能是在這裡工作的人，也可能是旅客。你知道，這些日子到處都有紀錄片。現在有這些頻道，一定二十四小時都有播犯罪節目——」

「妳報警了？」

「報警？」

「說我在這裡。」

「我為什麼要報警？我說了，我只是想跟你談一談。」

「談什麼？」

「我病了，歐曼。癌症。我沒有多少時間了。而在我……在我走之前，有些話需要說，有些話我需要跟你說，都是我早在很久以前就應該要跟你說的。我只是……那時我不知道該怎麼說。」

歐曼注視著她，彷彿她是他摸不透的拼圖。

「說完之後妳就會走？」

珂琳點頭。「對。」

「那就說吧。」

「歐曼，這一次可能是我跟你見面的最後一次了。我很想要有更多的時間，我現在不應該在這裡的，而你也在值班……你幾點下班？我們到時再見可以嗎？」

他揚起一道眉毛。「是莉迪亞的事嗎？」

「什麼？不是。你怎麼會——」

「因為我是不會傷害她的，妳要是在擔心這個的話。我只是想查出妳為什麼會在這裡。」

「我……我知道。」

「妳發現照片了嗎？」

「對。你為什麼要留給我，歐曼？」

「好讓妳知道我在這裡，讓妳知道妳是對的。」

「你大可以過來找我啊。」

「我不知道妳為什麼在這裡，我以為說不定妳會逃跑。」

「我想談一談，好好談一談。」

「我兩點下班，」他說，「我們在哪裡見？」

「我的艙房怎麼樣？」

「好，」歐曼說，「我會去找妳的，媽媽。」

他轉身就走。

媽媽。

珂琳耗盡了全身的力氣才沒有瑟縮。

亞當

隆隆的聲音，很響亮。「——今天早晨——」

我在作夢。莎拉在這裡。活著，愛著我，從沒離開過。

宏亮的男性嗓音就像是討厭的一招肘錘頂中我的肋骨，但我不理它。我想繼續睡，繼續作夢，我想要和莎拉在一起。

可是它又來了。

嘎嘎叫，更響亮。

「——重要宣布——」

在夢裡我把莎拉摟近，緊抱著不放。我們都閉著眼睛。

「——請大家注意——」

沒有用，兩個世界分開了，我知道我是在作夢，而我現在醒了，莎拉不見了。我睜開眼睛看著艙房塑膠天花板上的斑點。

「——通報你們的位置——」

有人跟我在房間裡嗎？

不，我明白了，是揚聲器。

艙房中盈滿了日光，早上了，或是過了早上。室內的光線柔和，外頭一定是日正常中。這麼晚了嗎？我睡了這麼久？彼得為什麼不來叫我？

彼得呢？

「——您的合作。」

更重要的是，梅根呢？

我坐了起來，一面揉眼睛。我仍服裝整齊。我睡在被子上，旁邊有一瓶空了的塑膠水瓶。我的頭好像被封在水泥塊裡，像宿醉，也像最嚴重的流感。我的頭不痛了，可是我的頭腦似乎遲緩拖沓，彷彿是在濃霧中穿行。我全身肌肉疼痛，脖子像落枕了，我的睡眠姿勢一定很怪。

我環顧艙房，似乎沒有什麼改變。我一個人。東西都在原位。門關著。

可梅根不是在這裡嗎？我一手撫臉，摸著她碰過的地方。她吻了我嗎？發生了什麼事？她去了哪裡？

我朝浴室走，看她在不在裡面。也是空的。我洗了臉，刷了牙，希望牙膏的味道能蓋住舌頭上那種長了刺的感覺。

我拉開艙房門，探頭看著走道。「請勿打擾」的牌子仍掛在門把上，幾間艙房之外停著一輛清潔推車，尾端歪歪斜斜地掛著吸塵器。前端亂七八糟拖著一條像是修正帶的東西，但是沒看到房務人員，其實，連乘客也沒有。

四周一片寂靜，太安靜了，就連我已習慣的引擎運轉聲都沒有。船隻停下來了，我們沒在航行，可今天不是該在海上嗎？我難道是在什麼殭屍電影裡，某個人從昏迷中清醒，發現大家不是都消失了，就是變成了活死人？

我到彼得的艙房外用力敲門，敲得連門都在震動。

「彼得？彼得，你在裡面嗎？」

沒有回應。他的門把上也吊著「請勿打擾」牌子。

我回去拿牛仔褲口袋裡多出來的一張刷卡通，但是除了我自己的，那張可以打開我的艙房的之外，沒有別的了。難道是我昨晚拿出來了？我是怎麼會把「我的」那張卡弄丟的呢？

我在艙房裡東張西望，卻只看見一張刷卡通卡片：我用來開門的。我把卡片放在桌上，心裡隱約浮現了一個念頭。

梅根是怎麼說來著？

對了，門鎖使用紀錄。她說是我開的門，我自己的鑰匙開的，昨天一大清早。

還有香檳。她是不是也說了什麼？

有人輕快地敲門，我衝過去，還以為是彼得。

結果是保全，一身海軍藍長褲和白襯衫，皮帶上有支對講機在響。他像是義大利人，開口說話時英語也帶著很重的口音。他後面還有一個保全，穿著一式一樣的制服，正走進對面的艙房。

「先生，很抱歉打擾了，不過我們為了安全理由正在逐一搜索每一間艙房。我能請問您現在是一個人嗎？」

「呃，對。」我退進房裡，一手朝房間比了比。「我是。」

保全——斯岱夫諾，最愛的藍色波浪目的地是拿坡里——進來一步，四下打量。

他指著浴室。「可以嗎？」

「嗯，」我說，一面點頭。「可以。」

我等著他走到浴室門口，探頭進去。

「出了什麼事嗎？」我問。

「我們找不到一位乘客，」他輕快地說，「不過不會有什麼問題的。他們可能還在法國，或是在別的艙房睡覺。一切都沒事，先生，請不要擔心。」

有什麼咬著我的五臟六腑。「那位乘客叫什麼名字？」

斯岱夫諾不好意思地微笑。「恐怕，先生——」

「你不能告訴我。」

「不會有事的。我相信會找到人的。放心吧。」

他朝艙門移動，我讓開路給他過。

「呃，其實呢，」我說，「既然你來了，我的鑰匙弄丟了。你不會恰巧就是可以補發鑰匙給我的人吧？」

「你弄丟了鑰匙？」

「對。」

「但你不是就在房間裡。」

「在這個房間，對，可是我需要進去我朋友的房間。這件事有點複雜，他就在隔壁。」

「對不起，先生，你得去找事務長。乘客的名字必須和艙房上的吻合才能進入，所以如果是你朋友的——」

「我知道，」我說，「不過沒關係，是這樣的，我們的名字搞錯了。我的名字在他的艙房門上，所以不就應該——」

我驀地打住。

我的名字他的艙房門上，彼得的在我的艙房門上。意思是要是他去找事務長說他的鑰匙弄丟了，那他拿到的新鑰匙就會是我的艙房的。他就能夠隨時隨地來打開我的艙房門。

就像昨天早晨五點半。

「先生？」斯岱夫諾說。

「你才剛到嗎？」我指著牆，我跟彼得共用的那道牆。「你進去隔壁了嗎？有人嗎？」

斯岱夫諾的神情像是不確定該不該說。

「是空的。」他頓了一下之後說。

我謝了他，揮手請他離開，關上了門，背靠著門。

難道是彼得昨天早上趁著我在睡覺時進來我的房間？還是伊森故佈疑陣？

喇叭發出滋滋聲，又有廣播了。

「下午好，這裡是艦橋，耽誤大家一分鐘。乘客亞當・鄧恩是否可以向隨便一名船員報到，讓他們護送您到艦橋來。」

我抬頭看著喇叭。

「這是給亞當・鄧恩的廣播。請您向隨便一名船員報到，讓他們護送您到艦橋來。」

我為什麼需要到艦橋去？他們查出我是誰了嗎？

彼得又死到哪裡去了？

我離開了艙房，鎖好了門，順著走道往電梯走。

會不會他們說的人其實是彼得？萬一他出了事呢？萬一伊森給我下了藥，好讓他能對他不利呢？我是應該要協助他的。我是來幫忙我們兩個平安無事的。我是不是辜負了彼得？跟我辜負了莎拉一樣？

我是不是辜負了他們兩個？

我的喉嚨被硬塊堵住了。我幹嘛要跑到船上來？我應付不來。我應付不來人生，除非它是輕輕鬆鬆，一路順遂的。莎拉可能就是因為如此才會劈腿的，因為她知道我軟弱。我連個屁都不如。莎拉可能——

我在走道的半途停住。

莎拉的絲巾。

昨晚我從枕頭底下抽出來給梅根看。我跟她說了什麼？天啊，我一點也記不得了。

我也記不得早晨在艙房裡有看到絲巾。

我匆匆折回艙房，慌張地拿鑰匙開門，鎖還沒開我就去推門，只得再來一遍。我跑進房間，檢查床鋪，掀掉枕頭，拉開被子。三百六十度大轉身，查看每個地方。跪到地上檢查床底下。

沒有絲巾。

會在哪裡？難道是梅根拿走了？

我再環顧房間。

陽台。

外頭有東西。

我強迫一隻腳挪到另一隻之前，走到了滑門前。我彷彿是在水底移動，屏住呼吸，一隻手按著鎖，打開來，把門滑開。一陣冷風吹打我的臉。

我跨了出去。

在我腳下很遠的地方是引擎的轟隆聲。我們又移動了。

絲巾在風中飛揚，一端綁在陽台上，綁了個多重結。

海軍藍底加白色蝴蝶。莎拉的絲巾。

誰會把絲巾拿出來，綁在欄杆上？

我伸手去摸，想知道是不是真的，是不是真的綁在我在「慶祝號」的艙房陽台欄杆上，隨風飛揚，不停翻騰。

而且我注意到它跟我上次看到時不同，覆上了什麼，沾了什麼。乾成褐色的東西。血。

我睡著時艙房發生了什麼事？我真的是在睡覺嗎？

梅根，我心裡想。失蹤的一定是梅根。

轉念一想：

我們被設計了。

我們被設計了。

前往大洋洲甲板的路上這個想法變得清晰。彼得以為會發生在我們身上的事最多也就是他理論中的連續殺人犯追查到我們，接著就除掉我們，但是我們低估他了。太低估了。

他能對我們做的事太多了。

我知道是怎麼回事之後就有了百分之百的把握。我們的懷疑是正確的，伊森確實是殺人兇手，而且他打從一開始就知道彼得跟我來了。彼得趁我睡覺時進入我的艙房，事後再說謊，這種事完全不合情理，但如果是伊森進入我的艙房，而且故意佈置成像是彼得幹的，讓我懷疑彼得，那就完全說得通了。也可能他不知道我們湊巧交換了房卡，冒用我的名字來使用刷卡通迴避偵查。是他把莎拉的絲巾放在我床上的。

然後昨天晚上，他尾隨彼得跟我到酒吧，不知是如何動的手腳，在我們的飲料中下了藥。梅根跟著我回艙房可能對他來說是一個天賜良機，但也可能是他設計的。畢竟她幫忙我把彼得扶回艙房去也是合情合理的事。

無論是哪種情況，我現在對昨晚的記憶都很模糊。我發現莎拉的絲巾沾了血綁在我的陽台欄杆上，而且我被叫到「慶祝號」的艦橋，我深信我會被訊問梅根失蹤一事。我現在非常肯定她就是保全搜索全船要找的人。

梅根，一位美國公民。伊森終於把聯邦調查局找來了，只不過他們不是為他而來的。他們是來找我和彼得的。

他智取了我們。我們真傻，還以為能夠爬上船來找到他！我們真傻，還以為這是我們的主意！他奪走了我們心愛的女人，像釣魚一樣把我們釣到這艘船上來——他的船——而現在他就要下殺手鐧了，一石二鳥，不但能夠擺脫掉我們，還能讓他繼續殺人。

只不過他做的事卻比殺了我們還要可惡，他要讓我揹黑鍋。

大洋洲甲板的電梯對面仍舊照平常一樣站著兩名保全。我跟他們說了我是誰，他們點頭。

「我帶他去。」其中一個說。

他握住我的手肘，帶著我往船頭，往艦橋去，經過了裹著海灘巾的曬傷的乘客，他們全身散發出防曬油的味道，樂陶陶的兒童臉上覆著油彩，船上員工刻意朝四面八方走動，臉上掛著愉快的表情。

我從沒覺得這麼孤單過。

我是自動駕駛模式。向前走。

我什麼情緒也沒有，只有麻木。我父母親的臉孔、摩爾西的、蘿絲的、茉琳的、傑克的……努力想鑽進我的意識中——他們會怎麼想？——我把他們都往下按。

繼續走，繼續走就對了。

最後我們來到了一扇標著「閒雜人等不准靠近」的門。上頭有小鍵盤。保全按了數字，暫時鬆開了我的胳臂。門喀嗒一聲，他點頭要我進去。

他們會說我是出於悲傷。或是憤怒。畢竟是莎拉背著我偷吃。事實上，幾乎每一個人好像都相信她躲在某個地方，逃離了我，選擇離開。他們會說是我無法接受現實，他們會說是我的理智斷片。

我們到艦橋上了。一排窗戶幾乎可以全方位看見蔚藍海岸的風光，崎嶇多岩，山巒起伏，藍色的海水波光瀲灩，被日光曬烤成白色的公寓建築簇集。山丘又是玫瑰色的，現在起碼是下午三、四點了。

我昏迷了多久？

海岸線越來越近，越來越大。我們在折返法屬自由城，他們要把我帶回陸地，警察會過來逮捕我。聯邦調查局會在岸上等候。我的手腕會被銬上手銬，我的臉孔會出現在新聞中。

身著海軍藍長褲和白襯衫的高級船員站在控制台前，轉動旋扭，撳著按鍵。大多數的人轉過頭來看我，有的對著押送我的保全點頭招呼。

「鄧恩先生？」

一個人站到我面前來，穿著便服，一套西裝。個子高，寬肩，年紀較大，一頭白金色頭髮。脖子上掛著吊牌，牌子上寫著「保全經理」。他的名字被領帶擋住了。

「對。」我虛弱地說。

「請這邊走。」

他比著他後方一間全是玻璃的辦公室，裡頭只有一張桌子和兩張椅子。桌上有什麼東西，我看不清楚。某種錄音設備嗎？那就是我的偵訊室了。

門。

經理向我身邊的保全點頭，他隨即放開了我的胳臂。我向前走，走向辦公室，走進打開的

看到桌上的設備不是錄音機，而是電話。

話筒拿了起來的電話。

搞什……？

「請坐，」經理說，語調和善。我照他的話做。他伸手越過我拿起了話筒，湊近耳邊說：

「我找到他了……喔，一點也不麻煩……好的。等一下。」他把話筒交給我。

我完全摸不著頭腦，但我還是接下了。

「我到外面去，」經理說，「你慢慢來。」

我看著他離開，然後慢吞吞地把話筒貼著耳朵。

「喂？」我對著寂靜說。

一陣呼吸聲，是寬慰的聲音。然後是一名女性的聲音，小小的，不很確定。

「亞當嗎？」

「對。」

「亞當・鄧恩？」

「對，妳是哪位？」

「你一個人嗎？我……」停頓。「我是說，彼得・布雷濟爾跟你在一起嗎？跟你在一個房

間裡？現在？」

「沒有，我還沒……其實我不知道他在哪裡。妳是誰？」

「你寄了封電郵給我。我叫貝琪。貝琪．李察森。」

「愛絲黛樂的朋友。」

「對，我一直在打你留的號碼，可是你的手機好像關機了，我又不確定你何時才會收到我的電郵……」

我的手機。我回想艙房裡，在裡面嗎？我不記得有看到。我用另一隻手摸索口袋，沒在我身上。手機也不見了。

「我知道你在『慶祝號』上，」貝琪說，「所以我就想打一通電話到船上是最好的方式。坦白說，我都不知道他們現在還有沒有這種服務，可是——」

「貝琪，」我說，「這是怎麼回事？」

「你不能跟他說我打電話給你，好嗎？彼得。要是你不保證不會告訴他，我就要掛斷了。」

「我……」我的腦袋像一坨漿糊。「好，好，我不會告訴他。」

「他是找不到她的。」貝琪說。

「妳怎麼知道？妳知道什麼他不知道的事嗎？」

「我知道你不知道的事。我了解彼得。我給你的建議是趕快下船，不要再管了。不要再管彼得了。」

「我的女朋友莎拉，她——」

「我知道。我很遺憾。可是彼得是不會幫你找到她的。怎麼可能呢？」

「貝琪，」我說，一面按揉太陽穴。「我不知道船上是怎麼回事，可是就是有不對勁的地方。昨晚有人給我們下藥，闖進我的艙房——」

「『我們』？你是說你跟彼得？」

「對。」

「彼得現在怎麼樣？」

「我不知道。我還沒見到他。他不在艙房裡。不過，聽著，貝琪，我不知道妳是以為妳知道什麼，可是跟他在船上的人是我，是我親眼看見這一切——」

「亞當，是我拿著她的護照。」

「她的……什麼？」

「我說是我拿著她的護照。愛絲黛樂的。我放在皮包裡。她在我們上船之後就交給我保管。是我把護照交給彼得的。」

「那她也給了妳字條？」

「沒有，亞當，聽著……」停頓。「亞當，很抱歉，可是根本就沒有字條。一定是他捏造的，還有他說東西是郵寄給他的事情。那是為了要利用你，我是這麼猜的。你的事情網路上有報導，說電影公司付給你錢。船票該不會是你付的吧？」

我想到了他在華美太陽宮的客廳裡的那些盒子，上頭的標籤。

二〇〇九－二〇一二　西地中海傷害與盜竊案
〇六年大西洋／保安部／船員評估
強森訴訟案：發現（影本）

上頭的字跡，跟彼得拿給我看說是愛絲黛樂寫的字條上的一樣。我當時沒看出來，因為我被那些盒子、被盒子裡的東西分散了注意力。但是我現在看見了，清楚得跟白天一樣。

那桑娜．弗萊思……

我的猜測是根本就沒有護照，所以我才沒辦法在網路上的桑娜失蹤新聞裡找到蛛絲馬跡。

「彼得沒辦法接受愛絲黛樂不會回來這件事，」貝琪說，「他不肯停手。他沒辦法停手。他是騙你的。他是個走投無路的人，在孤注一擲，最好的辦法就是不要管他。我說過，你需要盡快下船。現在就離開他，在他拉著你一起沉下去之前。」

我想到第一天晚上彼得在菲茲外追上我。

她很完美，亞當。梅根很完美。

我以為他指的是她能幫助我們找到伊森——而且他也是這個意思。只是現在我才明白，我們想的對於她怎麼個幫法完全是兩回事。

「來不及了，」我對貝琪說，「他已經做了。」

我一掛上電話，身後的門就打開了，有人走進了房間。

「亞當，」一個聲音說。是我聽過的聲音。「冷靜，好嗎？」低沉，清清楚楚的美國口音。「我只是想跟你談一談。」

我轉身就發現伊森・艾克哈特站在我的面前。

我立刻站了起來，邁步就往門口走。

「等等，」他說，抓住我的手臂。「冷靜點，我只是想跟你談一談，好嗎？」

「離我遠一點。」

我又要去開門，這一次他站在我面前，擋住我的去路。我從他的肩膀看過去，看到外頭有幾個船員隔著玻璃往裡看。有一個皺著眉頭，一手移向腰間的對講機，還上前一步。

伊森轉身向那人揮手，面帶微笑。

「有人在看，」他說，回頭望著我。「坐下。」他的身體仍擋在我面前，左手仍緊握著我的右臂。他的模樣跟他的大頭照一樣，只是髮色較淡，剪得更短。他沒穿制服，而是牛仔褲和白T恤。「亞當，坐下。」

他能把我怎麼樣？這個房間都是玻璃，而且艦橋上全都是船員，近在咫尺？

他還能把我怎麼樣？

無技可施之下，我回去坐下了。

「這才對嘛。」伊森大聲吁氣，背靠著牆，雙臂抱胸，仍擋在我和門之間。「我在廣播上聽到了你的名字，所以才來這裡等你。我是想去敲你的房門，不過我想這樣對你比較好。比較自在。」

「你是說再來敲一次我的門吧。」

「什麼？」

「你是怎麼知道我在這裡的，在船上？」

「上船日那天我在旅客名單上找你的名字，這一趟和上一趟的。我以為你可能是週一到，不過顯然你那時不知道莎拉已經在船上了。我知道一旦你知道了她搭過船，你就有可能會回來找我，而且之後你打電話來……嗯，我猜那也是遲早的事。你是怎麼發現的？」

「你去死吧。」

伊森嘆口氣。「我知道是我活該。可是，亞當，你一定得相信我，我不是故意的。我從沒想到……說真的，我不知道她是怎麼想的。」

暴怒在我的心中沸騰，潑灑出來，衝出了我的嘴巴。

「你他媽的人渣。你不知道她是怎麼想的？她是哪裡對不起你讓你做出那種事來？」

「我……我做了什麼？」伊森眨眼，一臉糊塗地看著我。「我不知道她是怎麼跟你說的，可是是她跟我提分手的。她說我只是一個愚蠢的錯誤。她選擇了你。這是她自己說的話：『我選擇亞當。』然後她就走了，連跟我說一聲都沒有，也沒說她去了哪裡。後來我才知道，她也沒告訴你。你打給我說愛爾蘭警察也介入了……」伊森搖頭。「唉，我說過，我不知道她是怎麼想的。她打電話給你了嗎？」

我努力在一團混亂的思緒中開闢出一條路來。半個小時前我很肯定我就要被強押下「慶祝號」，被控謀殺了梅根。五分鐘前，貝琪・李察森跟我說彼得根本就沒收到愛絲黛樂的護照，說他故意這麼跟我說是為了要利用我，說愛絲黛樂的字條是他自己寫的，好讓他從我這裡騙到現金，讓他能繼續搜尋，上船來查出他太太究竟是發生了什麼事。

而現在殺害莎拉的兇手跟我正在文明地交談，而他說莎拉離開他了——活著離開的？——並且選擇了我。

「再說一遍，」我說，「從頭開始。」

「唉，說來話長。」

「我有時間。」

「要咖啡嗎？」伊森問，讓人摸不著頭腦。

我狠狠瞪著他。

「不要啊？」他舉高雙手。「好好，對不起。我只是想表示禮貌。」

然後他繞到桌子的另一邊——離門最遠的那頭——在我的對面坐下。如果我想跑，現在輕易就能衝出門。

這他媽的究竟是怎麼回事？

我要到何時才不用再問這個問題？

「首先我想跟你說幾句話，」伊森說，「我知道你可能很難接受，我能理解，只是我愛她。我不知道是怎麼發生的，我們第一次在辦公室裡見面，我就有種感覺。有種親密感。我從來沒有過那種感覺。我的婚姻剛結束，而她也覺得你跟她好像走不下去——」

「等等，」我說，舉高一隻手。「你愛她？」

「是啊。我以為她可能也是愛我的，直到我們上船來。」

「你愛她。」

「我是這麼說的。」

「現在式？」

「啊？」

「你是說她沒死？你是這個意思嗎？」

「沒死？這是什……」伊森上半身一沉，對著我搖頭。「嘿，我覺得你才應該從頭開始說呢，因為我一點也聽不懂你在說什麼。」他瞪大眼睛。「等等，你是說……她沒事吧？是不是……是不是她出了什麼事？」

一分鐘前我可能會說：對，你就是她出的事，你這個人渣。但現在我卻不確定了。

我看著伊森，好似我從沒見過他，好似對他沒有成見，或是對他這個人沒有一絲一毫的認識。他的模樣普通、正常。我們在這個房間相識之前，我一直跟自己說他是故意像個普通人的，這樣他才方便融入人群，隱沒在背景中，不引人注意。

但現在我卻覺得他其實就是很普通，就是一個很平常的人。

莎拉？莎拉？是妳嗎？跟我說話，拜託，跟我說話。

「她跟著你來這裡，」我說，「搭上『慶祝號』，上上個星期一。」

「對。」

「你們先在巴塞隆納住飯店，住了一晚。」

「如果我們在星期一早上從科克搭飛機，就沒辦法及時趕到港口。」

「你們兩個一起上船。住一間艙房嗎？」

「本來是這樣的。我有個教育行程——免費的員工旅行；每個主管都有，讓你像顧客一樣體驗產品——莎拉是我的客人。」

難怪藍色波浪查不到她的訂票紀錄，因為她沒有訂票，她是伊森邀請的客人。伊森大概是從公司內部的系統操作的，不在正常的訂票作業之內。

所以遊輪員工的旅遊同伴在船上失蹤就會讓事情加倍難看，尤其是他還壓根就沒有上報她失蹤。隨便捏造一個電腦錯誤的說法就能輕鬆遮掩掉公司的過失。

「出了什麼事？」

「我覺得莎拉……」一聲咳嗽，伊森緊張地清清喉嚨。「莎拉對整件事不是很確定。我是說她跟我。嗯，我猜還有你跟她。她認為也許我們……偷情總是有一種危險的成分，偷偷摸摸的那種興奮，有秘密的新鮮感。你懂我的意思吧？」

「不，我不懂。」

「對，嗯……她，呃，一整天都怪怪的。也不肯跟我說。我覺得她很有可能會轉過身來跟我說她連船都不想上了，說她要回家。但是她上船了，然後我得去見我的新遊輪經理，所以她就一個人去吃晚餐，再之後……嗯，之後我們吵了一架。在甲板上。太平洋甲板。在葛洛托池邊吧？」

「我他媽的不在乎是在哪裡，伊森。告訴我經過。」

「她跟我分手了，好吧？她說感覺不對，說是她犯了錯，說她愛你，說……她說她不能相信她已經傷害了你這麼多。她要在早晨下船，直接從尼斯飛回家，把一切都跟你坦白。問你你們兩個是否能重新開始。」

「那你是怎麼反應的？」我問，同時盡量不要對他剛才說的話起反應。

她要回到我身邊。她要回家。

「我什麼也沒說，」伊森說，「我讓她走了。我說沒關係，妳想要怎樣都可以。我是這麼跟她說的。我們同意了我會去休閒室的角落找張椅子，或是到船員的宿舍找張床，讓她一個人在艙房裡過夜。她說她要去收拾行李，然後她就走了。可是後來我思量著我們兩個的事，我覺得我不想讓她走。我說過，我愛她。然後我就在想，這是在試驗我嗎？你也知道女人的，她們從來都不會有話直說——」

「然後呢？」我說，打斷了他。「你就回去艙房了？」

「對，可是她不在裡面。她的東西也不見了。嗯，是大多數的東西。她帶走了行李箱，可是有些衣服卻還在衣櫃裡，有些化妝品放在浴室的洗手台上。然後就是那張字條。」

「那張什麼？」

「字條。」伊森又說一遍。

「什麼字條？」

「她留了張字條給我，黏在桌子上方的鏡子上。」

「黏著，什麼意思？」

「就是那種便利貼。」

「那種……」我設法吞進一些空氣，讓我的肺葉膨脹，因為我覺得肺部好像塌陷了。「上面寫什麼？字條寫什麼？」

「寫她很抱歉。」伊森說。

「一個字一個字說清楚。」

「『對不起，』然後只簽了一個字母『S』。」

「全部大寫？」

「對，等等，你怎麼——」

「字條呢？你拿走了嗎？」

「沒有，我去找她，找遍了整艘船，我發誓。我每個地方都沒放過，兩個小時後再回艙房來，字條不見了。就這樣。我也再沒看到莎拉。我打電話給她，傳簡訊給她，總是打不通。她的手機關機了，所以……」伊森遲疑一下。「嗯，我沒想到是出了事，知道嗎？我以為她只是在生我的氣，字條是夜床服務的房務人員拿走的，要不就是掉到床底下了所以我沒看到。」

「你沒有報告她失蹤了？」

「失蹤？我為什麼要？她只是決定不在我們的艙房裡過夜了，然後隔天就下船了。我知道是這樣的，我查過她的刷卡通紀錄了。」

「怎麼查？」

「我認識一個人，他讓我看的。」

「你為什麼要看？」

「為了確定。」

「你為什麼會不確定？」

「你，」伊森說，「你打電話給我。」

「我第一次打給你的時候，你以為我是她。」

「我看到是愛爾蘭的號碼，就以為是她打來道歉之類的，卻說不出口。所以她掛斷後──起碼我以為是她掛斷的──我又回撥了，結果是你，而你扯開嗓門叫著什麼警察、她的家人之類的話。我就擔心了起來，所以我才去查她是不是下船了。系統說是。所以我就想，好吧，我沒有疑問了，可是她下船之後明顯沒有像她說的那樣回家，她可能是去了什麼地方想要靜一靜。可是你氣瘋了，而要是你連我的電話號碼都查到了，那你還查到了什麼？你可能對我的事瞭若指掌，嗯，換作我是你，就會直接衝來這裡找我，八成還會把我海扁一頓。而你果然就來了。嗯，前一部分我猜對了。欸，聽著，我很感激——」

「我是來這裡找莎拉的，你這個人渣。」

伊森聳聳肩。「我倒覺得她不想被找到。抱歉。」

「你是幾點回艙房的？」

「不確定，十點、十一點？」

「那是天黑了？」

「對。」

「你沒察覺到什麼不尋常的地方？」

「除了字條不見了。」

「你找到莎拉的手機嗎？」

「沒有。」

「現在船上也有一名旅客失蹤了吧？」

伊森被話題突然轉變弄得暫時不知所措，但他隨即說對。

「怎麼又扯上這個？」

「是誰？」我問，「你知道他的名字嗎？」

「我只知道是個美國女人。是公關旅行的，所以大家都嚇壞了。」原來就是梅根。「尤其是因為……」伊森的話沒說完。「唉，總之大家都嚇死了。」

「因為什麼？你究竟想說什麼？」

「就是，呃，早期的航程中發生過命案。別說出去，好嗎？在船員宿舍裡。顯然真的很血腥，簡直像拍恐怖片。有家八卦小報聽說了風聲，但是他們沒有照片或是姓名，所以沒有傳揚出去。不過藍色波浪到現在還是非常緊張。如果這個女的真的失蹤了……唉，那可就麻煩大了，你懂我的意思。」

「你對那件命案知道多少？」

伊森聳聳肩。「我說了，我只知道這麼多。」

船員的宿舍發生命案。我很好奇會不會是桑娜？不過彼得不是說藍色波浪堅稱她是落海的嗎？難道她其實是被殺害的，而他們是在掩蓋真相？

「那今天早晨的這個女人呢？」我問，「他們怎麼知道她是失蹤了？」

「我聽說是有人上報的。」

「誰？」

「不知道。可能是船員？你為什麼對她有興趣？」

我努力專心。思索。

「你的艙房有陽台嗎？」我問。「你跟莎拉共住的那一間。你們本來要共住的那一間。」

「有啊。」

「你回來找她時有到過陽台上嗎？」

「沒有，不過我從落地窗看出去過。黑漆漆的。如果莎拉在外面，她應該會打開陽台燈。」

「所以外頭是一片漆黑？」

「對。」

所以可能會有人躲在陽台上。

就跟那個殺死了莎拉再把她丟下船的人一樣。

不。

很可能是莎拉在躲伊森，因為她不想跟他說話。她等著他離開，覺得留下字條也不好，所以在離開時就順便拿走了，決定在她做了這種事之後不能回家，於是就把字條寄給了我。

說不定她還活著。

可她在哪兒呢？

「你會待在這裡嗎？」我跟伊森說。

「我會在附近，」他說，「聽著，兄弟，我很抱歉。為了這件事。」

「對。」我轉身要走。「我也一樣。」

我一腳剛跨出門，忽然想到了。

我又轉回去。

「等一下，」我說，「你跟莎拉是在辦公室裡認識的？」伊森點頭。「哪間辦公室？」

「她的辦公室。安娜巴克利。」

「你去那裡幹什麼？」

「呃，跟大家一樣啊。去找工作。」

「可你為什麼……」我瞬間明白了。「伊森，你是從何時開始在『慶祝號』上工作的？」

「理論上來說，是前天。這是我第一次以船員的身分航行。」

「在此之前你是做什麼的？」

「就這一趟之前嗎？我在都柏林的一家飯店管理餐廳。不過我想要換個工作，後來我從安娜巴克利那裡聽說藍色波浪在招募人員，所以我才會過去。」

「所以你去年八月不在這裡？不在『慶祝號』上？」

「對啊。」伊森搖頭。「為什麼突然之間大家都在問我這個問題？」

我覺得脈搏加快。

「還有誰問你？」

「嗯，好吧，」他說，「不是大家都在問，不過第一晚餐廳裡有個傢伙問過我。一個英國人。我一開始以為他可能是，就，對我有意思之類的，因為他一直盯著我看，結果卻發現他只是以為他上次上船的時候見過我。去年八月。可我跟他說了一樣的話——」

我已經衝出門了。

歐曼

二〇一二年克里特島赫索尼索斯

對歐曼來說，他是一見鍾情。

她走進密基小店的門，尋找一張她認識的臉孔，她柔軟的雪白肌膚在黑暗中更加顯著，金色長髮披散在肩上。她跟那晚的群眾一點也不一樣，其實是跟所有晚上的客人都不一樣。

歐曼整個人都呆住了。他從沒有過這樣的經驗。他的胸口升起一股熱力，熱得讓他招架不住。是一種想碰觸她的慾望，對，但還不止。他想要照顧她，陪著她，讓她開心。他感覺得到她在房間裡，就像實際摸到一樣，他一整晚都盯著她的一舉一動，而且不需要刻意就能察覺到她的存在。

她到吧檯來買飲料，對他微笑，他很慶幸別的客人把他叫走，讓新來的酒保福瑞迪幫她服務。

因為歐曼手足無措，非常緊張。

他其實不是沒有經驗。他有過女人，很多女人。他是個強壯健康英俊的二十幾歲青年，在克里特島上一家極有人氣的酒吧裡當酒保。也就是說從四月到八月每一晚他都有不同的女人可以挑選，他願意的話，一晚換一個，只是在初始的新鮮感過去之後，歐曼很快就學會了小心謹慎的益處更多。

可是談戀愛？他從沒說服過自己去談戀愛，也沒有人想要說服他。那種想法很奇怪——有個人一天到晚跟你在一起，有個人照顧你，三不五時就跟你說喜歡你——歐曼覺得不可能是真的。

直到這一晚。直到這個女孩。

打烊後跟福瑞迪走出酒吧，他看到她在外面，一面抽菸一面跟另一個女生聊天。

福瑞迪朝她點頭。

「那一個整個晚上都泡在酒吧裡。來。」他捶了歐曼的手臂一拳。「看著。」

福瑞迪走向那個女生跟她的朋友，自信滿滿，讓歐曼不明白是為什麼，因為福瑞迪身材矮，紅頭髮，一點魅力也沒有。他還有一整條胳臂覆滿了醜陋的刺青，大多數是他自己的傑作，要不就是他自己先動手刺，之後再請人修補的。拋開絲毫沒有藝術價值不提，他挑選的圖案也讓人難為情——宗教圖形、他母親的臉孔——後者歐曼完全不願去深究——還有一首去年夏天的流行金曲的歌詞，在你醉得跟著歌曲跳舞時就不知所云了，其他時候更是聽不出一點道理。

然而福瑞迪卻大步走向兩個女生，一個美麗，一個普通，自信的態度猶如一個極富魅力的男子。

歐曼總是搞不懂人這種動物，即使是現在。

「我認識妳嗎？」福瑞迪說。起先不清楚他是在對誰說話，接著他指著她，歐曼的女孩。

「妳真的很眼熟……」

女孩跟她的朋友互看了一眼。

「有嗎？」她對福瑞迪說。「怪了。」

歐曼覺得她只是出於禮貌，不想拆穿他。希望在他的胸中浮現。

「我們不認識？」福瑞迪說。

「我想是不認識。」

「那我是在哪裡見過妳？」福瑞迪做出苦苦思索的樣子。「喔，等等，我知道了：是在我的夢裡！」

「是喔？」女孩說，「你真的要這樣說？」

福瑞迪點頭。「對。」

「這樣的話……那就，等一下夢裡見了。」

兩個女生哈哈笑，但福瑞迪卻沒有立刻聽懂。

「喔，我懂了，」他說，語氣很活潑。「真好笑。」

女孩的眼神飄向歐曼。

「你朋友的泡妞台詞會不會高明一點？」

「啊，他啊？」福瑞迪招呼歐曼過去。「台詞？甜心，他根本就不懂妳在說什麼。那傢伙運氣好，什麼台詞也不需要。妳沒看見他那張臉嗎？不過妳可以自己去問他，讓妳放心一點。」福瑞迪向右一步，挪出位子給歐曼，讓他站到旁邊來，再對著另一個女生說話。「知道嗎，我也覺得妳有點眼熟……」

「嗨，」第一個女生對歐曼說，「我是桑娜。」

「嗨，桑娜，」歐曼說，「我叫呂克。」

桑娜是跟朋友來克里特島度假的，她是荷蘭人，在烏特勒支的一家超市工作，想要存錢去環遊世界一年。可是返回荷蘭一週之後她就又回到克里特島來，站在密基小店的門口，東張西望。

這一次，是為了歐曼。

這一次，她打算留下來。

夏季剩下來的日子她搬進了歐曼的房間。九月，兩人找了個自己的窩，一間舊度假公寓，趴在陽台欄杆上向右看，可以眺望大海。

歐曼早在童年時就不知道家為何物了，他在乎的只是晚上有張床可以躺下來睡覺。而現在，他看著桑娜在床上堆了色彩繽紛的抱枕，在牆上掛加框照片，在晚上點蠟燭讓這個地方「溫馨舒適」。她甚至還在耶誕節裝飾，把陽台上的棕櫚盆栽拖進室內，在樹幹上纏繞五彩小燈泡。她為他的生日烤蛋糕，在卡片上寫她愛他。

她為他打造了一個家，無論歐曼是在她身邊醒來，或是下班回到她身邊，或是在她旁邊睡覺，她對他而言就是一個家。

桑娜在市區的一家餐廳找到工作，歐曼也升上了密基小店的管理層職位。兩人白天賴床到日頭高照，愛撫親吻。晚上他們一起在家吃飯，然後去上夜班，凌晨再會合，跟朋友跑趴或是帶一瓶酒到海邊。他們幾乎沒吵過架，幾乎總是笑聲不斷。桑娜跟歐曼說他讓她覺得安全。

當然，說這句話時她是叫他呂克。

而歐曼則覺得在此之前他彷彿是活在一個闃黑的壓縮的盒子裡。他從來不知道活著可以像這樣。別人是不是總是感覺像這樣，溫暖安全、有人需要，而且有價值？他猜想這就是他那麼不同的原因……以前。即使人人都有黑暗的一面，這份溫暖的愛卻讓黑暗永遠都不會跑出來。

黑暗。有時他會好奇黑暗是不是還在？那都是陳年往事了。米基。池塘的那天。有時他想要為田納醫生留個通訊地址，寫封信給他，讓他知道他沒事。治療見效了。尚恩是從柵門上摔下去的。

不過田納可能不想知道歐曼的事，尤其是在事情發生之後。更何況，歐曼不能冒險跟他聯絡。

最近他常常思忖田納的事。陪在桑娜身邊，歐曼的言語和行為感覺都像是來自一個更深刻的地方。在此之前，他笑是因為他覺察到這一刻他應該要笑。某人在說笑話的最後略作停頓，或是別人已經笑出來了。他的性格始終都是一連串學習而來的行為組成的，每一個都是經過發現、研究、取得的過程，相當有自覺，許多是在田納的治療期間獲得的，他蒐集各種反應，在需要時展示。

可是跟桑娜在一起，卻截然不同。

他不必去思索該說什麼或該做什麼，每次他說什麼或做什麼，都不是發自表面之下，而是更深刻的內在。

他變得真實了。

他真的變好了。

戀愛對歐曼而言是個嶄新的體驗，他不但感覺得到，也接收得到。所以他不知道徹底投入、敞開心胸、認為他和桑娜的生活就是永恆的人生，這樣子是有危險的。

他怎麼可能知道，而且這種感覺也不是能天長地久的。

而在她告訴他她懷孕了之後就更不能了。

起初歐曼一句話也沒說。他是過於驚愕了。

「我知道這不在我們的計畫裡，」桑娜說，「可是已經發生了。而且我們也不是青少年了，呂克。我二十三了。我想生就可以生，誰能說我不能？而且這樣子不是很好嗎？我們一起製造了一個小人兒？我們會是一家人。」

一家人。

這個詞刺痛了歐曼的心。

「我知道，」桑娜接著說，「錢。對，我們現在大概還養不起孩子，可是我們還有八個月，我跟餐廳的保羅談過了，他說很快會有一個會計的缺——」

「桑娜，」歐曼說，「妳不行。」

「我可以學啊，呂克。又不是要做火箭。」

「不，我是說……妳不能留下它。」

桑娜的臉色一沉。「什麼？」

「妳得把它打掉。」

「你在說——」

「妳就是不能生，好嗎？」

他們並肩坐在沙發上，她一隻手撫著他的面頰。

「呂克，我知道這件事很嚇人，可是——」

「聽我說，桑娜。妳要去墮胎。」

她抽回了手，眼裡盈滿淚水。

「我愛妳，桑娜，」歐曼說，「妳知道我愛妳。可是妳不能……妳不能跟我生孩子。」

「為什麼？」

因為我的心裡有黑暗。因為到頭來黑暗會鑽出來。因為等它出來，妳就會讓我有媽媽給我的一樣的感覺。

「我不能告訴妳原因，可是有些事……我的父親有點毛病，我也有同樣的毛病。以前。要是妳生下孩子——」

「可是你現在沒事啊，呂克。你很完美。你說的是有什麼缺陷嗎？什麼疾病？你生病了？」

「不是。」

「那是什麼？」

「我不能告訴妳。」

「啊？為什麼？」

「因為如果我告訴了妳，妳就不會愛我了。」

「喔，呂克。別胡說八道。」她又依偎過來，讓他摟進懷裡。她吻他的臉頰，跟他附耳低喃。「我愛你，無論你跟我說什麼都不會改變。」

這句話或是類似的說法，歐曼聽過不下幾十次，電視上、電影裡。他一聽就握緊了拳頭，太可笑了。會說出這種話的人一定是對世界上發生的事情故作無知，不願去面對世事可以錯得有多離譜、有多恐怖、多讓人追悔莫及。

桑娜需要知道她錯得有多離譜。

「歐曼．杜邦。」他說。

「你說什麼？」

「是我，我真正的名字。」

「你……你真正的名字？」桑娜發出緊張的笑聲。「呂克，你在說——」

「我的名字不是呂克，是歐曼。」

「不。」桑娜開始搖頭。「我不懂。」

「歐曼．杜邦。」他為她一個字一個字拼出來。「上網去查，看妳還愛不愛我。」

可是桑娜沒有移動，只是坐在那裡，瞪著他看。

最後他站了起來，自己去拿筆電，打開來，在搜尋欄鍵入他的名字，指著列滿了搜尋結果的螢幕。

「那，」他說，把筆電交給她。「看不懂法文的話就問我。」

他知道桑娜現在看的報導，因為他自己就看過許多次。

兒童兇手：對十四歲的被害人「毫無悔意」……「迪維厄的魔鬼之子」又作案了……世上第一個「治癒」的暴力心理變態在出院後二十四小時內殺害了親弟弟……國際刑警展開搜捕歐曼．杜邦行動……蒙羞的心理醫師被吊銷執照。

混雜其中的還有歐曼被列入了「殺人的孩子」網站，連結到某人寫的一本所謂的真實犯罪案例的書，也連結到YouTube上媽媽在尚恩死後不久接受的訪問影片。

桑娜放在筆電上的手開始發抖。

「我沒殺我弟弟尚恩，」歐曼說，「他想逃開我，結果摔下去撞到了頭。不過其他的……其他的都是真的。」

他伸手越過桑娜的手臂，按了一個YouTube的連結。

✦

媽媽坐在扶手椅上，模樣瘦弱，手上撕著一張面紙。歐曼覺得她好蒼老，而他知道現在的她更蒼老。她說話的聲音好小，訪問者不得不請她大聲一點。不過她完全沒哭。

訪問是一個收視率很高的紀錄片頻道拍的，所以是英語發音。

「跟我們談談，」記者說，「歐曼的父親。」提問的女人跟媽媽一樣老，化了很濃的妝，但是頭髮並沒有灰白。「媒體上有些臆測……」

「我被強暴了。」媽媽冷淡地說。「我跟查理結婚後幾個月，有天晚上我走路回家。我在市區留得比平常要晚一些，我跟朋友去喝酒——那天是她的生日——所以，我從車站走路回家，這條路我不知道走過多少回了，可是那天晚上我走那條路的時間比平常晚了很多。附近都沒有人，馬路上車輛也很少——可是離我家很近，最多五分鐘。我以為沒關係。其實，我根本就沒有多想。我才剛轉進那條街，就發現全部的街燈都不亮，我還在想真是奇怪，就聽見有人向我跑來，然後——」

媽媽在這裡停住，吸了口氣，鼓起勇氣。

「慢慢來。」記者溫和地說。

「有個人抓住了我，把我往後拖，拖進了一棟空屋的花園圍牆後面。他打了我好幾下，打我的肚子和我的頭——大概是要讓我不能反抗。然後我就覺得昏沉沉的、想睡覺。然後他揪著我的頭髮把我拽進了屋子裡。」

「妳在裡頭多久？」

「他離開的時候外面天亮了。」

「妳……有意識嗎？」

「一點點。」

記者搖頭。「我甚至無法想像。」

「我也不會要任何人去想像。」

「警方捉到他了嗎？」

「我不知道。我沒有報警。」

「為什麼？」

媽媽低頭看著膝蓋，嘟囔了什麼。

記者請她再說一次。

「因為我不想讓我先生知道。」

「為什麼？」

「不跟他說是錯的，我知道。可是我還心有餘悸，我在想，好吧，這種事發生了，我也改變不了。可是我的身體承受住了，我的心理承受住了。他沒贏。我沒讓他贏。那時告訴查理……對我來說就像是某種傳染病，那我就會讓這個、這個東西入侵我的生活，讓它擴散出那棟空屋以外。所以我就編造了一個故事，說我在朋友家睡著了，然後在跑回來的路上跌倒了，查理急著去上班，沒有懷疑我的說法，等他那晚回家來，我已經有機會恢復過來了，把我的說詞複習了幾遍。」媽媽停住。「我真傻，我現在明白了。我知道。我應該要報警的，讓他們採集證據，知道犯人的樣貌。可是我受到了創傷。臨床上我就是這樣的：心理創傷。我想把它壓下去，忘記這件事發生過。我不明白的是，這麼一來長久下來會有反彈。我還以為可以把它忘了。」

「所以妳一直藏在心裡？」

「對。」

「後來妳發現自己懷孕了……？」

「那時……」又一次從鼻子吸氣吐氣。「那時要說出真相也來不及了。我沒辦法──」

✦

媽媽的聲音中途斷掉。桑娜合上了筆電，關機了。

「妳還好吧？」歐曼問。

他伸手要去碰她，她卻從沙發上一躍而起，走去站到房間的另一邊。

「桑娜——」

「別說話，呂克。歐曼。就……就先別說話。」

他乖乖照做。

兩人就維持這個樣子，沉默不語，很久很久。

「你殺了一個孩子。」桑娜最後說。聽起來倒像是在提問。

「我那時也是個孩子，對。我比……比他還小。」

「為什麼？」

「他一直在欺負我，現在他又欺負我弟弟，恐嚇他。尚恩哭了出來，而我氣瘋了，桑娜。我氣瘋了。妳難道沒有那種感覺過？」

「不會強到要殺人。」

「那是意外。我不是故意的。」

「那其他的呢？你弟弟？」

「我說過尚恩是怎麼了，他摔倒了。米基……」歐曼嘆口氣。「那是非常久以前的事了。他在哭，我母親叫我去哄他。我看過她抱著他在房間裡來回踱步，一面搖晃他。我也想跟她一樣，可是我才七歲，我不知道我應該要輕輕地搖，而他……他的腦部損傷。他的大腦在頭骨裡撞來撞去，他幾年前死了，因為感染。」

「還有別的事嗎？」

「沒有了。」

「你現在是在騙我嗎？」

「沒有。」

「我怎麼知道是不是真的？這麼長的時間……你連真正的名字都不告訴我。」

兩人再次陷入沉默。

「桑娜，」歐曼過了一會兒說，「孩子——」

「你覺得它會像你。」

「對。」

「而你覺得你會做出那些事情是因為你的父親。」

「對，」歐曼說，「有可能。」

「你母親是什麼樣的人？」

「她不……」歐曼嘆氣。「不像個母親。」

「可是我們不一樣，」桑娜說，「孩子是在愛情中孕育的。即使愛情不是真的，立意是真的。」

「是真的，現在還是，桑娜。」

「難怪你上次不肯跟我去布雷達，去看我爸媽。是不是就為了這個？你不能搭飛機。」

「我不能冒險。」

「那你有護照嗎？身分證？出生證明？」

歐曼在二〇〇五年來到希臘，護照是在西班牙的塞維亞偷來的，是一個丹麥人的。兩人的相貌隱約相似，不過他可不願意拿到機場去測試。搭船到希臘那次是他走運，渡口的警衛當時睡眼惺忪。

「我有護照，可是除非必要否則我不想用。」他站了起來，走向她。她別開臉，卻沒有移動。「桑娜，聽我說。我愛妳。」他小心翼翼地碰她，她讓他碰。「這一切，都是很久以前的事了。我只是個孩子。對，我是應該要告訴妳的，可是如果我說了，妳會怎麼做？妳會逃走，妳會丟下我。為了什麼？就為了十九年前某一天的某一刻。為了我在年紀太小、根本就不知道是怎麼回事時做的一件蠢事。為了我再也沒感覺過的黑暗。桑娜，妳的愛讓那個黑暗不會出現。」

淚水從桑娜的臉上潸然而下。歐曼溫柔地吻著她的臉頰，想要阻止眼淚流動。

「那孩子呢？」她問。

「我父親——」

「那不一樣，我們不一樣。」

「什麼意思？」

「你沒有強暴我。」她轉身面對他，直視他的眼睛。「我也不是你母親，我會愛這個孩子。我們的孩子。」

歐曼把桑娜拉過去，貼著她的頭髮低語：

「可是我害怕。」

「我也害怕啊。」她摟住了他，他再把她拉得更緊。「可是我們做得到，我們一起。我覺得我們可以。可是前提是不會再有謊言了。一個也不行，連小小的謊言也不行。愛情不僅僅是撫摸感覺，呂——歐曼，而是了解，了解每件事。同時還是有一樣的感覺。」

「我不會再跟妳說謊了，桑娜。」他是出自肺腑。「我愛妳。」

「我也愛你。」

他抱著她，直抱到痠痛。他不知道兩人就這樣站了多久。

有生以來第一次，歐曼感覺像個真正的人。內在和外在是一致的，核心裡沒有黑暗的線條。他當年只是年輕，頭腦不清，而且他犯了錯。可現在他有了一個相信他的人，愛他的人，想跟他生兒育女的人。

一個有模有樣的家庭，如同他一直渴望的一樣。

我們做得到，桑娜是這麼說的。我也愛你。

但她並不愛，一切只是演戲。

三天後桑娜從克里特島上消失了，那時歐曼正在密基小店值十小時的班。她不知怎地找到了歐曼用膠帶黏在床板下的那本偷來的丹麥護照，帶走了。

他以為她在餐廳，結果沒有：她是在執行脫逃計畫，大概是在網路上看到歐曼．杜邦的搜尋結果的那一刻起就在醞釀了。之後發生的一切都是謊言，一個讓桑娜全身而退，不會受傷的好法子。

歐曼現在明白了。

她去報警了嗎？如果還沒有，她也會在遠走高飛之後立刻報警。

他們的孩子呢？他們曾花了七十二個小時討論未來，討論孩子的名字，擬定計畫，興奮激動。

歐曼每一次想到孩子喉嚨就像被什麼堵住。試想：一個孩子，說不定還是兒子，他可以給予他媽媽否定他的一切，她藏起來的一切，因為她從他一出生就後悔了她的決定，說不定還早在出生之前。

一個會對歐曼有感情的孩子，就像歐曼一度對爸爸的感情一樣。

可現在桑娜走了，對她腹中的孩子來說並不是個好兆頭。

那晚，歐曼收拾了行囊，把公寓中他的所有痕跡都擦拭乾淨，走入夜色，直走到海灘才停住。他在沙灘上睡覺，隔天再走向一艘前往摩洛哥索維拉的漁船，以五百歐元買通了船長；這筆錢是他在世上唯有的財產。

歐曼討厭摩洛哥。索維拉又髒又吵，遍地鳥糞，喝醉曬傷的觀光客也像希臘一樣多。這地方充斥著海鷗和腐爛的死魚味。但是他夾著尾巴做人，心中懷著最後的目標。幾週之後，他存足了錢，弄到了全新的、更好的文件，他就買了張機票飛回歐洲。

一張回去找桑娜的機票。

他知道她在哪裡。幾週來他日日夜夜探查，並沒發現網路上有關於他的什麼警報或是新聞報導，也絕沒有提到他在希臘。這讓他有了一個非常珍貴的情報：既然桑娜沒有報警，那麼她也就不太可能會對任何人提起他。

歐曼創造了一個臉書的假帳戶，使用了密基小店的女服務生的名字：克萊兒，她顯然並沒有臉書帳戶。他剛好有一張克萊兒和桑娜的相片，兩人勾肩搭背，是幾個月前的一天晚上拍的。他用它來當「克萊兒」的大頭照，跟桑娜建立起了連結，桑娜卻一無所知，也不需要做什麼認證的動作。

然後歐曼開始有系統地以「克萊兒」的身分發送加入好友的邀請給桑娜的每一個朋友。有些人接受了，有些人則否。

他耐著性子。

他抵達摩洛哥四週之後，有個叫凱莉的女生上傳了動態更新，她是桑娜和「克萊兒」共同的朋友，她很興奮地說她在一個月的訓練之後終於登上了「慶祝號」。

動態的下方寫著：

跟桑娜．弗萊思。

凱莉「標記」了桑娜，這是上百萬人在這個網路上會做的事情，她大概是連想都沒想。說不定就算是桑娜也沒有多想，不明白凱莉是透過「克萊兒」連結上了歐曼。

正中歐曼下懷。

他刪除了「克萊兒」，查清「慶祝號」是藍色波浪的一艘遊輪，正預備首航，時間就在下週。更多的網路搜尋後，他在一個叫Tumblr的社交網站上找到了桑娜穿著藍色波浪T恤的照片，他甚至還找到一段影片是她在某人的部落格上曇花一現。在她的網路上的一張照片中，桑娜戴著名牌，幫他省了不少事；歐曼放大了照片，清楚地看見上頭寫著菲茲酒廊。

是啊，你可以設法保護你的隱私，不過卻不能指望你四周的人也會。

一旦他知道了她的下落，下一步就簡單了。他買了船票，在巴塞隆納上船。他弄到了折價，因為這是遊輪的處女航。他的新護照並沒有讓他花冤枉錢，每一個檢查站他都順利通過。出航的那天他走進艙房，睡了幾小時，然後一等到菲茲晚上營業，他就去找桑娜。

桑娜並不高興看到他。

「我不是來鬧事的，」歐曼跟她說，「我只是想跟妳談一談。妳不必害怕，我不會傷害妳的。我不做那種事了，桑娜，我不是在騙妳。」

「你需要離開。」她咬著牙說，努力不動聲色。還有幾名旅客坐在吧檯，她的一位男同事站在吧檯的另一端，擦亮玻璃杯，從眼角盯著他們。

「桑娜，我只是想談一談。就這樣。五分鐘就好。」

「走開，不然我要叫保全了。」

「那孩子呢？」

「孩子？」她嗤之以鼻。「沒有孩子，歐曼。我照你的話做了。」

「妳做了什麼？」

「做我必須做的事。」

「妳是說妳……」

桑娜直視他的眼睛。「我還能有什麼選擇？」

酒保開始朝他們過來。

「沒事吧？」他問。

「沒事，」桑娜說，「沒事。」

「妳確定嗎？」酒保看著歐曼。「這傢伙不是在騷擾妳吧？」

「沒有，他要走了。」

他們兩個人都瞪著他看——其他旅客也紛紛轉頭——歐曼只好轉身走出了菲茲。他別無選擇。

之後，他在船上走了幾個小時，每一層甲板都繞了好幾圈，盤算著該怎麼辦。他對桑娜不再有一絲一毫的愛意了，就像是有人把開關切掉了。

可是孩子……

她說的是實話嗎？才幾個星期過去，或許她還沒有墮胎，或許她是想騙他，讓他離開。不過，在遊輪上工作對身懷六甲的年輕女郎來說似乎是個很奇怪的選擇。

但是在讓她又逃脫之前，他必須要確定。

菲茲的燈光在半夜三點過後熄滅。幾分鐘後，桑娜一個人出現，拉下鐵門遮住了入口，鎖好。

歐曼在幾呎外的幽暗角落盯著她，躲在一台提款機後面。

鎖好門後，她把鑰匙收進口袋，朝樓梯而去。歐曼尾隨她，她帶領著他們走上了一層露天甲板。

甲板上幾乎沒有人，因為是半夜三更了，天氣也很冷，清冷的空氣中還夾帶著雨點。桑娜避開欄杆邊的明亮區塊，走在頭頂上懸吊的救生艇所投下的陰影中。

歐曼隔著一段距離跟蹤她，一路提防著監視器。大約一分鐘後，他才明白監視器全都在木棧道的另一邊，裝設在靠近欄杆的燈柱上。

桑娜是刻意避開監視器和燈光的。

為什麼？

真相豁然開朗：因為她是船員。穿制服的船員。她根本就不應該上來這裡的。

而且現在是夜闌人靜。

而且他們是在海上。

而且壓根就沒有人知道有個叫歐曼．杜邦的殺人犯在這艘船上。

事情就是這麼發生的。沒有什麼大計畫，沒有什麼事前預謀。他本來的打算是找她談一談的，至少也要試一試。

可是不同的想法鑽進了他的頭腦前方，彷彿棋盤上的棋子滑動。聚合起來，組成了一個嶄新的更好的想法。

是那種黑暗真的喜歡的想法。

在甲板的盡頭附近，桑娜走向欄杆，趴在上面，向外眺望。她伸手到口袋裡掏出一包香菸。歐曼不認為桑娜是那種懷孕期間會抽菸的女人，但單憑這一點並不足以證明。他先查看是否有對準她的監視器以及其他的旅客——都沒有——於是他出擊了。

他悄無聲息地走向桑娜的背後，一條強健的胳臂環住了她的腰，另一條箍住了她的胸部，一隻手粗魯地摀住了她的嘴，把她的頭往後仰。

香菸掉到欄杆外，落入了黑暗。

桑娜連發出聲音的機會都沒有。

不過她立刻就開始扭動掙扎。

歐曼用右手摀著她的嘴，鎖死她的身體，左手向下拂到她的小腹，再伸到她的T恤底下，探進她的褲腰，貼著她光裸的肌膚。

她摸起來還是一樣。

如果她懷孕了，現在至少也有兩個月了，可能是三個月。她的小腹不是應該要凸一點嗎？可是她的身體跟以前一樣，不過說話回來了，她扭動得那麼厲害，實在很難斷定。

歐曼的手再往下探，摸進了她的長褲前面，再往下到她的內褲前面。

感覺到了衛生棉。

桑娜的月經來了。

她打掉了他的孩子。

何苦呢？

這是黑暗想要知道的，它執意要知道。它逼迫歐曼給出答案。而他站在這裡，把桑娜壓制在「慶祝號」的甲板欄杆上，緊箍著她，海風吹打著他的臉，四周除了闇黑無底的海洋之外別無他物。

他媽的何苦呢？

他的童年全都忙著取悅一個從他一出生就仇恨他的母親，她一開始就根本不應該把他生下來。然後他的青少年時期又為了一時的瘋狂所犯下的罪在服刑。是巴斯迪昂向他尋釁的，是他活該。歐曼只是想要保護尚恩。可是媽媽卻不這麼想，那是當然的。她甚至還在法庭上作證，哭訴著她多後悔沒有早一點舉報他，在他傷害米基的時候。然後他同意接受田納的治療，乖乖照他的話做，到頭來卻只落得被他的父親拋棄，在出獄後第二天就被冤枉殺死了尚恩，毀了他的自由和田納的聲譽。然後桑娜改變了一切，可是現在她又把一切都改回來了。

這是何苦？

在歐曼看來，真的是何苦來哉。一切只是徒勞。

他閉上眼睛，任黑暗進入，任它壓迫下來，洶湧的波濤拍打著他，覆蓋住他，浸濕他，淹沒他。

感覺既溫暖又窩心，像泡熱水澡。

他放鬆下來，他不會再抵抗了。

接著他睜開眼睛，兩膝微曲，把桑娜抱了起來，丟向欄杆外。

歐曼這一輩子只想要當好人。

現在他撒手不幹了。

亞當

跡象都在，只要你知道如何尋找。

船員行色匆匆，笑容上的眼神嚴肅。那些佈置在酒吧的、立在餐桌邊的，以及負責收銀台的，彼此說著悄悄話，表情嚴肅。他們那種過度友善的招牌態度和露出牙齒的笑容降低了一級。在乘客間走動的保全似乎多了一倍，而且全都一手按著對講機，期待會有突如其來的通訊。有的旅客在詢問為什麼舷窗外的法國又變得越來越大，他們就被帶到一旁，由保全以平靜安撫的語調說明。沒有人生氣或是鬧事，只有張大的眼睛以及諒解的點頭。低聲說什麼直升機和法國海岸巡衛隊，一名年輕女性可能不幸落海。

我在船上走動，尋找著彼得，看著這個情況在每個角落發生；我有系統地找過了一家又一家酒吧、餐廳、商店。然後我走遍了走廊，搭電梯到上一層，再從頭開始。等我找到最上層之後，我又開始往下找，把同樣的過程再反過來一遍。

但是我找不到他。

同時，天空的太陽也下沉了。

黑暗籠罩之前，「慶祝號」又回到了法屬自由城的海灣中，在昨天幾乎同一個地點下錨。

船上的廣播通知旅客遊輪正在處理一宗保全事務，旅程會稍有延誤。露天甲板上供應免費飲料，如有任何疑問都可以向最近的船員詢問。真摯地道歉，發生出乎意外的情況，我們會盡力讓貴賓了解最新的情況等等。

莎拉就沒有這種待遇。不過話說回來，她不是美國人。

就在九點之前，我回到自己的艙房，被尋人行動弄得筋疲力盡，對於接下來該去哪裡找他完全沒了主意。

我的艙房就跟我離開時一樣，只除了外頭的夜色更濃。我打開幾盞燈，四處查看了一遍。早先我把欄杆上的絲巾解開，放進了原本用來套垃圾桶的塑膠袋裡，再塞進我的袋子的最底層。之後我在洗手台洗了手，這才離開艙房。而現在，我拿著一瓶從新月商店買的乾洗手追溯之前的腳步，希望能夠移除指紋或是DNA或是任何聯邦調查局可能會找到的痕跡。

我不會讓彼得把他們引來找我。

恰恰相反，我要引導他們去找彼得。

我把袋子甩到肩上，走到陽台上。我必須進入彼得的艙房，要是我不能從門進去，那……

分隔我的陽台和左右兩邊陽台的只有兩片毛玻璃，從地板一路向上方的陽台底部延伸。唯一的辦法就是爬過去。

我站了一秒，面對著我半開的滑門，看著鏡中的自己。我真的要這麼做？我計畫要從一個陽台爬到另一個陽台上，在一艘龐大遊輪的八層高甲板上，底下除了開闊的大海之外什麼也沒有？

你覺得你辦得到？

問題不在於我能不能辦得到。我不做不行。為了莎拉。

現在也為了梅根。

我先確定把欄杆抓牢了，這才踩上最矮的一根橫杆，盡可能把身體向外伸展，這讓我能看到彼得的陽台一角，卻看不到他的滑門。

可惡。

我只能賭一賭了，賭他沒有從內把滑門鎖上。要是鎖了，那，等我到門前，我再橫越那條橋——或者該說是欄杆。

我兩隻腳踩上了陽台欄杆。

我盡量不要往下看，也盡量不要告訴自己別去看。我把各種「摔落」的想法一口氣從腦子裡刪除掉。

我一條腿越過欄杆，跨到另一邊，*外邊*。

萬一我摔下去，我不僅有可能掉進海裡淹死，下墜途中還可能撞到東西再彈開，比方說低層陽台的遮陽篷，救生艇的裝置，船殼。

別想了。爬就對了。

我把另一條腿跨了過去。

我這時緊抓著我的陽台欄杆，底下除了空氣和死亡之外什麼也沒有。在陽台的遮蔽外，海風也變大了。

我情不自禁，低頭看了底下。

海水在我的腳下幾層樓之下。要是我撞到頭，撞暈了過去，我不會有活命的機會。黑夜中誰也看不見我落海，不會有人找到我的屍體。

我挪向左邊，低下頭探看毛玻璃隔板。彼得的艙房似乎沒有人，但他很可能只是在浴室裡。

我深吸一口氣，屏住呼吸，右手從我這邊的隔板欄杆移向彼得的，盡可能動作乾淨俐落。

然後我把右腳跨了過去。

好，好。我緩緩吐氣。*目前都還好。你過去一半了，真的。一半了，只要保持冷靜。*

我的袋子從肩上滑脫。

風勢變強了。

我還沒來得及細想，左手左腿就放開了欄杆，移向一側，搆著了彼得那邊的欄杆，我的手抓得還牢，左腳卻滑了，害我一條腿吊掛在「慶祝號」的側面一秒鐘。

一秒鐘都嫌太長。

但我居然還能保持冷靜，抓得死緊，同時還繼續呼吸。接著，我使勁把自己往上舉，變成站姿，兩隻腳穩穩地踩著欄杆，身體仍然掛在船外，兩眼直視彼得的艙房。我看不到裡頭有動靜。

我成功了。我跨了過去。

現在我只需要進去。

我從欄杆頂端翻過去，動作緩慢穩定，滿頭大汗，喘個不停，然後一鬆手，落在彼得的陽台上，整個人像虛脫一樣。一直支持著我的腎上腺素這時瞬間消散，我開始猛烈顫抖。

打起精神來，現在別洩氣。

我站起來，冒險從彼得的陽台往下看。要命，好高啊，光是用看的我就想吐了。我甩甩頭，轉身去拉滑門的門把。

動了。

太好了。

我進了艙房。裡頭沒人，彼得不在。我把袋子丟在地上，抽出沾血的絲巾，時時刻刻留意，捏住我用來包裹絲巾的塑膠袋，不讓我的皮膚碰到。

我把它丟在地毯上，用腳把它往彼得的床底下推。

然後我在那兒站了很長的一刻，腦筋飛轉。

我真的要這麼做？我真的是這種人？在別人的房間裡栽贓？不過，不能說是栽贓，對吧？是歸還，再說了，證據就應該要發揮它的作用：咬死那個殺害了梅根的真正兇手。

我想像著莎拉的臉孔，上一個週日早上在機場外的車子裡對我微笑。

她選擇了我，伊森說的。她選擇了我。

我把空袋子甩到肩上，用輕鬆的方式走出艙房：走大門。

但此時我看到了桌上的白色信封。

跟我昨晚到衣櫃拿毛毯時偶然拉出來的信封一樣，我知道裡頭裝著愛絲黛樂的護照和假字條。

我撿了起來，小心翼翼抽出裡頭的東西，想要親眼證實我的記憶是否無誤，彼得偽造的愛絲黛樂的字跡是否跟我在華美太陽宮的檔案盒上看到的一樣。

我翻到護照的最後一頁。字條仍黏在上面。

對不起——E。

這時我細加端詳，就再明顯不過了。筆跡一樣。我怎麼會遺漏這一點？彼得為什麼不多費點力氣掩飾？說不定他平常不習慣用大寫字母寫字，說不定他忘記了盒子上的標籤。又或者他是覺得在他推論出殺害了他太太的男人也殺害了我的女朋友之後立刻把物證拿給我看，就足以讓我信服了？

而他也料對了，不是嗎？

我沒聽到身後的門打開了。

我一直到聽見彼得的聲音才發覺他回來了。

「亞當，你怎麼會在我的房間裡？」

我一抬頭就看到他的人倒映在陽台門上。彼得站在我後方，手上拿著刷卡通，已經關上了房門。

我向後轉。

「我在確保聯邦調查局找對人。」我說。

沒有反應。他只是看著我。

我仔細打量他的臉，卻沒看到什麼特殊的情緒。他既不害怕也不緊張，既不生氣也不威嚇。他似乎毫不意外。他就一臉的……

認命。

「你殺了她，是不是？」我說。

他低眉看著地板。

「昨晚，」我說，「你沒生病。你是裝的。可我不是。你偷偷在我的飲料裡摻了藥。我離開你的公寓後你就是在忙那個，對吧？去弄東西來迷昏我？你給我吃了什麼？」

彼得沒搭腔。

「然後，趁我到洗手間，你就悄悄跟梅根說了什麼，說我喜歡她，可是太害羞不敢表白。我們得扶著你回房間，然後我也覺得不舒服，她就把我扶回我的房間。我一昏倒，你就自己進來了。你有鑰匙，因為我們的刷卡通卡片搞混了。你是故意的，這樣你才能進我的房間，是不是這樣？所以你才能留下絲巾，讓門開著。我們一直到第二天才去換第二組卡片，不過沒關係，因為第一晚你就能去交出你的證件，嘿，一眨眼的工夫，彼得．布雷濟爾應該要住的房間鑰匙就變出來了，可房間其實是我的。然後昨晚，我昏過去之後，你進來了，而且——」我的聲音分岔。「你殺了梅根。」

這是我頭一次說出口，膽汁立刻湧進了口腔裡。

「你是怎麼殺的？」我逼問他，「把她推下船去？在那之前呢？你是從哪裡弄那些血來沾在絲巾上的？你怎麼會有……」我的聲音又分岔了。「你是故意的，對不對，在酒吧外面的時候？你說她很完美，我還以為你是指她能夠幫上我們的忙，可是你說的完美指的是她是美國人。她一失蹤就會引來聯邦調查局。你自己跟我說的。說要捉到連續殺人犯，只有聯邦調查局有這個本領，對不對？你說要不擇手段指的就是這個。你為了查出愛絲黛樂發生了什麼事就殺了梅根，而且你還騙我，好讓你能上船來殺死梅根。我知道護照的事，彼得。我跟貝琪談過了。我還知道你頭一晚就找到伊森了。我知道他跟你說了什麼。他跟愛絲黛樂的失蹤一點關係也沒有，因為當時他根本就不在船上。而且莎拉在上船的第一晚就離開了他，她還留了張字條給他在他們的房間裡。」

彼得縮了縮。

「你的最後一招是什麼？」我逼問下去。「現在會怎麼樣？有個美國人死了，聯邦調查局要來了，然後呢？一切證據都指向我，好讓我揹黑鍋嗎？在你偉大的盤算裡，這一步是要怎麼成功的？是不是因為我會矢口否認我殺了人，就把一切跟他們和盤托出？我得說服他們『慶祝號』上有個連續殺人犯，專門以女性為獵物，因為，要是我說服不了他們，我的自由就沒了？你這樣對我是因為我除了說動他們之外沒有別的法子？那你在哪裡？躲在陰影裡等著真相水落石出？你就是這樣計畫的嗎？是不是，彼得？是不是？」

彼得的兩腿發軟，摔倒在地板上，雙手摀著臉。

「對不起，亞當，」他透過指縫說。「真的對不起。」

「喔，別向我道歉。你應該要道歉的是梅根的家人。靠……喔，天啊。靠！」我開始踱步。「彼得，你殺了一個無辜的女人。你明白嗎？你知道自己做了什麼嗎？你就跟他一樣壞，那個男人，那個我們在尋找的禽獸。你明白嗎？你知道你害梅根就像愛絲黛樂一樣受苦嗎？知道你奪走了一條生命，一條無辜的生命，只為了讓你能找到你太太嗎？耶穌基督，彼得。我甚至不能……我不知道……你他媽的腦袋是進水了嗎？」

「對不起，」彼得說，拿開了手，臉頰上全是淚。「對不起，亞當……我以為她是美國人。」

「什麼？她是美國——」

我沒說完。

不。

我房間裡的香檳。

艙房登記在彼得的名下。

只有回頭客才有的優待，梅根說。

「她沒有受苦，」彼得說，「我有特別注意。我保證，她沒有受苦。我下手得很快，我覺得她甚至不知道是怎麼回事。真的對不起，亞當。真的。可是我以為她是美國人！我知道，因為他就是。」

護照開始在我的手上抖動。

不。

我低頭看，看著字條。

對不起——E。

就跟我的一樣，只有縮寫字母不同。

對不起——S。

如果是彼得寫的，如果他只是捏造這件事來引起我的注意，偽造他失蹤的太太跟我失蹤的女友之間的關聯……

那他怎麼知道該寫什麼？

「我以為她是美國人，」彼得又說一次，「因為他是。」

他怎麼可能知道我的字條——莎拉的字條——上頭寫的字？

不。

艙房內部在我面前變得模糊，我的眼睛盈滿了淚水。

「真的對不起，亞當，對不起。他是，所以……」

「誰是，彼得？」我知道答案，但是我要聽他說。我想要萬無一失。「因為誰是？」

彼得抬頭看我，臉上滿是淚痕。

「伊森，」他低聲說，「伊森。」

我不記得自己走到陽台上，但最後我就站在陽台上，眺望著漆黑的大海。這裡是右舷，尼斯的山稜在「慶祝號」的船尾之外，我看不到。小小的法屬自由城在我身後一哩之遠。我只能看見看似無邊無垠的闇黑海洋，以及頭頂上漸暗的天空。

我雙手抓緊欄杆，大口吞進氧氣，盡力讓脈搏緩和下來，努力思考，努力思考，努力思考。

彼得殺了莎拉。

他也殺了梅根。

全都是為了尋找愛絲黛樂。

我感覺到他在我後面，一手按著我的肩膀。

「拜託，亞當，讓我解釋。」

我憤然轉身。

「解釋？解釋你為什麼殺了我的女朋友然後假裝想要幫我找到殺死她的兇手？利用我和我的錢來搭上這艘船，好讓你再殺死別人，一個無辜的女人，而她唯一的罪就是她有美國口音？」

「我不能……」眼淚從彼得的臉上流下來。「我走不下去了，亞當，我就是不能！特別是那個奪走愛絲黛樂的禽獸還逍遙法外。我差一點……我差一點就收手了。我跟你說的都是真的。可後來我在報上看到了新聞，說美國國會通過了法案，有關美國公民出事會由聯邦調查局調查，我就想，聯邦調查局？要追捕連續殺人犯他們可是專家！要是有誰能找到他，一定是他們。我只……我需要他們上這條船，我需要他們來『慶祝號』上。一旦他們開始調查，一旦他們開始回溯，他們就會找到愛絲黛樂。我知道他們一定會的。即使她是英國人，他們也必須調查，因為他們會把船上的每一件失蹤事件都連結起來。只有他們會。」

「告訴我，」我說，「告訴我你做了什麼。」

彼得猶豫不決。

「告訴我。」我又說一遍。

「莎拉在『慶祝號』上，登船時我排在她和伊森的後面。我聽到他說她那晚得一個人，因為他需要和某人見面……他的口音，他很明顯是個美國人。你會很意外，亞當，歐洲遊輪上美國人有多稀少，尤其是航程這麼短的。他們如果大老遠飛到這裡來，就會想要航行個一兩個星期……我以為她也是美國人。真的，亞當。否則的話我絕不會——」

「我他媽的才不鳥，」我說，咒罵時咬到了嘴唇。「告訴我你是把她怎麼了！」

「我跟蹤他們，」彼得說，說話速度更快。「嗯，我跟蹤她。我隔著一段距離，她才不會發現。所以我沒聽到她說話，她之後跟他會合，在甲板上。他們的樣子好像在吵架，她一個人回房。我——我等在外面。她開門再出來的時候，我把她推了回去。」彼得這時哭得更兇了。「我有……對不起，真的。我在餐巾上灑了些哥羅芳，就跟電影上演的一樣……」

我想著莎拉，害怕地睜大眼睛，口鼻被一塊白布摀住。

「我用力壓著她的嘴巴，」彼得說，「她幾秒之內就昏過去了。她什麼感覺也沒有，我知道。我盡量手腳俐落，而且我告訴了她……」一聲痛苦的哽咽。「我告訴她我很抱歉。我告訴她我這麼做是因為有人也對我心愛的女人做了同樣的事，某個禽獸奪走了懷著我的寶貝、我的孩子的女人。我把她拉到陽台上，然後……」他別開臉。「然後我聽到了聲響——」

「不，」我說，「不。」

「是伊森，回來找她。大概有這麼寬的距離——」彼得把手分開兩呎遠。「他們的滑門另一頭和隔板之間。我藏在那裡，抓著莎拉的……抓著莎拉，等著他再離開。他走了。然後我……我推她——」又一聲哽咽。「我推了她，亞當，真的對不起。然後我拿了幾樣她的東西，我沒有全拿。就跟愛絲黛樂一樣。一切都必須一樣。我在進房間的時候看到了鏡子上的字條，我拿了，因為……嗯，愛絲黛樂沒留下字條。一直到事後我才明白莎拉的手機在她的皮包裡——我把皮包拿走了，我打算把它丟掉，下船後丟進海裡，可是一大堆的電話和簡訊開始進來，還有你的留言，那些號碼都是愛爾蘭的國碼……我上網查了，在臉書上找到了。是在呼籲民眾提供線索。那時我才明白她根本就不是美國人，她是愛爾蘭人。」他挺直了上身，直視我的眼睛。「亞當，我知道我絕對不應該——」

「所以，」我說，「你用上了備用計畫。」

「愛絲黛樂的事沒有人相信我，」彼得說，「沒有人。藍色波浪不在乎——不在乎愛絲黛樂或是莎拉。你跟我說他們告訴你莎拉下船了，對不對？嗯，她並沒有，不是嗎？我們都知道這一點了。他們只會給你這種說法，打發你。他們就是這樣。所以那時候我就知道了，無論他們是怎麼說的，愛絲黛樂並沒有從那艘船上下來。我比之前都更要確定：有人殺害了愛絲黛樂。說不定就是那個殺害了桑娜・弗萊思的人，那個藍色波浪也一點都沒放在心上的人。我知道我還是得設法把聯邦調查局引到遊輪上來，能破案的就只有他們了，只有他們能夠找到他，阻止他。只有他們能告訴我愛絲黛樂是發生了什麼事。對，我是把事情搞得亂七八糟的，可是還有時間扭轉，把這件事做對。但我沒錢了，我上不了『慶祝號』……我——我查過你，在網路上，上面說你簽下了一張大電影合約之類的。六位數的酬勞。你很有錢，而你的女朋友也從『慶祝號』上失蹤了……我就想，要是我能說服你莎拉和愛絲黛樂的遭遇是有關聯的，是絕無疑問的……所以我在莎拉的皮包裡找到了她的護照，再把我從鏡子上拿下來的字條黏上去，寄去給你——」

「你怎麼知道我住在哪裡？」

彼得一臉詫異，很驚訝我不知道答案。

「電話簿，」他說，「我上網查的。」

「那你，怎麼樣？就等著我跟你聯絡？我可能不會找上你。」

「我是想過，」彼得說，「我真的用臉書給你留了言——當然，用的不是我自己的名字——提到兩件案子有多相似。你一定是沒看到。我等了一段時間，覺得你可能自己會發現。要是沒有，我打算跟你聯絡，假裝我湊巧看到你的事情。反正，我不需要擔心。莎拉在晚餐時遇見的那個女人引你去到藍色波浪，然後你做了自己的調查，你找到了愛絲黛樂的案子。你跟我接觸了，然後——」

「你假裝愛絲黛樂也寄給你一張字條。」

「對。」

「卻是你寫的。」

「愛絲黛樂的護照在貝琪那裡，並沒有弄丟，她還給我了。那時我從『慶祝號』上拿了一些紙……跟莎拉一起的那次。我以為你會想通，亞當，真的。標記變了。我以為你可能會問為什麼愛絲黛樂字條上的標記跟莎拉字條上的會一樣。應該是不同的，對吧？如果愛絲黛樂是一年前搭船的，而莎拉是上星期搭的？可是你什麼也沒說。後來我刷房卡——又有一個問題，我不知道回頭客的房間裡會附贈一瓶香檳。即使是在航廈裡，在辦理登船的時候，我也以為會出狀況，櫃檯的人也許會說：『歡迎再度光臨，布雷濟爾先生。』我就得想出個說法。然後伊森……我頭一個晚上就找到了伊森——我一直在找他——他跟我說這是他在船上工作的第一週，我那時就知道如果讓你找到他，他就會跟你說一樣的話，那就完了。反正也是快結束了。你想離開，所以我拖延你，我讓你留下來，然後昨晚……我一定得讓這件事有頭有尾。我不得不……向梅根下手。」

「那條絲巾，」我冷冷地說，「是莎拉的嗎？」

彼得咬住嘴唇，搖頭。

「不是，」他說，「我丟了她的衣服……全都丟下船了。上個星期在我下船之前就都處理了。可是我記得那條絲巾，要找到一樣的並不難，是一家高檔連鎖服裝店的商品。而且……我記得那款香水。那是我的……我的備用計畫，以防萬一，一旦我們上了船，你對這件事又改變了心意的話。」

「看來你考慮得很周到嘛。」

「我並不覺得得意，亞當，不過，是的，我盡量計畫得很周延。我有一年的時間可以謀劃。」

「只除了梅根死在你的房間裡。你換了房卡。你的名字在我的艙房上。要是你在那裡殺了她——」

「無所謂，」彼得說，「別人是看到你跟她在一起。絕對也被監視器拍到了。被看到跟她在酒吧裡聊天——說不定還看到跟她一起進你的房間。」

「我會告訴他們，」我說，「我會告訴他們是你幹的。」

「說真的，我不在乎。我只是需要把梅根弄到一個我能夠做必須做的事情的地方。你愛說什麼就說什麼。只要是聯邦調查局在調查，只要此時此刻是他們正趕往這裡。等他們抵達，他們會逮捕你。你可以把梅根和莎拉的事都告訴他們——事實上，請你一定要說。然後他們可能會一併調查，做別人都沒做過的事——真的去挖掘這艘船上發生的事。我不在乎我會怎麼樣。我只想要為愛絲黛樂討回公道。為了要達到這個目的，梅根就必須跟莎拉有關係，莎拉就必須跟愛絲黛樂有關係。我只在乎她一個人。你是個好人，可是我不在乎你的死活，更不在乎莎拉——」

一切發生得太快。

我看到彼得的胸膛上多出了一雙手，愣了一愣才發現是我的手。我揪住了他，抓著他的襯衫，把他轉了個圈，往陽台上推，把他按在欄杆上面——

「你不會這麼做的，亞當，」他說，「你不是這種人。」

我看著他，想著他做的事。我看見了莎拉的眼睛，恐懼地睜大，不知道這個男人，這個低聲向她道歉的男人，可能會拿她的性命做什麼；然後，我也不知道，反正在我的心裡有什麼沸騰了。

我壓抑不住。

我無法放下。

我不能原諒他。

然後彼得就不見了，翻過了陽台，而在那一刻，我才明白我做了什麼，我立刻伸長胳臂要去抓住他，高聲呼喊他的名字，但是卻只抓到空氣——

然後我就爬上了欄杆，站到第一根橫杆上，然後那一秒，看出去，然後——

然後——

珂琳

翌晨剛過下午兩點，珂琳的兒子就站在了她的船員艙房門口。

「哈囉，媽媽。」

她邀請他進去，示意他坐在下鋪旁，空間太小，沒有別的地方讓他坐。

「你知道，」她說，「現在只剩下你一個人可以這樣叫我了，我是說叫媽媽。」

「米基得肺炎了？」

「二〇〇三年的耶誕節。」

「我在網路上看到了。」

「你是怎麼知道爸爸的事的？」

「新聞上，」歐曼說，「我那時還在法國。」

「從那兒之後你去了哪裡？」

「我去了克里特島。」

「你為什麼又離開了那兒？」

歐曼轉過來看著她，然後是她轉過來看著他。

「我怎麼知道，」他說，「妳沒有在錄音？」

珂琳輕聲笑。「我現在還管警察做什麼，歐曼？我又沒有人要保護了。米基、尚恩、查理——你把他們都除掉了，無論是直接的或是間接的。現在只剩下我一個人了，而主已經給我宣判了。」

「什麼宣判？」

「癌症。在我的肺和肝。他們在八個月前說我還能活半年，我的日子不多了。」

「妳知道我在這裡多久了？」

「幾個星期。我在七月收到電郵。我本來是打算以乘客的身分上船來的，可後來我明白了，你如果是船員，可能不會在乘客區域活動。而我也大概得花幾年的時間在這些甲板上轉來轉去，等著那幾千分之一的機會，讓這兩千名乘客中的我，碰巧遇上一千名船員中的你。我沒有那個時間，所以我就應徵了船上的工作。」

「可妳不是生病了，怎麼會應徵上？」

「我只需要做得夠久，而且我也辦到了，不是嗎？你又是怎麼知道我在船上的？」

「我們負責做新的船員證件，我上個星期看到了妳的照片，然後是妳的名字。妳還是用真名？」

「我只有一個名字。我不像你，歐曼，我不是犯罪大師。我連去哪兒弄假護照都不知道，也沒有那個膽子用。」

「媽媽——」

他打住不說。

「怎麼？」珂琳說，「你難道還想要否認一切？」

「我沒有殺尚恩，真的，媽媽，我沒有。我是說……對，可能是我的錯。他想爬過柵門躲開我，可是我不是想要傷害他，我根本就沒有那個意思。我只是想跟他談一談。要是爸爸……要是他因為內疚做了那種事，也不能怪是我害的。」

「他為什麼會內疚？」

「因為他騙我。在牢裡。他說等我出獄之後要讓我跟他住，可是後來……他變卦了。」

「那米基呢？」她溫和地問，「那也是意外？」

「我不是想要傷害他，我只是想讓他不要再哭了。」

「你覺得後悔嗎？」

「嗯。」歐曼頓了頓才說。

「還有巴斯迪昂。你也要說是意外？」

「我那時沒多大，不過……不，那不是意外。」

「我也不覺得是。」

「我心裡有一股黑暗，媽媽，它進來了，我阻止不了它。」

「它一直都在嗎？」

停頓。

「那桑娜．弗萊思呢？」

他的下巴繃得緊緊的。「妳是怎麼知道這個名字的？」

「你也殺了她？」

「我問妳是怎麼知道這個名字的？」

「寄電郵給我的人，」珂琳說，「他是她的朋友，跟她在這艘船上同事。她失蹤的那天晚上就跟他一塊值班，看見了你在酒吧騷擾她，他說。在你被請出去之後，她告訴了他你是誰。說你是那個惡名昭彰的迪維厄的魔鬼之子，那個殺害兒童的『P生』。他沒聽過。桑娜沒告訴他你的新名字，不過他還是去報了警，警方並沒有徹查。我相信船公司的說法是她在派對上喝醉了，從船上摔了下去。他不相信，可是他也沒有辦法。後來，幾個禮拜之後，他在船員餐廳吃飯，一抬頭就看到你在那裡，穿著制服。他知道上報給藍色波浪沒有用，他也很懷疑法國警方會相信他，再說了，我想也沒有人對於追捕你還有多少興趣了。他在船員名單上查到了你的新名字，傳送給我，附了張最新的照片。他看過我的影片，知道嗎？在桑娜失蹤之後。他知道了你的一切。我是說那個以前的你。」她停下來喘口氣。「所以呢？」

「什麼所以？」

「桑娜？」

「我是殺了她。」歐曼說。

「為什麼？」

「因為她殺了我們的孩子。」

「她懷孕了？」淚水湧上了珂琳的眼睛。「喔，歐曼。她是你的女朋友？」

「在克里特島上，對。」

「她知不知道……」

「她墮胎就是為了這個原因。她怕孩子會像我，而她會像妳。」

珂琳說不出話來。

「不會一樣的，我知道。」歐曼接著說。「妳的情況，不一樣。可就算我知道孩子可能會像我，我還是想要它。我想冒這個險。因為它也可能會像桑娜，更像桑娜，只要我們夠努力。」

「我試過了，歐曼。」

「有多努力？」

「你不知道有多難，光是看著你。」

「可我只是個嬰兒，媽媽。妳怎麼能為他做的事怪我？」

「因為我覺得……」珂琳咬住嘴唇。「因為我覺得你像他，我很怕你像他。你的父親是個禽獸，歐曼。他強姦了我，重複不停，好幾個小時。他……他還割傷我。在體內。」歐曼縮了縮，別開了臉。她能看見他的下巴在動。「我記得我在某個時候看著他的眼睛，那裡頭什麼也沒有。什麼也沒有。沒有生命。他的眼睛就像兩顆黑色的小彈珠。我沒有跟別人說，因為我想要忘掉這件事曾經發生過。我只能靠這個方法活下去。而你的爸爸……我怎麼能跟你爸爸說？我怎麼能把那些事情烙進他的心裡？」珂琳搖頭。「不，我沒辦法，所以我什麼也沒說。後來，我發現我懷了你，懷了那個他靠蠻力種在我身體裡的種子，懷了那個會在我的後半輩子一直提醒我那晚發生的事的孩子。我永遠也忘不了，因為它會一直都在。在我的屋子裡跑來跑去，坐在我的餐桌上。可是我能有什麼選擇？要處理掉它……太晚了。只有另一個做法，但會毀了查理的一生，粉碎他的心。我太愛他了，不能那樣子對他。所以我什麼也沒說。那個人……你父親。他的膚色眸色都和查理的很相近，我以為我能瞞得過去。我也瞞過了。至少在……在你開始在別的方面更像他之後。」

「可是哪一樣先，媽媽？」

「喔，歐曼，你做的事，你還小的時候，你記得嗎？虐待動物？像機器人一樣走動，模仿尚恩？然後是米基……」

「妳告訴他了，是不是？」

「誰？」

「爸爸。他來看我的那天，就在我出獄之前。他說他跟我不會一起住了。妳告訴了他，對不對？」

「對。」現在也沒有說謊的必要了。「他一直在說什麼一家人團圓了，全部的家人。他說個不停，最後我受不了了。我對他尖叫，跟他說他的家人早就團圓了，一個房間就裝得下，就在此時此刻。」

「他怎麼說？」

「沒說什麼。他很難過，他離開了。過了兩天我才看到他，可等他回來，他冷靜了一點，跟我說在某個程度上他早就知道了。」珂琳嘆氣。「他說我們都要住在一起，我們全部，他的……」她緊張地瞄了瞄歐曼。「他真正的家人。我們會搬家，沒有你。繼續過我們的日子，過我那晚走在那條街上之前就應該要過的日子。可是後來尚恩死了。查理半年後也死了。米基現在也走了。你是不是知道？知道他不是你的父親？」

「一直到那天妳來監獄我才知道。」

「喔。唉，在你被判刑之後，我以為沒有什麼必要再保密了。你以前都沒懷疑過？」

「沒有。」

「一次也沒有？」

「我並沒有真的想過。」

「可是那種黑暗……你不好奇是從哪裡來的？」

歐曼聳聳肩。「我還以為每個人的內心都有。」

「你還傷害了什麼人嗎？」

「我打過架。我在一間酒吧工作了很長的時間，有人喝醉，說些蠢話。可是除此之外，我沒有……我沒有殺人。」

「可是你回來船上工作……為什麼？」

「因為在桑娜之後沒有人來找我，什麼事也沒有。就好像是壓根就沒發生過那件事。所以如果黑暗再來……」歐曼別開臉。「這是個我可以待的安全地方。」

「不過你不想要抗拒嗎？你不想當好人？」

歐曼聳聳肩。「問題不在我想不想。」

「田納，」她說，「他的治療有效嗎？」

「起初我覺得有效，可是時間一長，我才明白我可以照他說的做，照他教我的一樣表現，但是內心深處，我還是老樣子。他是測試不出來的，他看不出來我心裡有什麼。他看不進我的腦子，他只是以為他能。」

「你在假裝。」

「基本上，沒錯。」

「告訴我一件事。」珂琳盡量吸飽一口氣。「你殺死巴斯迪昂的時候，你記得是什麼感覺嗎？」

「妳為什麼想要知道？」

「我就是想知道。」

「感覺……感覺很棒，媽媽。好像我坐在同一個位置很長一段時間，然後我就是站起來伸個懶腰。好像我的體內累積了好多東西，然後有個人打開了一個閘口。」

「你是說是一種解脫？」

「對。」

「你現在體內有什麼在累積嗎？」

「沒有。」歐曼說。

珂琳不相信他。

「唉，歐曼。」她一隻手按著他的胳臂。母子倆從他十一歲起就沒有肢體接觸，她現在要把握機會，趁她還可以時。「過去已經過去了，將來也沒有多少時間了。我只是想要告訴你我很抱歉。我的決定不是你的責任，你只是個孩子。我不應該怪你的。我應該要對你下更多功夫，努力去愛你。有好長一段時間我告訴自己我不能愛你是因為你的本性，可是也許，如果我愛你，我可以改變你以後長成的那個人。可是，天啊，歐曼，你實在也一直在幫倒忙。」

歐曼在她旁邊默然點頭。

「我知道，媽媽，我也對不起。那，現在是——」

他猛地住口，低頭看著插入他體側的刀子，對著刀刃上反射的光眨眼。

再抬頭看珂琳，瞪大眼睛，滿是疑問。「媽媽？」

「我也很抱歉，」她說，「可是我不能不這麼做。」她把刀子再往裡插，鮮血從歐曼的唇間泌出，流到他的下巴。「我不應該把你帶到這個世上來的，歐曼，所以，在我離開之前，我要把你收回去。」

珂琳把刀子插得更深，用力扭轉，感覺到抗力，好像是骨頭。

「我不在乎我會怎麼樣，」她說，「可是我想我不會有事的。我不等你放假上岸，或是合約到期又到別處去是有理由的。我上船來的原因跟你一樣。因為，在這裡，你可以結果別人的生命然後逍遙法外。」歐曼仍看著她，但是她不認為他現在還能看見了。他的眼睛失去了焦點，呆滯無光。「我明白了這是唯一的法子，一直都是。我只後悔沒有早一點動手，在你奪走我的家人之前。米基、尚恩，還有那個可憐的孩子巴斯迪昂。那個女孩桑娜。她體內的生命。」

她站起來，坐到歐曼的另一邊——沒有從餐廳廚房偷來的那把十吋長的菜刀，也沒有床單上一攤濕漉漉的、光亮的鮮血浸透床單的那一邊。

然後珂琳做了一件以前沒想到她做得出來的事，而之後，卻不會再有機會的事。

她伸出手摟住了她的長子，把他拉近。

然後她等著他死。

亞當

我在決定要跳之前就跳了。

空氣從我的耳邊呼嘯而過，我往大海墜落，四周一片漆黑，唯有海面有細碎的月光。起先我好像是以慢動作移動，海面也像在幾哩之外，然後海水一下子湧上來，快得我的腦子跟不上。

我得找到彼得，我得救他。

否則的話，我跟他就會是一樣的。

一段記憶不知從哪裡浮了上來：從這麼高的地方撞上海水就跟撞上水泥一樣。我努力挺直身體，雙手緊緊握住大腿後側，但是太遲了。我狠狠撞上了海面，每個神經末梢都像著火一樣，痛得不得了。

我閉上眼睛。

再張開時，我在水底下。

水底下一點也不像我想像中那麼黑。我的皮鞋掉了，而現在，在我的光腳下方是一片的闇黑。但是頭頂上方，就在海平面之下，似乎比水面上更亮，而且也很清澈。我看不到灰塵或是魚。

我也沒看到彼得。

莎拉也在這下面嗎？我想著：要是他在第一晚的深夜把她丟進海裡，那船是在哪裡？離這裡遠得很，船才剛離開巴塞隆納沒多久。她可能也在同一片海洋裡，卻跟我一點也不近。

我只想要到她的身邊去。讓她回到我身邊，跟她的計畫一樣。

現在我百分之百知道是不可能的了。

我抬頭看著海水，「慶祝號」的船身如泰山壓頂在我的右邊，大洋洲甲板和大西洋甲板上的燈光閃爍，輕柔的音樂聲飄揚下來。

我開始下沉。壓力在我的胸口累積，我移動手臂朝海面游去，卻——

幹。

我的肩關節像被滾燙的撥火棒刺中一樣痛，我一定是在撞到海面時脫臼了。

我的肺像是要爆裂了。我需要呼吸。

我移動雙腿，感覺沒事。我開始踢水，緩慢但穩定地朝海面游動，可是我從來不是什麼游泳高手，怎麼游都游不快。

我看見了一個熟悉的形狀在水面上浮動：是救生圈。一定是有人丟下來的。誰？有人看見了我們？他們看見了什麼？萬一彼得還活著呢？等聯邦調查局來偵訊我們的時候，他會跟他們說什麼？他仍然會想拿我頂罪嗎？他會跟他們說是我把他丟下船的嗎？

沾血的絲巾在他的房間裡，但是梅根的痕跡卻遍佈我的艙房。他是在我的陽台上殺死她的。我跟梅根在一起半天，不智地雙手送上了對我不利的事證，為檢察官蒐羅了目擊證人。

我需要游上去。我需要活下去。

我需要確定我能活著告訴他們我的說法。

我的腿開始踢得更快，朝向救生圈，我的肺感覺像被撕裂了，碎成兩半，肩膀的痛讓我想要放聲尖叫，肌肉因疲憊而滾燙——

我衝出了水面。

我張開嘴大口吸氣，又咳嗽又吐水。

耶穌基督。

我活著，我沒事。

彼得呢？

我跟救生圈距離很近，伸手就能搆得著，可是當我用右臂去勾，再把我軟弱無力、手肘角度怪異的左臂拋上去後，救生圈卻開始翻轉。我這才明白它提供的僅是輔助，不是救援，即使我已經身心俱乏，我的腿還是得不斷踢水才能讓我的頭保持在水面上。

靠近之後再抬頭看著救生圈，我發現它的顏色褪色了，表面刮痕累累，還有裂痕。繫著的繩子上纏著一坨海草，繩索本身磨損拉長。救生圈不是有人丟下來的，是早就在海裡漂浮著。

沒有人看到我們。

我左顧右盼，轉來轉去。掃視四面八方，除了白色的海浪泡沫之外什麼也沒看到。

我先是聽到的，聲音幽微遙遠：

轟、轟、轟。

我知道這個聲響，我只是想不起來是由什麼發出的。

我看到左臂之外十五、二十呎處有什麼東西：某個暗暗的東西在海面上浮動。

轟、轟、轟。

聲音越來越響。

我盯著那個形體，瞥見一眼褐色短髮，我知道這頭短髮的顏色在沒弄濕之前比較淡，而頭髮的主人則面朝下在海面上漂浮。

是彼得。

彼得死了。

我發出啜泣聲。

彼得死了是因為我把他推下船，因為他殺死了莎拉，因為他愛他太太。

我應該過去他那邊嗎？看能不能救他？已經太遲了嗎？

這麼做有什麼用嗎？

轟—轟—轟—轟—轟。

一道強光照來，讓人眼花，好似太陽將強光射入天際。但是強光移動了，上頭有個黑暗的影子，然後是槳片在上頭旋轉。

是架直升機。

那個聲音就是這個。聯邦調查局來找我了。

不，等等。他們不可能這麼快就到了。我才落海一兩分鐘，一定是法國海巡隊，從尼斯來協助尋找梅根。結果他們找到了我。

轟—轟—轟—轟—轟。

現在就在我的正上方，直升機，把海浪從旋風的中央吹開，往我的臉上潑水。聲音有如雷鳴，鑽進我的大腦，捶穿了我的胸膛。

我看不見彼得的屍體，它漂遠了，而直升機攪起的水霧讓我沒辦法追蹤它的去向。

我必須決定該怎麼辦。

我該讓彼得走嗎？

我該假裝什麼也不知道嗎？

我可以說我失足落海，或是我自己跳海。是悲傷驅使我這麼做的。

悲傷？聯邦調查局會問。為誰悲傷？

我的女朋友，我會這麼跟他們說。莎拉，我的女朋友，她在將近兩個星期之前從這艘船上失蹤了。後來有個男人跟我聯絡。我來巴塞隆納跟他見面，我們搭上這艘船。昨天我們遇見了梅根，就是據報在今天早晨失蹤的女人。

他們會知道應該做什麼。

直升機的光束停在我身上，他們能看見我，他們知道我的位置。他們還沒看到他。

我感覺到有隻手抓住了我的胳臂，轉過臉去就發現一個穿潛水衣戴著厚面罩的人正看著我。他在對我說話。他一條胳臂箍住了我的肋骨，我不再踢水，不再需要靠自己漂浮在水面上。正好，因為我也沒力氣了。

要是我想救彼得，我現在就得告訴他們。

又或者不告訴他們才是在救他——讓他能躲掉大家會說的話，大家會有的想法。如果我現在什麼也不說，誰也不會知道他做了什麼。我可以說他在船上失蹤了，我攀爬到他的艙房去找他，可是他不見了。不會有審判，不會有公道還給莎拉或是梅根，不過就算有審判，又能改變什麼？她們走了，不會再回來了。而有罪的人正漂浮在海上，有九成是死了。

一只紅色籃子吊在繩索上放了下來。

穿潛水裝的人對我吆喝了什麼，但是我沒聽懂，所以他靠過來，直接在我的耳邊大喊：

「還有人在水裡嗎？」

我不會像彼得，永遠也不會。我是在盛怒之下把他推下船的，但是我也跳了下來，我是計畫要救他的。我並不是有心要推他的。

但他卻是有心人。

他計畫要殺害莎拉。還有梅根。

「你有看到別人在水裡嗎？你是一個人嗎？」

我們來到了籃子旁，有另一個穿潛水衣的人。他們兩人合力把我抬了上去，用安全帶把我固定好。

我現在面對著夜空，星辰在我的面前搖晃，來來回回。天空好像佈滿了星子。

莎拉走了，不會再回來了，我現在知道了。我得設法接受現實，過著沒有她的日子，放下過去，拾起讓我付出這麼大的代價的夢想，讓我失去了她的夢想。

我必須要設法這麼活著。

我能相信我有辦法嗎？

「你聽得到嗎？你聽得到我說話嗎？」

我轉過頭看著那個穿潛水衣的男人，點點頭。

「你一個人在水裡嗎？你有看到別人嗎？」

轟－轟－轟－轟－轟。

頭頂上，直升機的槳片旋轉。我的肩膀痛得要命。我開始發抖。

她在哪裡？

現在我知道了，而知道就足夠了。

不夠也不行。

「沒了，」我最後說，「只有我。沒有別人。」

穿潛水衣的人點頭。

籃子開始上升。

亞當

半年後

我們約好在蓋威克機場南航廈見面，我下午要搭機飛往洛杉磯，搭機前還有兩個小時要消磨，而貝琪說她開車出城用不著多久的時間。

我先到了，找了個面對門口的位子。她抵達時，我一眼就認了出來。她的模樣就跟臉書上的照片一樣——矮矮胖胖的，深色眼眸和焦糖色皮膚——只是現在看到真人，她不是開心地微笑，而是嚴肅又緊張。

她裹著厚重的羊毛外套，披圍巾，戴手套。她把層層衣物剝下來，我們說著一月有多冷，我有多幸運不用在幾天前搭飛機，因為跑道被雪覆蓋了。我們點了咖啡，彆扭地開玩笑說咖啡有多難喝。我詢問貝琪的工作，說明我為什麼要去洛杉磯。

「去開會，」我說，「我本來真的很興奮，後來才發現那邊的人差不多無時無刻都在開會，而且幾乎都不會有什麼成果。不過，他們付錢讓我飛過去，讓我住飯店，而且太陽那麼燦爛，所以……」

「那你好嗎？」

現在有太多的事不同了，在這段「來生」中。這個問題也是其中之一。從前，它只是出於教養，是禮貌的詢問。隨便的一句「很好啊，謝謝。你呢？」就可以應付過去。可現在大家真的想知道我好嗎？

「嗯，我在見一個人，」我說。一看到貝琪的臉上閃過驚訝之情，我又補充道：「我是指治療師。一週一次。」

「有用嗎？」

「不知道。我本來覺得會更……有指導性質吧？比方說他會告訴你怎麼辦，怎麼應付。可是他只是坐在那裡聽。」

「很遺憾。」

「我念大學的時候，」貝琪說，「我哥哥死了。自殺。」

「大家不知道該說什麼，所以就只是說些時間能讓各種傷口癒合的話。每一個人都一直跟我說，我等得越久，傷痛就會越小。」

我點頭認同。我最近也很常聽到這種話，偶爾會有人說「起碼你還年輕……」等等的。我有時會好奇這些所謂的好心人有沒有聽見他們自己說的話。

「他們都錯了，」貝琪說，「事情已經過去差不多十五年了，可是我還是覺得像是發現他的那一天。不過說真的，的確會……說不上是比較好，可是會比較容易。雖然傷痛還是一樣深。我大學裡的一位悲傷輔導師說，剛發生的時候你就像是跌進了一個哀悼的洞裡，你什麼也不能做，你什麼也不想做。下一個五分鐘，或是一小時，或只是今天，你能做的事是專心。然後，假以時日，你會突然發現在你一點一滴地振作起來的時候，你也設法爬了出來。那個洞還在——它永遠都在——可是你學會了與它共存。你可以，你也會。」

「對。嗯。」我看著手錶。「剛過十一點，她應該到了，對吧？」

貝琪並沒有因為我直率地改變話題而怪我。

「我來打電話給她。」她只這麼說，拿起了手機。電話接通前有陣停頓。「我們到了，」她對著話筒說。「妳在哪裡？……好。嗯，我們在樓上的威瑟斯本。瑪莎百貨的樓梯旁。妳知道在哪裡……好。等會兒見。」她結束了電話，看著我。「她剛下火車，馬上就到。」

我深吸一口氣，再緩緩吐出來。

「沒事。」貝琪一隻手按著我的手。「你會沒事的。」

「我要跟她說什麼？」

「相信我，她更害怕她要跟你說的話。」

「為什麼？」

「因為她覺得一切都是她的錯。」

「豈有此理，」我說，「她做的事都是不得已的。彼得在事後的反應，發生的一切——在在都證明了這一點。」

「我也一直這麼跟她說。」

「事情是彼得做的。不是別人。」

「我知道。」短暫的停頓。「而我希望你也知道，亞當。」

我揚起一道眉毛。「意思是……？」

「你寄給我的電郵，就在你回到科克之後。聽起來你是怪你自己害莎拉上了那艘船。」

「她會上那艘船是我的錯。要是我對她好一點，更配得上她，要是我沒有食言，她就不會有別的心思，就不會跟伊森怎麼樣。那她就不會去搭那艘船。」

「可是亞當，你不能——」

「可是我慢慢醒悟到那艘船並不是問題。莎拉是應該可以搭上船又平安下船的，她是應該能回家的。搭遊輪不應該是有危險的。是彼得把事情變成了這樣子，是彼得造成的。什麼樣的連鎖效應導致他做出這種事都無所謂，他是可以隨時收手的。所以我不能怪我自己，我也不願意。她也不應該。」

「唉，」貝琪說，「說得真好。」

「是好，不是嗎？」我微笑道。「有時候我連自己都相信呢。」

「不管怎麼樣，我覺得如果你說給她聽，會很有意義。說你不怪她。她一直在掙扎，自從出事之後。她連一秒鐘都不敢想像他會……會那個樣子。他會過分到——」

我沒聽完貝琪的話，因為我正從她的肩膀上方看著那個剛剛進來酒吧的女人。

她站在門口，轉頭搜尋著客人。亮麗的金色長髮不見了，換上的是灰褐色的及肩頭髮。而我在照片中看過的時髦昂貴的服飾也不復存在了，她現在穿的是牛仔褲、運動鞋，色彩鮮豔的冬天外套，滑雪客穿的那種。她一邊臀上架著軟綿綿的一坨：是個小娃娃，被重重衣物保護得極好，雙手雙腿都呈大字形，像一隻海星。只有紅通通的小臉蛋露出來。一隻戴著連指手套的手伸向他母親的頭髮，另一隻則揪著一輛玩具卡車。

她先看到貝琪，然後目光落在我身上。

我會承認，我確實感覺到了，僅僅一秒鐘，一陣怨恨。如果她沒有拖那麼久？如果她沒有嫁給他？如果她跟貝琪想出了另一種逃脫計畫？如果，在事態變得明朗，在她明白他找不到她是不會死心的那時就跟他聯絡，告訴他真相？莎拉就不會死。

可我管住了思緒。自我警惕。如果不是彼得，她壓根就不需要這麼做。誰都沒有錯，錯的只有他一個。

她邁步朝我們過來。

我推開椅子站了起來，貝琪也轉身看見了她。她也站起來，跟朋友擁抱，附耳低語。我想可能是她跟我說過的那些話。

沒事的，你不會有事的。

小娃娃尖聲叫。

「哈囉，克里斯多福？」貝琪活潑地說。「你要不要去散步啊？」她把他抱進懷裡。「來，我們去散步。讓媽咪跟這位男士說一會兒話……」

然後就剩下我們兩個了。

「我不知道該說什麼。」我坦白地說。

她搖頭。「我也是。」

「我們何不從最基本的說起？」我伸出了手。「我是亞當，很高興終於見面了。」

「我很意外你願意見面，在……喔！」她忽然想起了我伸長的手，一把抓住。「很高興見到你，亞當，真的。我是愛絲黛樂。」

作者的話

寫作期間，海事法在真實世界施行了：遊輪乘客航行在公海上時是由船隻註冊國管轄的，唯有美國公民例外，由聯邦調查局管轄。不過根據一九七六年的環境協議（亦即巴塞隆納公約），嚴格說來，地中海沒有一個地區屬於公海，而實務上船隻離岸二十四海里，沿海各國仍然沒有司法管轄權。我在這裡說這麼多，就是為了要解釋在本書中我在藝術上自由演繹，多少簡化了情況。

想知道更多海事法，真正的遊輪犯罪，爭取乘客權益之戰以及改善海上安全等訊息，請上www.internationalcruisevictims.org網站。

謝辭

感謝我的超強經紀人珍・葛瑞哥里以及她在葛瑞哥里公司的團隊，我超凡絕倫的編輯莎拉・歐紀夫以及Corvus/Atlantic的每一位，以及都柏林這邊的整個Gill Hess團隊：你們都是可愛的、才華洋溢的、認真勤勉地改變別人一生的人，我謝謝你們大家為我和這本書所做的一切。《求救信號》團隊萬歲！

特別感謝席娜・藍柏特以及海柔・蓋納敦促我拿起筆來走上寫作之路，並且在旅途中讓我能保持理智，即使是在愛爾蘭圖書獎上我問了類似「那種葡萄酒有多葡萄？」的這種問題。（我說過我會寫進來。）感謝妮・歐康諾、派翠西雅・麥克維以及克麗歐娜・劉易斯提供犯罪與遊輪之旅的一些細節，以及Writing.ie線上雜誌的凡妮莎・歐洛克林，感謝她多年來的慷慨支持，不僅僅是對我，也對無數的愛爾蘭作家。（希望山姆・布雷克現在蒐集到了所有的風土人情！）還要感謝愛倫・布利克里、伊娃・黑波、伊莉莎白・R・莫瑞和安卓莉亞・桑默斯化鼓勵為咖啡、調酒和乳酪蛋糕。至於我這些年來認識的作家、出版界人士、書商、部落格主、推特主、咖啡師：謝謝你們。你們這群人可愛極了。

《求救信號》的寫作種子是由〈茫茫大海〉這篇文章種下的。瓊・榮森的這篇文章曾先刊登在二〇一一年十一月的《衛報週末》雜誌上，後來收納進《茫茫大海：瓊・榮森未解之謎》

（*Lost at Sea: The Jon Ronson Mysteries*）這本書裡。所以謝謝你，瓊——也謝謝把雜誌遺落在咖啡店的那位無名氏，才能讓我母親後來撿到，帶回家給我……

感謝席拉·凱利和伊恩·哈里斯始終對我有信心，還有爸爸媽媽、約翰和克萊兒，謝謝你們愛我，相信我。

Storytella 163

求救信號
Distress Signals

求救信號/凱瑟琳.萊恩.霍華德作 ; 趙丕慧譯. -- 初版. -- 臺北市 : 春天出版國際文化有限公司, 2024.01
面 ; 公分. -- (Storytella ; 163)
譯自 : Distress Signals
ISBN 978-957-741-729-9(平裝)

873.57 112012638

ISBN 978-957-741-729-9
Printed in Taiwan

DISTRESS SIGNALS

Published by arrangement with Aevitas Creative Management UK Limited, through The Grayhawk Agency.

作　者　凱瑟琳・萊恩・霍華德
譯　者　趙丕慧
總編輯　莊宜勳
主　編　鍾靈

出版者　春天出版國際文化有限公司
地　址　台北市大安區忠孝東路四段303號4樓之1
電　話　02-7733-4070
傳　眞　02-7733-4069
E－mail　bookspring@bookspring.com.tw
網　址　http://www.bookspring.com.tw
部落格　http://blog.pixnet.net/bookspring
郵政帳號　19705538
戶　名　春天出版國際文化有限公司
法律顧問　蕭顯忠律師事務所
出版日期　二〇二四年一月初版

定　價　499元

總經銷　楨德圖書事業有限公司
地　址　新北市新店區中興路二段196號8樓
電　話　02-8919-3186
傳　眞　02-8914-5524
香港總代理　一代匯集
地　址　九龍旺角塘尾道64號 龍駒企業大廈10 B&D室
電　話　852-2783-8102
傳　眞　852-2396-0050